◎胡忆肖 编著

唐宋诗词名篇辨析

霍松林 题

华中科技大学出版社
http://press.hust.edu.cn
中国·武汉

内 容 提 要

　　唐诗宋词在千百年的流传过程中,研究者多有评论,也产生了诸多争议。本书精选唐宋诗词名篇 30 篇,对围绕这些名篇产生的争议作了必要的梳理,并予以辨析,对诸如主题思想、语言艺术、篇章结构、版本源流等方面存在的疑点、难点进行了系统研究。梳理前人观点,阐幽探微;发表自己意见,细致辨析,有不少独创之见。阅读本书既可以丰富提高对这些名篇的素养,扩大知识面,又有助于开拓思路,增强鉴赏能力。

目　录

代前言	（1）
王勃《杜少府之任蜀州》辨疑	（2）
陈子昂《登幽州台歌》辨说	（12）
孟浩然《临洞庭湖上张丞相》辨析	（22）
孟浩然《春晓》浅解	（31）
王之涣《凉州词》考辨	（37）
王之涣《登鹳鹊楼》辨说	（58）
漫说贺知章《回乡偶书》（其一）	（67）
释王昌龄《芙蓉楼送辛渐》	（72）
王昌龄《出塞》考释	（81）
王维《鸟鸣涧》析疑	（92）
关于李白《蜀道难》主题的再探讨	（100）
李白《梦游天姥吟留别》主题辨	（126）
关于李白《望天门山》诗的争鸣	（138）
杜甫《望岳》析疑	（151）
漫说杜甫的《石壕吏》	（160）
杜甫《蜀相》辨析	（168）
从人物形象看白居易《长恨歌》的主题	（179）
晏殊《鹊踏枝》辨析	（219）
小山词二首辨说	（228）

王观《卜算子》别解……………………………………（237）
关于苏轼《念奴娇·赤壁怀古》几个问题的再质疑………（242）
东坡词三首浅说…………………………………………（280）
秦观词三首考释…………………………………………（298）
说白石词《暗香》《疏影》…………………………………（320）
后记………………………………………………………（342）

代 前 言
（张国光教授遗作）

  胡忆肖同志的《唐宋诗词名篇辨析》，选择了脍炙人口的唐宋诗词名篇二十余首，进行了全面的探讨、细致的分析，并且就这些名篇中诸如主题思想、篇章结构、语言艺术等方面存在的疑点、难点进行了系统的研究，阐幽探微，有不少独创之见。由于此书对前人、近人的各种说法进行了广泛的搜集，并使之条理化，辨镜其源流，使读者能够从中比较各种不同见解的得失，以利于择善而从，因此对读者来说，阅读此书，既可以丰富提高对这些名篇的素养，扩大知识面，又有助于增强鉴别的能力。还有，作者在引用前人或近人的研究成果时，能够一一注明出处，通过详细占有资料，运用考证的方法，总结前人和近人研究的成果，而断以己见，使读者不能不首肯。有的问题，按而不断，也有益于读者开拓思路。因此，此书的性质是一本在内容上富于创见，在体例上也有创新的学术著作。

  另外，作者是在开设唐宋诗词名篇选修课的基础上逐步充实写成此书的，这也是高等院校教师结合教学开展科研的一个实例，说明教学水平和科研水平是可以同时提高的。还要说明的是，作者由于在文学创作上已经有所建树，因此被批准为中国作协会员，其文笔流畅、细腻，亦将为人所共见。作为一个作家而在古典文学方面又有这样深的造诣，实属难能可贵。特为之记。

1987.7.2

王勃《杜少府之任蜀州》辨疑

杜少府之任蜀州

城阙辅三秦,风烟望五津。
与君离别意,同是宦游人。
海内存知己,天涯若比邻。
无为在歧路,儿女共沾巾。

  这首诗,历来的唐诗选本在一些主要问题上并无多大分歧,一般皆认为写于长安;而诗的情调是积极健康的。《中国历代诗歌选》写道:"城阙,这里指长安,是送别的地方。"①《唐诗选注》说:"这是作者在京城长安送朋友前往蜀地(今四川省)任县尉时写的一首抒情诗。它……不仅表现出作者对好友的深厚情谊,而且也反映了唐初社会生产处于恢复和发展时期,在统治阶级中社会地位比较低下、有所作为的青年的积极进取精神。"② 较早的选本,如陈婉俊补注的《唐诗三百首》

---

  ① 林庚,冯沅君. 中国历代诗歌选:上编(二)[M]. 北京:人民文学出版社,1979:291.
  ② 中国社会科学院文学研究所唐诗选注小组. 唐诗选注:上册[M]. 北京:北京出版社,1978:2.

说是"赠别不作悲酸语,魄力自异。"① 喻守真在《唐诗三百首详析》中也认为"城阙"指长安,还说:"此是送别的诗,意在劝慰毋为离别而悲哀,读了自有一种至友挚情,油然而生,慷爽天真,不作悲酸之语,可以想见其为人。"②

　　说这首诗作于长安的主要根据就是"城阙辅三秦"一句。更确切地说,就是"城阙"一词。它的普遍的、传统的解释皆指国都京城,那么这首诗自然是作于长安了。加上《新唐书·王勃传》又记载王勃的确在京城待过,当时他"年未及冠,授朝散郎,数献颂阙下。沛王闻其名,召署府修撰"③。这样,就更加有力地证明这首诗是在长安写的了。因此,许多本子在解释头两句时,都说一句是写送别之地长安,一句是写杜少府将到之地蜀州:"关中一带的茫茫大野护卫着长安城,这一句说的是送别的地点。……远远望去,但见四川一带风尘烟霭苍茫无际。这一句说的是杜少府要去的处所。"④

　　1983年第1期《文学遗产》发表了丘良任的《"城阙辅三秦"解》⑤,对普遍的、传统的解释提出了质疑,对"城阙"一句以及这首诗的写作地点发表了自己的见解。丘文的主要论点是:

---

　　① (清)蘅塘退士.唐诗三百首[M].陈婉俊,补注.北京:中华书局,1980:2.
　　② 喻守真.唐诗三百首详析[M].北京:中华书局,1980:141.
　　③ (宋)欧阳修等.新唐书:卷二百一[M].北京:中华书局,1987.
　　④ 刘征.开阔的胸襟　豪迈的离歌[M]//唐诗鉴赏集.北京:人民文学出版社,1981:2.
　　⑤ 丘良任."城阙辅三秦"解[J].文学遗产,1983(1).

第一,"城阙"并非专指天子所居之地。他列举《王子安集》中"城阙"数度出现,还有宋之问、杜甫等人有关诗中"城阙"并非专指帝京为例。同时列举曹学佺《蜀中广记》以作重要证明。兹转录如下:

> 子安《送杜少府之任蜀州》诗"城阙辅三秦,风烟望五津",未下注脚,不知也。《丹铅余录》(明杨慎撰——引者)云,"大江自湔堰至犍为,有五津……出《华阳国志》。"王勃诗"风烟望五津"……皆指此。然首句亦出《华阳国志》,而用修(指杨慎——引者)未之引也。成都本治赤野街,张仪徙置少城内,广营府舍,修整里阓,市张列肆,得与咸阳同制。此即"城阙辅三秦"之义。

第二,丘文断定王勃作此诗时在虢州参军任上,而不是在长安。并分析说,王勃在京时"对策高第",正是十几岁的青少年春风得意之时,不能说是"宦游"。杜少府赴蜀,王勃在京,更不能说是"同是宦游人";而且他这时尚未游蜀,亦不能悬揣蜀地风物,加以描绘。他离开长安后即游蜀地,饱览了蜀地山川形胜,才能在诗中对蜀地情景作真实的描写。又因他任参军,与少府一样都是佐贰之职,不能展其抱负,所以有"与君离别意,同是宦游人"之句。

据以上两点,丘文的结论是:

> 杜少府之名不可考,远赴蜀川,是王勃旧游之

地,故首告之蜀地形胜,次联自抒怀抱,三四联则表示对杜少府的安慰和鼓励。诗意明顺,无待曲解。

丘文发表后颇得赞同,《光明日报》副刊《文学遗产》的编者作了综合报道,"类似作了总结",倾向性是很明显的。不过,随后《文学遗产》又发表了启功先生的文章《也谈〈杜少府之任蜀州〉诗》①。他对版本的异文进行了精确的考查,确定了"俯西"和"俯三"的不同,然后还是从"城阙俯三秦"全句来发表意见:

> 王勃所写,即是登楼远望的情景。以长安首都为中心,茫茫四顾,这片视野中,乃至包括诗人意识中,有多少城市。这些城市,都是"皇畿"的外围,起着辅佐"皇畿"的作用。"三秦"为什么算"皇畿"?因为"三秦"即是杜甫所说的"秦中自古帝王州"的秦中,它具有"帝王州"的性质,而长安即是它的集中代表。自有受四外城市夹辅的资格。那么城阙即指登楼所见的四野城市。
> 综观二句,是一近一远。近是送别时聚首宴会所在地长安;远是杜少府一路远行的去处。近是横看,远是纵望。

启功先生虽然坚持了送地在长安,但他有创见,那就是

---

① 启功. 也谈《杜少府之任蜀州》诗[J]. 文学遗产,1983(4).

"城阙"不指长安,指的是夹辅"皇畿"的周围的城市。

霍松林先生在其《豪情壮志谱骊歌》一文中批驳了丘文的论点。他以《文苑英华》中的注"俯西秦"为据,论定"城阙"不指成都而指长安。他认为"城阙辅三秦"本意是"三秦辅城阙"。他解释说:

> 第一句,"城"、"阙"并提,写凤阙入云、城垣高耸的京都长安,"辅"以辽阔的"三秦",视野宏远,气势雄伟,同时又点明送别之地。①

启功先生与霍松林先生都是著名学者,诗词功夫极深,见解又很精辟,文章一出,丘文的持论似乎难以站住,同意"城阙"即指成都的人自会有所动摇。其实,丘文的贡献还是有的,他否定了"城阙"一词专指帝京说,启功先生也认为"城阙"不一定是帝京的同义语,故有"城阙即指登楼所见的四野城市"之说。这是在传统研究的基础上前进了一大步。丘文自然也有明显的不足之处。如他认定"城阙"专指成都,与认定"城阙"专指长安如出一辙。又如他断定此诗为虢州参军任上所作亦无充足证据,只是一种推测。至于说王勃在外地供职不能叫宦游,也是站不住脚的。霍松林先生对此有正确的分析:

> "宦游"一词,见于《史记·司马相如列传》。司

---

① 霍松林.唐宋诗文鉴赏举隅[M].北京:人民文学出版社,1984:4.

马迁在叙述了司马相如"事孝景帝,为武骑常侍",后来又回到成都老家之后写道:"(王)吉曰:'长卿久宦游不遂,而来过我。'"可见离家在京城里作官,也叫"宦游"。

应该看到,传统的"城阙"即长安说在丘文提出异议后,单靠在城阙与长安间画等号是不够的,还应该像霍松林先生那样作出新的、比较合理的解释;也应该像启功先生那样在版本上多下功夫,提出新的证明。至于说,这首诗就是作于长安,也同作于虢州说一样,某种程度上是一种分析推测,证据尚不充分。这个问题牵涉到对这首诗的内容的理解。也就是说,对这首诗,除了"城阙"一词以及作诗地点的分歧之外,还有内容上的理解问题。这一点后文还要谈到。

这里先就前两句谈一谈。这两句是指蜀地,还是一指长安、一指蜀地,我们还是联系整个作品分析一下。唐人作诗不轻易立题,诗题往往大有文章。这首诗,应该在"之任蜀州"上多加考虑。很明显,杜少府外出做官,他要去的地方是蜀州,不谈蜀州行吗?唐宋时期,人们要想得到升发,或说想实现自己的政治理想,最好的出路有两条——做京官或到边疆去杀敌立功。做京官,在皇帝身边,有可能得到皇帝的赏识,前途也就大了。所以柳宗元在元和九年(814)从贬所回朝后,次年三月被任为远离朝廷的柳州刺史时,看来是升了,为一州之长,但他心里仍然很不痛快(当然原因是复杂的),所以在《重别梦得》诗中唱出了"皇恩若许归田去,晚岁当为邻舍翁"的低沉调子。苏轼因与王安石政见不合,熙宁四年(1071)出任杭州通判，情绪也不高，在《游金山寺》诗中说"有田不归如江水"。杜少府的外任只不过是一个小官，而且地点又在道路艰难的蜀地，在路上要走许多日子，心里面能够那么踏实吗？王勃既然旨在鼓励、安慰杜少府，那么他将蜀地的风光描绘得雄伟壮阔一些，以坚其行，又有什么不可以呢？因此，将"城阙"认为指成都，"城阙辅三秦"实指秦蜀两地相互辅依，也还是可以的。至于说这两句诗只有王勃到过蜀地之后才能写出，那倒不一定。不到蜀地，具备了有关蜀地的地理知识，照样可以写出。类似王勃的这首五律头两句将重点放在所去之地上，在唐人的五律诗中并不少见。试举数例。

王维《送梓州李使君》："万壑树参天，千山响杜鹃。山中一夜雨，树杪百重泉。汉女输橦布，巴人讼芋田。文翁翻教授，不敢倚先贤。"这首诗写送友人到梓州任刺史，梓州即今四川三台县，首二句就是写的所去之地的奇妙风景，紧切去地，扣紧题目中的"梓州"，并没有一写送地一写去地。

王维《送刘司直赴安西》："绝域阳关道，胡沙与塞尘。三春时有雁，万里少行人。苜蓿随天马，蒲桃逐汉臣。当今外国惧，不敢觅和亲。"送人去安西，首二句所谓"绝域""胡沙"都是所去之地西域的景象，并没有一写送地一写去地。

李白《送友人入蜀》："见说蚕丛路，崎岖不易行。山从人面起，云傍马头生。芳树笼秦栈，春流绕蜀城。升沉应已定，不必问君平。"这也是送友人入蜀，但首二句都说蜀地事，不是一写送地一写蜀地。

贾岛《送唐环归敷水庄》："毛女峰当户，日高头未梳。地侵山影扫，叶带露痕书。松径僧寻药，沙泉鹤见鱼。一川风景好,恨不有吾庐。"敷水庄在陕西华阴,毛女峰为华山最高峰之一,亦在华阴。故首二句写所去之地的景和事,不是一写送地一写去地。

我们并不认为,写这样属于五律的送别诗,一定要在开头两句写所去之地,也还有许多五律送别诗不是这样的,这不能认为是一个规律。但我们认为,王勃这首诗的首二句,解释成从所去之地蜀中写起,也还是可以的。

如此分析,也并不是肯定"城阙"指成都一说完全正确而排斥启功、霍松林先生的意见,不能也用不着这样。我们认为,在各方都持之有故、言之成理的情况下,应当数说并存,并在争论中不断完善各自的见解。

事实上,不管这首诗的首二句作何解释,都并不影响它的主要内容。李坦先生在《〈"城阙辅三秦"解〉献疑》[①] 一文中说:"颈、尾两联'海内存知己,天涯若比邻。无为在歧路,儿女共沾巾',才是全篇'诗意'的关键所在。"这个意见是可取的。

我们可以将范围缩得更小一些:"海内存知己"两句才是全诗的主旨所在之处。这就牵涉到我们前面所说的对这首诗的内容的理解。说这首诗的情调开朗、感情健康或昂扬,这几乎是绝大多数说诗者都会同意的;但如果说作者借送友这件事抒发自己的豪壮胸怀则比较勉强,因为这不太符合这首诗的实际。这首诗的主旨,诚如喻守真所言,就是抒写"至友挚情"。

---

① 李坦.《"城阙辅三秦"解》献疑[J]. 扬州师范学院学报,1983(4).

诗的开头两句紧扣题目，写杜少府要去的蜀地。那里与关中互相辅依，首府成都也是气象宏伟的城市。蜀中地势辽阔，从成都城上可以望见风烟迷茫的五津。在王勃笔下，蜀地并不像后来李白描写的"难于上青天"那样艰险，倒是气势雄壮，别有一番风采。这无疑能引起杜少府的向往之情，减少他的疑虑。这正是这首诗的主题所需要的。三、四两句分别从自己和友人两方说出，讲的是送别的原因、友谊的基点。说明在分别时两人的心情有共同之处，因为同是在外作官，情形相似。五、六两句，诗人的本意是对杜少府进行安慰。告诉他，虽然朋友分手之后，相距会很远，但只要情真意切，友谊深厚，也会心心相通，如同近邻一般。这种表达友情的方式，境界阔大，情理深刻，使诗句的作用已超出两人友谊的狭窄范围，显示了诗人高远的志趣，无限宽广的胸怀，似乎友人前去的蜀川和诗人所在的地区已连成一块，没有远近的区别了。因为表达友情方式的高妙，容量深广，使这两句诗流传不朽，保持着永不衰竭的生命力。

当然，无论诗人怎样向杜少府宣传蜀地的美好，也不论他怎样安慰，这毕竟是一次分别，而且是长久的分别，还不知道哪一天能够重逢，离情别意，难免总要萦绕心头。于是诗人将眼光从高远处移到眼前，回到离别这一点上，对友人宽解。嘱咐他说：不用在分别的岔路上，像女人小孩那样泪湿手巾啊！诗人的用意显然是扫除那通常都有的离愁别恨，使杜少府能够爽然登程。就全诗来讲，末联的情调与前面的境界是谐和的。

刘逸生先生关于这首诗的内容的归纳，可供我们参考。他说："这首诗从思想内容看，歌颂了人间真挚的友情之可贵，说明这种友谊并不会因为形迹疏远而减弱，诗里洋溢着真实的、深挚的感情。"①

另外，还想说一说"儿女共沾巾"一句中的"儿女"。许多选本都将"儿女"解释为"青年男女"②，因之在翻译这一句时，有的说："不要像普通男女一样啼哭，让眼泪弄湿了佩巾。"③ 有的说："不必像儿女一般，在岐路上两泪共沾巾啊。"④还有的说："不要在岔路口分手的时候，像多情的年轻男女那样哭哭啼啼，让泪水沾湿了佩巾。"⑤ 以上解释都不妥当。"儿女"应作"儿女子"，语出《后汉书·来歙传》："故呼巨卿（盖延），欲相属以军事，而反效儿女子涕泣乎!"⑥ 来歙是东汉刘秀手下的将军，他于建武十一年（35）率兵攻蜀。蜀主公孙述很害怕，就派刺客刺杀他。死前他驰召盖延接替他主管攻蜀军事；盖延很伤心，不敢仰视，来歙就说了以上一番话，意思是希望他坚强。"儿女子"义同"妇孺"，就是指妇女和小孩，他们感情脆弱一些，往往容易动情，故来歙有此说。

---

① 刘逸生. 唐诗小札［M］. 广州：广东人民出版社，1978：2.

② 金性尧. 唐诗三百首新注［M］. 上海：上海古籍出版社，1980：159.

③ 中国社会科学院文学研究所唐诗选注小组. 唐诗选注：上册［M］. 北京：北京出版社，1978：2.

④ 喻守真. 唐诗三百首详析［M］. 北京：中华书局，1980：141-142.

⑤ 陶今雁. 唐诗三百首详注［M］. 南昌：江西人民出版社，1980：177.

⑥ （宋）范晔. 后汉书：卷十五［M］. 北京：中华书局，1987.

陈子昂《登幽州台歌》辨说

登幽州台歌

前不见古人，后不见来者。
念天地之悠悠，独怆然而涕下。

武则天万岁通天元年（696），契丹头目孙万荣、李尽忠发动叛乱，攻陷营州（治所在今辽宁朝阳）。武则天任命族人建安王武攸宜领兵前往征讨，陈子昂在武攸宜的幕中任参谋。《蓟丘览古赠卢居士藏用七首》以及《登幽州台歌》便是这一时期的作品。

这首诗是古今一致公认的名篇，但对于它的思想内容，人们的理解却并不相同。黄雨在《新评唐诗三百首》中提出了自己的意见：

> 此诗系古今公认的名篇，一致给以高度的评价。但对它所抒发的感情，却有不同的理解。或认为是感叹生命有限，自然无穷；或认为是感叹怀才不遇，不能与前圣后贤同时；或认为是抒发孤独之感。其实，不论如何理解，若专指一端，便把其内涵和意义缩小了。诗人登上高台，纵望天地，俯仰今古，心中涌起

的不只一事，而是思绪万千，感想无穷。于是用这高度概括的语言，来表达其不能尽说的情感。呈现于诗中的，实是一个包括宇宙今古，无限宽广的精神境界。诗人的怆然，也是从具有远大抱负的胸怀中产生出来的。①

刘逸生先生在《唐诗小札》中也有类似的看法：

这四句诗很难演绎，也很难解说，诗人胸中包罗广阔，笔下弃尽町畦，无来无去，无首无尾。勉强解说，势必如浑沌凿窍，七日而死。②

刘先生这段话，引起了高蓬洲先生的异议，他在一篇文章中说："这首诗当真就这样高深莫测、不能分析解说吗？我以为只要弄清作者当时的处境和思想，再来仔细涵咏，'浑沌'也是可以'凿窍'、认清它的眉眼的。"③ 高先生这段话自是不错，不过刘先生接下来还说了几句："然而我们必须知其时代背景，必须探其写作动机，尽力去接近它，才有可能设法去了解它。"④ 这几句话似乎和高先生的意见相一致。我想黄先生

---

① 黄雨. 新评唐诗三百首 [M]. 广州：广东人民出版社，1982：43.
② 刘逸生. 唐诗小札 [M]. 广州：广东人民出版社，1978：9-10.
③ 高蓬洲. 浑沌凿窍看芳姿 [J]. 河北师范大学学报，1984（3）.
④ 刘逸生. 唐诗小札 [M]. 广州：广东人民出版社，1978：10.

与刘先生的本意并不是说这首诗不可解，而是认为它博大精深，不容易理解。黄先生的意见更具体一些。他以"其实"二字一转，将几种传统的见解都否定了。因此，我们有必要将一些有代表性的意见交代几笔。王运熙先生说："这首短诗，由于深刻地表现了诗人怀才不遇、寂寞无聊的情绪，语言苍劲奔放，富有感染力，成为历来传诵的名篇。"[1] 喻守真说："这是诗人用抑郁悲愤的语调，来发抒'生不逢辰'，郁郁不得志的伤感。"[2] 张燕瑾说："这首传诵了一千多年的名作，以慷慨悲凉的调子，刻划了一个忧国忧民而又生不逢时的封建社会知识分子形象。"[3] 类似的意见还很多，我们不能一一列举。仅从这几种意见来看，分歧的地方不多，可说是大同而小异，如黄雨先生所说，都是"专指一端"的。

那么，对这首诗究竟应如何理解？怎样分析才能接近于这首诗的实际？我们说，要比较正确地理解一首诗，还是要从诗的语言入手、从诗人流露的感情入手、从诗人所描绘的意境入手，并且顾及诗人所处的时代及个人经历；否则便会把它当成"浑沌"，只能说一说它的浑然状态，无法了解其内涵。

首先，我们还是从它的题目说起。唐人于诗，是很讲究题目的。题目包括了三个内容。内容之一就是地点：幽州台。幽州台又称蓟丘、燕台，还有叫蓟北楼的。有人说燕昭王曾置黄金于台上以招揽天下贤士，这似乎与黄金台相混了。而黄金台

---

[1] 萧涤非等.唐诗鉴赏辞典［M］.上海：上海辞书出版社，1985：46.

[2] 喻守真.唐诗三百首详析［M］.北京：中华书局，1980：54.

[3] 张燕瑾.唐诗选析［M］.天津：天津人民出版社，1981：13.

的原址至今已有多种说法：按《大清一统志》的记载在大兴县东南；按《述异记》记载则在燕王故城（今北京市西南）中；按《琅琊代醉编》又说在河北易县东南。而在陈子昂看来，幽州台大约不是黄金台。他在《蓟丘览古赠卢居士藏用七首》其二中写道："南登碣石馆，遥望黄金台。丘陵尽乔木，昭王安在哉！霸图怅已矣，驱马复归来。"① 根据这首诗，可知他登的是蓟丘，即幽州台，而不是黄金台，但他却可以"遥望黄金台"。再就是一个动词"登"字。登，自然是登高望远，无论天地楼台，都会尽收眼底。最后就是一个"歌"字。也就是说这是一首能吟哦的短诗。我们讲了三点，主要只想说明一点：这首诗写的是诗人登上幽州台时的所见所感。他所见的是什么？按照《蓟丘览古》，当然是看到了黄金台。那是燕昭王延揽人才的地方。看到了古迹，自然会有怀古的幽思，这就是所感。但是他似乎都没有写，突然写了一句"前不见古人"。这真是奇怪，他的面前怎么会看见古人呢？古人都躺在丘墓中了！接着一句亦如此："后不见来者"。乍一看，他登台好像是为了看人，看"古人"和"来者"，但他都没有看到。那怎么能看到呢？诗人绝不会写这个意思，解诗者也绝不会如此无知地这么理解。关于古人和来者，许多本子都作了解释：

  这里的古人是指古代那些能够礼贤下士的贤明君

---

 ① 林庚，冯沅君. 中国历代诗歌选：上编（二）[M]. 北京：人民文学出版社，1979：302.

主。……后来的贤明之主也来不及见到。①

  这两句意谓，像燕昭王一类任用贤才的明主，我来不及见到；这样的明主今后也一定会有的，但我也不可能见到。②

  是说像燕昭那样能任用贤才的人，古代曾经有之，但不及见；后来当亦有之，但也不能见。③

  这些解释都很正确，说明研究者注意到了诗人所指的"人"的真正含义。不过，我们认为，他首先见到的不是人，而是像黄金台这类古迹；想到的才是人：古代贤君和后代的贤王。因为要适应题目中的一个"登"字，所以才说"前不见""后不见"。也就是说，他登上高台，看见了古迹黄金台，在一片苍茫之中；上有高天，下有大地，立即引起了他前后不见的深沉感慨。应该说，诗人将所见所感概括于两句之中，所见引起了所感，所感又体现了所见。他使用的诗句有极大的概括力。不过，这两句却是从古人诗句中化出。楚辞《远游》中就这样讲过："惟天地之无穷兮，哀人生之长勤。往者余弗及兮，

---

① 萧涤非等.唐诗鉴赏辞典［M］.上海：上海辞书出版社，1985：46-47.

② 陶今雁.唐诗三百首详注［M］.南昌：江西人民出版社，1980：58.

③ 朱东润.中国历代文学作品选：中编第一册［M］.上海：上海古籍出版社，1980：28.

来者吾不闻。"① 阮籍《咏怀》诗也有"去者余不及,来者吾不留"② 这样的句子。只是诗人化用之后,将时间拉得很远很远,而且不单是抒情议论,还包括了登高所见。

　　既然一、二两句写了所见,以所见体现所感,那么接下去当然就要专写所感了。于是第三句干脆用了一个"念"字领起。"天地",在诗人登高遥望时就已经收入眼帘了,从来没有人说登上高处却不见天地。但这里他显然不是说他看到了天地,他是承上两个"见"字,说他想到了,想到了天地的悠悠。有人认为这一句写空间辽阔。天地固然辽阔,但"悠悠"还能作长远解释。当然并不排斥说这一句也表现了天地的辽阔无尽,既长且远不就是这样么?但从意思上看,又是承前写出,前面说的是时间的漫长,这一句说的是天地的长久。面对着如此渺远长久的宇宙,人的生命就显得非常短暂了;在他短暂的一生中,前代的贤君他是赶不上了,后代的贤王他也见不着。也就是说,他没有遇到知人善任的君主,自己的才能得不到发挥,抱负不能施展,这难道不令人悲伤地流下眼泪吗?

　　最后一句以"独"字领起,突出地表现了诗人的孤寂与悲愤。这一句是诗人所描写的客观情形的必然产物,也是他抑郁感情发展的高潮。所谓"客观情形"就是他"不见"古人和来者,人生与悠悠天地相比,又是那样短暂;所谓"抑郁感情",就是他的贯穿于前三句的无人理解、深受压抑的悲愤感情。这

---

　　① (宋)洪兴祖. 楚辞补注 [M]. 北京:中华书局,1983:163-164.

　　② 吴小如等. 汉魏六朝诗鉴赏辞典 [M]. 上海:上海辞书出版社,1992:824.

样看来,他的确是在诗中抒发他的生不逢时的伤感情绪!从某种意义上来看,他是在对那个时代埋没、压抑人才的一种控诉,也是对那个时代的否定。为什么他会有这种感情?这与他的坎坷经历有着紧密联系。

陈子昂是个有远大政治抱负的人。二十四岁便中了进士,任麟台正字,随后又任右拾遗。在这期间,他多次上书批评朝政,陈说自己的意见。例如,在他二十九岁的时候就上呈《答制问事八条》,其中就谈到要任用贤才、减轻人民负担等事。① 可是他的忠言并没有被采纳。到了武则天延载元年(694),他甚至被诬指为"逆党",被逮捕入狱。尽管如此,他的政治理想也没有完全泯灭,出狱后他还写了一份《谢免罪表》,表达自己献身疆场的决心:"臣伏见西有未宾之虏,北有逆命之戎,尚稽天诛,未息边戍。臣请束身塞上,奋命贼庭。"② 随后就是我们前面提到的,他随建安王武攸宜出征,到了幽州。武攸宜是一个没有才略的贵族,刚愎自用,听不进忠言,致使前锋大败。陈子昂的进谏又每每被拒绝,本想立功边疆,谁知满腔报国热情也将付之东流,诗人的抑郁失望情绪是难以言喻的,于是便借诗歌"言志",写下了《蓟丘览古赠卢居士藏用七首》同这一首《登幽州台歌》。这一历史事实,在诗人的好友卢藏用的《陈氏别传》中有所记载:"自以官在近侍,又参预军谋,不可见危而惜身苟容。他日又进谏,言甚切至。建安谢绝之,

---

① (宋)欧阳修,宋祁. 新唐书:卷一百七[M]. 北京:中华书局,1987.

② (唐)卢藏用. 陈氏别传陈伯玉文集序[M]. 四川省射洪县文物管理所编印,1984.

乃署以军曹。子昂知不合，因钳默下列，但兼掌书记而已。因登蓟北楼，感昔乐生、燕昭之事，赋诗数首，乃泫然流涕而歌曰：'前不见古人……'时人莫之知也。"卢是陈的好友，陈又有诗七首相赠，其记载是比较可靠的。前引七首之二就明确提到："丘陵尽乔木，昭王安在哉！"其七《郭隗》也写道："逢时独为贵，历代非无才。隗君亦何幸，遂起黄金台。"这样看来，诗人主要是因为胸怀抱负不能实现、报国理想一再受到打击，感情上很受压抑，深感不逢其时，才写下了这首诗。这难道不是发于一端么？难道不是在万千思绪中有一根生不逢时、怀才不遇的主线么？

大凡诗人写诗，多是因客观现实的影响或刺激，引起主观感情的波澜，非写不可，这样写出的诗才是好诗。白居易难道不是因为琵琶女的身世触动了他的感情，"是夕始觉有迁谪意"，才"因为长句"，写下以情动人的《琵琶行》么？这样的例子无论古代或现代都是很多的。许多人写诗往往因某一点触动了他，他想表达某一方面的感情，于是便以"一端"发之。能够包括一切的诗歌或文艺作品实际上是不存在的。当然，读者读这首诗的时候，可能会感到诗中有一种"无限宽广的精神境界"，但这是作品的客观效果，与作者的主观感情有时并不一致，所谓"作者未必然、而读者未必不然"便是这样。中国社科院文学所的《唐诗选注》讲得比较客观："我们读起这首诗来，感到宇宙的辽阔，时间的流逝，而且可能会想到个人在这无穷无尽的宇宙的苍茫和时间的长河中，到底将有些什么作为才不是虚度此生呢？在陈子昂当时，他想到自己有抱负而无从施展，于是就悲伤下泪，这是封建社会中的知识分子一种患得患失的感伤情绪，是完全可以理解的。"① 这一段话既说到了读者又说到了作者，两方面都顾及到了，考虑是比较周到的。

　　陈子昂由于自己的襟抱不能开展，导致了他对所处时代的否定，并不一定能得到历史学家的赞同，因为武则天还是一位颇有作为的女皇，在她的统治下国家政权得到了进一步巩固。但她毕竟是个封建皇帝，任用酷吏，滥用刑罚，遭到了许多正直朝臣的反对，自然也不会得到陈子昂的赞同。而且在封建社会中，即使是处于上升时期的封建王朝，压抑人才的现象也还是普遍存在的，王运熙、杨明两先生对此有明确的见解："这种现象在过去时代是根本无法完全避免的，《登幽州台歌》反映了这种现象，表现了子昂怀才不遇的悲感，具有深刻的典型意义，因此千百年来一直唤起人们的共鸣。"②

　　诚如黄雨同志所说，这首诗的确使用了"高度概括的语言"，它在艺术上也有着明显的特点。高蓬洲先生对这一点有过透辟的分析：

　　　　最突出的一点是境界开阔，而又浑然一体。从篇幅上看，此诗与其他诗歌相比，可以说包含了尽多的内容。分析起来，大致有四个方面：事、情、景、理。事即怀才不遇之事，情即孤愤郁闷之情，景即登

----

　　① 中国社会科学院文学研究所唐诗选注小组. 唐诗选注：上册[M]. 北京：北京出版社，1978：14.
　　② 王运熙，杨明. 陈子昂和他的《登幽州台歌》[M] //唐诗鉴赏集. 北京：人民文学出版社，1981：14.

高所见之景，理即人生有限之理。由于作者能从极大处即从整个时空上去着眼，内容又彼此渗透、包融，相互映衬、生发，所以各方面都达到了极度。试看，其事何等惨重：不幸的遭遇，既是空前，又复绝后；其情何等沉痛：充塞天地，挥泪如倾；其景何等空寂：天长地久，凄凉、迷蒙；其理何等剀切：人生几何，宇宙无穷。这些又构成了一个境界极其开阔、情思极其深远、气氛极其悲怆的巨大、浑雄的统一体。①

---

① 高蓬洲. 浑沌凿窍看芳姿［J］. 河北师范大学学报，1984（3）.

孟浩然《临洞庭湖上张丞相》辨析

临洞庭湖上张丞相

八月湖水平，涵虚混太清。
气蒸云梦泽，波撼岳阳城。
欲济无舟楫，端居耻圣明。
坐观垂钓者，徒有羡鱼情。

关于这首诗，有两个问题值得讨论。第一个问题是这首诗的写作时间，第二个问题是这首诗的主题。

这首诗的写作时间，有几种不同的说法。金性尧的《唐诗三百首新注》说："玄宗开元二十一年（733）张九龄为相，作者游长安，以此诗相赠。"① 中国社会科学院文学所的《唐诗选》说："唐玄宗开元二十一年（733），张九龄为相，孟浩然曾西至长安，希望得到引荐，用这首诗赠当时在相位的张九龄，表示了作者从政热情。"② 《唐诗鉴赏辞典》说："唐玄宗

---

① 金性尧. 唐诗三百首新注［M］. 上海：上海古籍出版社，1981：192.

② 中国社会科学院文学研究所. 唐诗选：上［M］. 北京：人民文学出版社，1979：16.

开元二十一年（733），孟浩然西游长安，写了这首诗赠当时在相位的张九龄。"① 霍松林、林从龙选编的《唐诗探胜》说："这时的张九龄已被贬荆州。《临洞庭》也很有可能是诗人陪张九龄游岳阳时的作品，其时当在开元二十五年秋。"② 丁富国同志赞成这一说法。他的《孟浩然〈临洞庭赠张丞相〉的写作时间及主旨新探》一文，对这一说法进行了解释：

> 张九龄于开元二十五年四月贬荆州长史。《新唐书·文艺列传》载："张九龄为荆州长史，辟置（孟浩然）于府。"孟浩然的《荆门上张丞相》说："共理分荆国，招贤愧楚材……始慰鸣蝉柳，俄看雪间梅。四时年籥尽，千里客程催。"据首二句，张九龄到任后似即辟孟浩然入幕府，张四月被贬，五、六月或抵任所。据后四句，孟似于夏末入幕，年终便思辞幕还家。孟的《和张丞相春朝对雪》和张（九龄）的《立春日晨起对积雪》当作于次年正月立春，其后孟辞归，结束了不到一年的幕府生活，到开元二十八年卒。从孟浩然《陪张丞相登荆州城楼因寄蓟州张使君及浪泊戍主刘家》、《从张丞相游纪南城猎戏赠裴迪张参军》、《陪张丞相登当（嵩）阳楼》、《陪张丞相自松滋江东泊渚宫》等诗篇，可知开元二十五年冬，孟浩

---

① 萧涤非等.唐诗鉴赏辞典［M］.上海：上海辞书出版社，1983：81.

② 霍松林，林从龙.唐诗探胜［M］.郑州：中州古籍出版社，1984：37.

然与裴迪等幕友陪张九龄从荆州出发，途经（纪）南城，往当阳、松滋江东等地视察下情，登临览胜。由此，可以推知孟浩然在八月里陪同张九龄饱览洞庭湖的壮观景象，以解（张九龄）被贬之烦恼，是完全可能，言之成理的。①

按《新唐书·张九龄传》："是岁，夺哀拜中书侍郎、同中书门下平章事。……明年，迁中书令。"② 这里的"是岁"没有说明是哪一年。查《新唐书·宰相表》就有记载：开元二十一年"张九龄为中书侍郎、同中书门下平章事"，开元二十二年"九龄为中书令"，二十四年"九龄罢为右丞相"。③ 至于贬为荆州长史是哪一年，则没有记载。《旧唐书·张九龄传》的记载则较为具体："寻丁母丧归乡里，二十一年十二月，起复拜中书侍郎、同中书门下平章事。明年，迁中书令。……二十四年，迁尚书右丞相，罢知政事。"后来，他终于被李林甫排挤出朝，"左迁荆州大都督府长史"。贬荆州长史是在哪一年，《旧唐书》也未记载。④ 许多唐诗选本均只笼统说明，不记载

---

① 丁富国. 孟浩然《临洞庭湖赠张丞相》的写作时间及主旨新探[J]. 许昌师专学报，1985（4）.
② （宋）欧阳修，宋祁. 新唐书：卷一百二十六［M］. 北京：中华书局，1987.
③ （宋）欧阳修，宋祁. 新唐书：卷六十二［M］. 北京：中华书局，1987.
④ （后晋）刘昫等. 旧唐书：卷九十九［M］. 北京：中华书局，1987.

具体日月。《唐诗三百首新注》注为开元二十一年；①《唐诗鉴赏辞典》则独主二十四年之说："大约是唐玄宗开元二十四年（736），李林甫、牛仙客执政后，诗人被贬为荆州刺史时所写。"② 我们认为，张九龄被贬当在开元二十四年或二十五年，一般皆从二十五年之说，是"荆州大都督府长史"，不是"刺史"。

　　唐代官制，朝廷中央政权设尚书省、门下省、中书省，三省长官尚书令、侍中、中书令都可称宰相；非三省长官参预宰相事务者，称做"同中书门下平章事"。根据上面的叙述，在开元二十年，张九龄不能被称作"丞相"。丁富国同志说得好："显然作于开元二十年（732）的说法不妥。"那么，说这首《临洞庭》诗写于开元二十一年行不行？也不行。因为张九龄为相是在开元二十一年十二月，这首诗开头就有"八月湖水平"一句；而且按当时的通信条件，张九龄十二月为相，已是年终腊月之时，孟浩然不可能听到这个消息。二十五年呢？丁富国同志说，张九龄开元二十五年四月被贬，五、六月或抵任所；到任后即辟孟浩然入幕府；孟似于夏末入幕，年终便思辞幕还家。夏末与初秋相接，离八月还有一段时间，农历八月游洞庭不是不可能的。但是，张九龄之所以辟孟浩然入幕，也还是因为孟浩然给他写过这一首诗，他放在心上；绝不是他乍到荆州任上，接到孟浩然的诗，便将他召入幕府。因此可以确

---

① 金性尧.唐诗三百首新注［M］.上海：上海古籍出版社，1981：192.

② 萧涤非等.唐诗鉴赏辞典［M］.上海：上海辞书出版社，1983：66.

定：这首诗写在开元二十二年至二十四年之间，其他的时间都是不太可靠的。

关于这首诗的主题，一些选本的说法虽大体相同，但也有分歧。如何正确全面评价这首诗的内容，认识也不够一致。

喻守真在《唐诗三百首详析》中说："这是一首'干禄'的诗，意在献诗于张丞相，希望他加以录用。"①

中国社科院文学所的《唐诗选注》说："它描绘了洞庭湖的壮观的景象，同时也抒发了作者求官不得的苦闷心情。读后给人印象最深的是前者，洞庭湖的艺术形象，掩盖了或者减弱了后者的平庸。"②

《唐诗鉴赏辞典》说："这是一首干谒诗。……目的是想得到张的赏识和录用，只是为了保持一点身份，才写得那样委婉，极力泯灭那干谒的痕迹。"③

金性尧在《唐诗三百首新注》中说："作者游长安，以此诗相赠，实际是向他乞仕。"④

张燕瑾在《唐诗选析》中说："这是一首请求荐举的干谒诗。它以观湖起兴，寄托了自己不甘隐居、迫切求仕的心情，向张丞相表示了渴望得到援引的要求。如果单就诗的内容看

---

① 喻守真. 唐诗三百首详析 [M]. 北京：中华书局，1980：159.
② 中国社会科学院文学研究所唐诗选注小组. 唐诗选注：上册 [M]. 北京：北京出版社，1980：37.
③ 萧涤非等. 唐诗鉴赏辞典 [M]. 上海：上海辞书出版社，1983：81.
④ 金性尧. 唐诗三百首新注 [M]. 上海：上海古籍出版社，1981：192.

来，本无可取，但在客观上却在向我们说明：像孟浩然这样的人物，迫切求仕而不可得，正是'不才明主弃'的结果。"①

朱东润主编的《中国历代文学作品选》说："这诗托兴观湖，表现了作者积极用世的思想和希望在政治上得到援引的心情，是孟浩然诗中气象较为开阔的一首。"②

程千帆、沈祖棻《古诗今选》云："诗人面临波澜壮阔的洞庭湖，不禁激起了自己用世的壮怀，因而就写了这篇诗，献给张丞相，希望得到帮助。"③

中国社科院文学所的《唐诗选》说："用这首诗赠当时在相位的张九龄，表示了作者从政热情。"④

以上各种选本的说法大体上可以概括成两种意见：一种意见认为这是一首乞仕诗，思想内容上并无可取之处；一种意见基本上作了肯定，如"积极用世""用世壮怀""从政热情"等，都是肯定的。而丁富国同志的见解却与以上两种意见大有区别。他说：

> 这首诗由于作者写得较为含蓄、委婉，不免给读者造成一种假象，因而便认为这首诗是作者欲积极用

---

① 张燕瑾. 唐诗选析 [M]. 天津：天津人民出版社，1981：28.
② 朱东润. 中国历代文学作品选：中编第一册 [M]. 上海：上海古籍出版社，1980：31.
③ 程千帆，沈祖棻. 古诗今选：上 [M]. 上海：上海古籍出版社，1983：152.
④ 中国社会科学院文学研究所. 唐诗选：上 [M]. 北京：人民文学出版社，1979：62.

世而无人引荐，欲碌碌无为又感到愧于圣明时代，显然是在歌颂升平的同时又自责自怨。如果仅仅这样理解，那是与作者的写作意图不够融洽的。……试想，当诗人面对眼前的巴陵胜状，感情的堤岸能不受到冲击？思想上能不产生翩翩的联想？在歌舞升平的开元盛世，正值国家用人之际……而今……像张九龄这样有作为的国家栋梁竟遭贬谪，而自己在野之身还有何言？有才华的贤者无人引荐，不为世用，并弃置于"端居"、"坐观"之地，当无耻之言。倘若说耻的话，倒应是"圣明"之耻，因为奸佞小人的"羡鱼情"得到满足，有才智者的"羡鱼情"则是"徒有"……

他得出结论说：

通过以上的分析比较，可知共同的遭遇必将产生感情上的共鸣，因此，我们认为这首诗的主旨不是"积极用世"，更不是"干乞"，虽与牢骚之说有所接近，但又不够全面，它的主旨只能是诗人通过对洞庭湖阔大浩瀚的描写，抒发了诗人自己失望之余的愤慨之情，同时也是为落拓不遇的故友张九龄鸣不平，发牢骚。①

---

① 丁富国. 孟浩然《临洞庭湖赠张丞相》的写作时间及主旨新探[J]. 许昌师专学报，1985（4）.

丁富国同志归纳的这个主旨，因确定此诗写于开元二十五年八月的证据不足，很难成立。同时应该指出：张九龄被贬荆州，任大都督府长史，当然是不得意，但他这个职位也还不小，至少属"从四品"或"从五品"；还能设置幕府，因此还不能说是"落拓不遇"。

我们认为，这是一首求请丞相引荐自己做官的诗。开篇起笔很远，写洞庭湖的浩渺景色。第一句点明时节，写整个洞庭湖装满了水，与湖岸相平了。第二句是在水多的基础上写其阔大、明净——天水混合在一起，就是王勃在《滕王阁序》中说的，"秋水共长天一色"。这两句，作者将视点放在湖面上或水天相接之处。第三句的视点移向洞庭湖周围广大地区，但中心仍是洞庭湖。所谓"气蒸"应该是洞庭湖蒸发的大气，就是湖水化为气体上升，进而成为云雾，笼罩着广大的云梦泽。这是写湖水积蓄之多、用之不尽。第四句的视点在岳阳城。岳阳城被摇动了，是被洞庭湖的汹涌波涛撼动的。写的是洞庭湖的气势以及湖水的力量。这两句是在前两句的基础上，从丰厚与气势两方面进一步描写洞庭湖。"气蒸"句是从无边无际的范围写洞庭湖，"波撼"句则从具体的城楼情状写洞庭湖。如果说上两句是正面描写的话，这两句则是侧面烘托。

五、六两句开始写自己的心情。他巧妙地以"欲济"过渡。"欲济无舟楫"，一语双关。就洞庭湖讲，他想渡过去，但却没有船桨，很自然地承上而来；但实际含义却是说的"想入仕而没有门路"。这一句有承上启下的作用。到了第六句就说得很干脆了，"端居耻圣明"——像我这样闲居实在有愧于圣明的朝代啊！但如果直说下去就太露了，于是他又回到洞庭湖的题目上来，说是他在湖边坐着看钓者在那儿钓鱼，自己却不能钓，空有羡慕鱼儿的心情。实际含义还是承第六句来的，说的是自己在林下闲居，不能帮丞相料理政事，只能空表羡慕之情。表面承接洞庭，是"明承"，实则承"端居"一句，叫"暗承"。明承与暗承安排得融洽自然，没有一点破绽。

全诗由"临洞庭"与"上张丞相"两部分组成。这里就有一个问题了：临洞庭与上丞相，即想入仕，有什么必然联系？"临洞庭"主要作用当然是比喻，是用来引出"欲济无舟楫"，即做官无路可进；但也应该看到，客观上描写出了洞庭湖的壮阔景象。"气蒸"两句是描写洞庭湖的名句。元人方回在《瀛奎律髓》一书中说："予登岳阳楼，此诗大书左序毬门壁间，右书杜诗，后人自不敢复题也。"[1]

诗中表露要求做官的心情比较迫切，但又说得委婉含蓄，让人一看就明白他的意思，却又觉得他说得很恰当，不失身份。

想人家荐引自己做官，是不是可以据此断定诗的内容平庸呢？也不能这么说。古代的诗人中，有许多人是有从政愿望的，他们希望干一番事业后再隐居山林，李白、杜甫、李贺，哪一个不是这样？孟浩然要求出仕，确实反映了他的积极用世的思想。《中国历代文学作品选》等选本关于这首诗主题的结论性意见是正确的。

---

[1] （元）方回. 瀛奎律髓［M］//钦定四库全书·集部总集类：卷一. 1792（清乾隆五十七年）.

孟浩然《春晓》浅解

春　晓

春眠不觉晓，处处闻啼鸟。
夜来风雨声，花落知多少？

这首小诗，没有深奥难懂的词语，略具古典文学知识的人都可以背得出来，但对它所蕴含的意义，却有不同的理解。一些不同的解释，在以往的选本中实际存在，只不过尚未引起人们的注意，直到1980年10月15日《光明日报》副刊《文学遗产》发表了吴奔星先生的《略说孟浩然的〈春晓〉》一文，才引起了纷争。[①]

吴先生在这篇文章里，与众不同地对这首诗的内容和主旨作了分析。他说：

> 如果说鸟语花香是春天的标志，诗人在这个春天的早晨所听见的鸟语、所闻到的花香，却有些异常。诗人为什么写"处处闻啼鸟"？又为什么感叹"花落知多少"？怕要抓住"夜来风雨声"才能理解得明白。

---

① 吴奔星．略说孟浩然的《春晓》[N]．光明日报，1980-10-15．

从最后的感叹句看,摧残百花的风雨,当然是狂风暴雨。作为植物的百花既然遭到摧残,作为动物的百鸟当然也难幸免于冲击。从而,所谓"处处闻啼鸟"实际已经暗示着:巢破知多少!巢既被毁,鸟无所归,它们的哀啼惨叫,自然处处可闻。巢破知多少和"花落知多少"构成的画面,既不"明媚",更不"优美",只是诗人对狂风暴雨冲击春鸟春花所流露的极其深挚的惋惜之情,表现了诗人的美学理想。

既然诗人直接或者间接地告诉读者"花落"与巢破,自与一般的鸟语花香迥然有别。显然,"画面"既然并不"明媚优美",诗的主题就并非"反映了诗人对春光和美好事物的喜爱"。

诗的构思以诗人的视觉与听觉为基础。……而这个春天的早晨……到处喊喊喳喳,没完没了,给人的感觉不是幽静而是嘈杂。这正反映鸟儿因巢破乱飞,到处悲鸣。第三句写风雨,承前启后,既上接鸟啼,又引起花落,把听觉形象与视觉形象统一为一个完整的画面,在读者心目中造成风雨为害的感觉与印象,一个好端端的"春晓"竟被"风雨"破坏了。

最后吴奔星先生说这首诗"真实地反映了客观现实和主观感受,在狂风暴雨和鸟语花香之间表达了他的鲜明感情"。

吴先生的这一大篇话,实际上是从一句话演绎出来的,即这首诗"只是诗人对狂风暴雨冲击春鸟春花所流露的极其深挚的惋惜之情"。这大约就是吴先生所理解的这首诗的主旨。

现在,我们再引用一些较有影响的选本对这首诗的理解和分析。

金性尧的《唐诗三百首新注》:"一场风雨,不知道给春花带来多少灾难。幸喜天已晴了,处处都有鸟儿们在啼唱。字数不多,语言浅明,含意却曲折深远。"①

黄雨的《新评唐诗三百首》:"春夜短,一睡便不知天亮,直至四处鸟声,才被噪醒。写生活细节,细致生动。醒来想起昨夜一场风雨,不知有多少花朵被打落了。这后一句,不是疑问,而是感慨,表达了他惜花的感情。作者是个隐士,这种感情,也从侧面反映出了他的闲适生活。"②

中国社科院文学所的《唐诗选》:"这两句意思是说,春天夜短,又因风雨少睡,故既眠而不觉晓,直到闻啼鸟才知觉。'处处闻啼鸟'意味着晓与晴,含喜晴意。后两句回忆夜来的风雨,为花木担忧。用问句写出想象花已经落得太多、又希望它落得不多的复杂心情。"③

《唐诗鉴赏辞典》:"鸟声婉转,悦耳动听,是美的。加上'处处'二字,唧啾起落,远近应和,就更使人有置身山阴道上,应接不暇之感。春风春雨,纷纷洒洒,但在静谧的春夜,这沙沙声响却也让人想见那如烟似梦般的凄迷意境,和微雨后

---

① 金性尧. 唐诗三百首新注 [M]. 上海:上海古籍出版社,1981:302.

② 黄雨. 新评唐诗三百首 [M]. 广东:广东人民出版社,1982:271.

③ 中国社会科学院文学研究所. 唐诗选:上 [M]. 北京:人民文学出版社,1979:64.

的众卉新姿。……这是用春声来渲染户外春意闹的美好景象。"①

北京出版社的《唐诗选注》:"春天,自然界一派生机。春天的早晨,更是生意盎然:鸟雀到处鸣噪,经过夜来的风雨,地上到处是落花。从落花可以使人联想到花丛草木。作者把握住了这一特点,只用淡淡几笔,就为读者勾出了一幅春晓图。"②

比较以上几种选本的意见,吴先生所说对春花的"惋惜之情",还是可以的。金性尧、黄雨以及《唐诗选》不是都说到了么?问题是这种"惋惜之情"是否能对春鸟而言?以上各本的意见都与吴先生不同。正如《光明日报》《关于孟浩然〈春晓〉来稿综述》一文所说:"事实上凡是壁居穴巢的鸟窝,不会为风雨所动,即使是树上之巢,亦绝难毁于风雨,除非台风,树倒巢倾,只有少数枝栖的小鸟才有罹难大风雨的可能。春夜中的'风雨',当然不会大到这种程度。再说,要是鸟类真的受到夜间有破巢威力的大风雨的袭击,那情况应为即令幸免于死,亦必垂头缩翼,像落水鸡一样,躲于可以藏身的角落,休息度命,哪有精力再到处乱叫,喊喊喳喳呢?而且毁巢风雨之后,那将形成干倒枝横、片花无存的场面,也无所谓'花落知多少'了。"③ 这一段话很有说服力地解释了"巢破知

---

① 萧涤非等.唐诗鉴赏辞典[M].上海:上海辞书出版社,1983:95.

② 中国社会科学院文学研究所唐诗选注小组.唐诗选注:上册[M].北京:北京出版社,1980:39.

③ 关于孟浩然《春晓》来稿综述[N].光明日报,1980-10-26.

多少"的不可能出现。至于风雨,说是"狂风暴雨"是没有根据的,这一段话亦有所阐明。那么,这"风雨"能不能说是"纷纷洒洒""沙沙声响"呢?也不能,也没有根据。这两种关于"风雨"的解释都已经离开了本诗的具体语言环境。应该看到,"风雨"只是对"花落知多少"而言,它并不牵涉啼鸟;风雨或大或小,也只受这一句的制约。

其实,这首诗就像它的题目所显示的,写的是春天的早晨。写春天,一般都是正面落笔,写鸟、写花、写树、写草,但是孟浩然没有这样做,他写春天,写春天的早晨,主要从自己的感受写出。

起始"春眠不觉晓"一句,即直叙题意,扣紧"春晓"二字;只是这"春晓"是诗人在春夜的睡眠中,不知不觉感到的;"不觉"就天亮,迎来了春天的早晨,多么自然!(虽是"不觉",但毕竟天亮了,春天的晨光悄悄破窗而入,所以这里还有个视觉问题。)这时诗人可能还躺在床上,他听到了鸟雀的鸣叫,所以接下来便写了一句,"处处闻啼鸟"。鸟雀叫,并且"处处"都可以听到,那啼叫声是十分热闹的了。鸟雀如此欢唱,这个"春晓"大约是晴朗的。"处处"既能表明鸟雀多而欢快,又点出了春天早晨的气候。这一句是从听觉入手写春天的早晨。

"夜来风雨声"写诗人的回忆。入夜以来的风声和雨声诗人都听到了,这说明诗人的"春眠"不是一夜到天光都是"眠"的。他说的"不觉",很可能是接近天亮那一段时间。同时,诗人是在睡梦中听到风声雨声的,那就不是杜甫所写的春夜之雨,"随风潜入夜,润物细无声",而是足以落花的风雨。

这样又很自然地得出了最后一句:"花落知多少?"这里的"风雨"说得过大或说得过小都是不确的,只能是使一些花朵下落的风雨。

"花落知多少"是明显的推想之词。在昨夜的风雨中花儿究竟被打落了多少?诗人还没有去看,也用不着写他看到的情形。这一句主要描写诗人的心理状态:他对春花的担心和爱惜。

这首诗虽然写了春风、春雨、春花、春鸟,描绘出了一幅美丽的春晓图,但就全诗的布局来看,诗人主要是通过春天的早晨写出自己的感情。一、二两句于"不觉""处处"等词语中,流露出对春晨的喜爱;三、四两句以回忆的方式引出对春花的爱惜。爱极则惜,把他在一、二句中的爱春之情更向前推进了一步,使得他的这种感情更加醇厚。

全诗自然、平易,景物单纯;诗人却于浅近的语言中饱和着浓厚的诗意,于单纯的景物中寄寓着真切的感情,表现了他对大自然的热爱。

王之涣《凉州词》考辨

凉 州 词

黄河远上白云间，一片孤城万仞山。
羌笛何须怨杨柳，春风不度玉门关。

这首诗的一、二两句，历来颇多争议，特别是第一句。当然也牵涉诗题中的"凉州"以及"一片孤城""玉门关"等。我们只能一个一个地予以说明解释。

现在我们看到的唐诗选注本，一般皆作"黄河远上白云间"，但也有作"黄沙直上白云间"的。

例如1980年中华书局出版喻守真编注的《唐诗三百首详析》就写作"黄沙直上白云间"，并注云："此句是写风卷黄沙直上云中之景。一本作'黄河'，殊费解。"[1] 1985年上海古籍出版社出版的富寿荪选注《千首唐人绝句》亦写作"黄沙直上"。[2]

其实关于这个问题的争论由来已久。吴乔《围炉诗话》云："《唐诗纪事》王之涣《凉州词》是'黄沙直上白云间'，

---

[1] 喻守真. 唐诗三百首详析 [M]. 北京：中华书局，1980：332.
[2] 富寿荪. 千首唐人绝句 [M]. 上海：上海古籍出版社，1985：56.

坊本作'黄河远上白云间'。黄河去凉州千里，何得为景？且河岂可言直上白云耶？此类殊不少，何从取证而尽改之。"①叶景葵《卷盦书跋》："诗句有一字沿讹为后人所忽略者，如《凉州词》'黄河远上白云间'，古今传诵之句也，前见北平图书馆新得铜活字本《万首唐人绝句》，'黄河'作'黄沙'，恍然有悟。向诵此诗，即疑'黄河'两字与下三句皆不贯串，此诗之佳处不知何在？若作'黄沙'，则第二句'万仞山'便有意义，而第二联亦字字皆有着落，第一联写出凉州荒寒萧索之象，实为第三句'怨'字埋根，于是此诗全体灵活矣。"② 刘永济《唐人绝句精华》云："此诗各本皆作'黄河远上'，惟计有功《唐诗纪事》作'黄沙直上'。按玉门关在敦煌，离黄河流域甚远，作'河'非也。且首句写关外之景，但见无际黄沙直与白云相连，已令人生荒远之感。再加第二句写其空旷寥廓，愈觉难堪。乃于此等境界之中忽闻羌笛吹《折杨柳》曲，不能不有'春风不度玉门关'之怨词。"③

报刊上自20世纪50年代末直至80年代（中间"文革"停顿）关于这个问题的讨论一直没有停止过。1958年第一期《文艺研究》发表卜冬的一篇短文《王之涣的"凉州词"》④，不同意叶景葵《卷盦书跋》中主"黄沙远上白云间"一说，认为还是作"黄河远上白云间"为好，并申述了理由。随即引起

---

① （清）吴乔. 围炉诗话［M］//四库全书清写本：卷三. 1772（清乾隆三十七年）.

② 叶景葵. 卷盦书跋.［M］. 上海：古典文学出版社，1957：173.

③ 刘永济. 唐人绝句精华［M］. 上海：上海古籍出版社，1981：96.

④ 卜冬. 王之涣的"凉州词"［J］. 文艺研究，1958（1）.

了这个问题的讨论。参加讨论的有王汝弼、孙祚民、廖仲安、林庚、其心、史铁良、谭优学等人，其中以王汝弼主"黄沙"说为最力（王先生的文章我们后文还要谈到）。①

欲理清问题的头绪，我们认为先要探讨三个问题，即版本问题、凉州地域问题、一片孤城何所指的问题。

先说版本问题。

唐人芮挺章与王之涣属同时代人，他所编的《国秀集》上起开元初，下至天宝三载（王之涣约死于天宝元年），一、二两句写作"一片孤城万仞山，黄河直上白云间"。②

唐长庆、大和间薛用弱所撰《集异记》卷二载：

　　开元中，之涣与王昌龄、高适齐名，共诣旗亭，贳酒小饮。有梨园伶官十数人会宴，三人因避席隈映，拥炉以观焉。俄有妙妓四辈奏乐，皆当时名部。昌龄等私相约曰：我辈各擅诗名，每不自定甲乙，今者可以密观诸伶所讴，若诗入歌词之多者为优。初讴昌龄诗，次讴适诗，又次复讴昌龄诗。之涣自以得名已久，因指诸妓中最佳者曰：待此子所唱，如非我诗，即终身不敢与子争衡。次至双鬟发声，果讴黄河云云，因大谐笑。③

――――――――――

① 王汝弼. 读卜冬《王之涣的"凉州词"》[J]. 文学评论，1961(5).

② 芮挺章. 国秀集三卷[M]. 上海：商务印书馆缩印秀水沈氏藏明翻宋本.

③ （唐）薛用弱. 集异记[M]. 北京：中华书局，1980：11.

近人高步瀛之《唐宋诗举要》所引《集异记》与此略同："须臾双鬟发声，则'黄河远上白云间'。"①

傅璇琮所著《唐代诗人丛考》一书所引《集异记》作"黄沙远上白云间"，似为元刊《唐才子传》所移录之《集异记》中一段文字，与今通行本及各本所引有异。②

宋人郭茂倩所编《乐府诗集》③及计有功编《唐诗纪事》第一句皆作"黄沙直上"。至清康熙间所编《全唐诗》，第一句作"黄河远上"，并注明："一本次句为第一句，'黄河远上'作'黄沙直上'。"至沈德潜编《唐诗别裁集》，首句作"黄河远上白云间"，末句作"春光不度玉门关"，只引《集异记》所载"旗亭故事"，不再特别强调注明有"黄沙直上"之说。④

从以上粗略的考查我们可以得知，唐代的唐诗选本"黄沙"多作"黄河"。那个"旗亭故事"尽管不一定可靠，但至少作为唐人的薛用弱认为此一句应为"黄河"而不是"黄沙"。到了宋代，情况就发生了变化，几种重要的本子《文苑英华》《乐府诗集》《唐诗纪事》均作"黄沙直上"。为什么会产生这种情况？有的说是"河""沙"草体相近，故认"河"作"沙"。误认或者有之，但主要原因大约就是吴乔和叶景葵所

---

① 高步瀛. 唐宋诗举要：下册[M]. 上海：上海古籍出版社，1978：796.
② 傅璇琮. 唐代诗人丛考[M]. 北京：中华书局，1980：62-63.
③ （宋）郭茂倩. 乐府诗集[M]. 上海：上海古籍出版社，1998：271.
④ （清）沈德潜. 唐诗别裁集[M]. 石家庄：河北人民出版社，1997：309.

讲，黄河与玉门相隔千里之遥，怎么能在一首诗中构成合理的图景？故将"河"写作"沙"，这样全诗的内容就好解释了，"字字皆有着落"。殊不知版本学者并不这样轻易肯定。一首诗或一篇文章中如有几种异文，当以最早的版本作为依据，这是版本学上的一个很重要的原则。最早的版本就是《国秀集》，《集异记》亦是重要旁证。如果有诗人遗存的手稿在，那当然很好；没有，《国秀集》就是依据；如《国秀集》有关这首诗的字句有不当之处，加以注明就是，但不能弃之不顾。所以"黄沙直上"应作"黄河直上"，"黄沙远上"应作"黄河远上"。

第二个问题，诗题中"凉州"的地域概念。关于这个问题，林庚先生在《略说"凉州"》一文中有精确的考证：

> 凉州古时原是一个广泛的地区，并不是单指凉州城说的（当然凉州城也无妨称凉州），而且最早的凉州城也不在武威。两汉以来凉州本指当时陇右一带，《后汉书》卷三十三，凉州刺史部下，就列有陇西郡、武都郡、金城郡、北地郡、武威郡、张掖郡、敦煌郡……，当时凉州刺史治陇城（今甘肃秦安县东北），在黄河以东，所以凉州原来就是横跨黄河的。据《后汉书》所载，陇西郡有城十一，武都郡有城七，金城郡有城十，北地郡有城六，武威郡有城十四，张掖郡有城八，敦煌郡有城六……全部凉州所属总计约八十城，城不可谓不多了。三国以后凉州移治武威，而唐代又以河西幕府为重镇，因分为"河西""陇右"两

道,河西道设凉州都督府仍治武威。《唐书》凉州都督府、姑臧(即武威)条下,又载置有"皋兰府""贺兰州"等八州府。而《唐书》兰州条下则载:"贞观六年又督西盐州,十二年又督凉州。"兰州(即金城郡)是黄河边上的重镇,又是陇西与河西的通道,所以与凉州关系密切。凉州都督府置"皋兰府",这说明凉州东南部都是直达黄河边上的。而其东北部又置"贺兰州",也是直临北部黄河西岸的,然则黄河两岸均属凉州,岂非十分显然。这也就是所谓河西一带。……①

林庚先生这段话,主要是想说明,汉时的凉州很大,黄河与玉门关尽管再远,也属一州所辖。到了唐代,凉州虽然管地少了,但与邻近的兰州关系十分密切,也即与黄河的关系十分密切,那么黄河与玉门关虽然相隔较远,也不能说毫无关系。

王汝弼先生不同意林庚先生有关凉州地域的考证。他说:

> 林庚先生首先引据《后汉书》……这当然是不错的,不过问题是离唐朝的时代过远一些。我们知道,凉州词的凉州,不仅仅是个地理名词,而且也是个历史名词,乐章名词。王之涣的《凉州词》,是作在初唐,而不是在两汉,在这两个时代,凉州作为一个行政区划,广狭是很不同的。而且《凉州词》的"凉

---

① 林庚. 略说"凉州"[N]. 光明日报,1961-11-19.

州",在初唐当时,又是一个乐府新声……这里所说的凉州,决不是泛指凉州全部,而具体指的是西凉。……乐章上的凉州,是和西凉同一概念,西凉在今甘肃敦煌、酒泉一带,而不在武威。①

《凉州曲》的"凉州",确也是一个乐章名词,这一点王汝弼先生引了郭茂倩《乐府诗集》的解题予以说明:"凉州宫调曲,开元中,西凉府都督郭知运进。"林庚先生也说:"《凉州词》也就是泛写这一带边塞生活的歌词,它并不是专写凉州城的。"史铁良先生也说:"王之涣的《凉州词》与凉州并无直接关系。……《凉州曲》是凉州的地方音乐,后成为唐朝的乐府歌曲,诗人们据此曲填的词,叫《凉州曲》,描写塞外风光,内容就不一定与凉州有关了。"②

三位先生分别承认《凉州词》是"乐章名词""歌词""地方音乐",林、史两先生都认为《凉州词》不能理解为专写凉州,甚至只"描写塞外风光,内容就不一定与凉州有关了";王先生虽承认其为"乐章",但坚持认为王之涣的这首诗是专写唐时的凉州,而且是西凉州。三位先生的话都有道理,但都有值得商榷的地方。

作为唐时"近代曲辞"的《凉州词》确是一个乐章名词,尽管其中的"凉州"可作为地理名词、历史名词,但主要应划入歌词、乐章一类。郭茂倩《乐府诗集·近代曲辞》收录《凉

---

① 王汝弼. 对王之涣《凉州词》的再商榷[N]. 光明日报,1962-7-9.

② 史铁良. 也谈王之涣的《凉州词》[J]. 文学评论,1980(6).

州词》十首,除无名氏五首外,有作者姓名的五首。耿沣、薛逢各一首,张籍三首。其中只有张籍的一首、薛逢的一首写到凉州。张诗云:"凤林关里水东流,白草黄榆六十秋。边将皆承主恩泽,无人解道取凉州。"薛诗云:"昨夜蕃兵报国仇,沙州都护破凉州。黄河九曲今归汉,塞外纵横战血流。"其余各首均与凉州无关,当然也有写边塞的:"朔风吹叶雁门秋,万里烟尘昏戍楼。征马长思青海北,胡笳夜听陇山头。"不过也有不写边塞的:"汉家宫里柳如丝,上苑桃花连碧池。圣寿已传千岁酒,天文更赏百僚诗。""鸳鸯殿里笙歌起,翡翠楼前出舞人。唤上紫微三五夕,圣明方寿一千春。"① 引录以上各首可以看出,作为乐歌曲辞的《凉州词》可以专写凉州,也可以不写凉州而写其他边塞,还可以不写边塞而写别种生活情景。张籍和薛逢写的凉州,就是王汝弼先生的文章中说到的,当是凉州为吐蕃等外族侵占、唐朝的势力达不到或偶尔能显一下声威的时候。不过,与王之涣差不多同一时代的王翰也写过《凉州词二首》。第一首"葡萄美酒夜光杯"是人所共知的名作,却没有专门提到凉州,只是泛写边塞而已。至于王之涣的《凉州词》是专写凉州的诗,这是毫无疑问的。只是王先生提出汉代的凉州概念与唐代不同,汉代凉州包括了唐代河西、陇右两道,而唐代凉州较之汉代小得多,而王诗所写则只指西凉即敦煌一带了。这样看问题是比较狭隘的。唐代的诗人为什么不可以写汉代的凉州呢?要知道,汉代的许多事情常常深深扎在唐

---

① (宋)郭茂倩. 乐府诗集:卷七十九 [M]. 上海:上海古籍出版社,1998:841-842.

代诗人的头脑中,他们往往借汉之名写当代。前引薛逢诗"九曲黄河今归汉"以及白居易《长恨歌》中的"汉皇重色思倾国"、杜甫《兵车行》中"武皇开边意未已"都是如此。他们甚至借用汉代的宫苑等反映唐代生活,如"上苑""未央"等。作为王之涣这样的诗人,他不会不知道汉唐凉州地域的不同,别人可以借用"汉家""汉皇""上苑"写唐时生活,他为什么不能借汉代的凉州来描写唐时河西、陇右广大的边地呢?他完全可以这样做,而且诗中正是这样做的。

第三个问题,关于"一片孤城"。一般皆认为指末句中的玉门关——

《新选千家诗》:"孤城:指玉门关,在今甘肃省河西走廊西部,古时以西域输入玉石取道于此而得名。"[1]

《唐诗选注》:"孤城:这里指玉门关。"[2]

《唐诗三百首详注》:"孤城:指玉门关。"[3]

《唐代文学作品选》:"孤城——指玉门关。在今甘肃敦煌县。"[4]

---

[1] 李华,李如鸾. 新选千家诗[M]. 北京:人民文学出版社,1984:163.

[2] 中国社会科学院文学研究所唐诗选注小组. 唐诗选注:上册[M]. 北京:北京出版社,1980:433.

[3] 陶今雁. 唐诗三百首详注[M]. 南昌:江西人民出版社,1980:379.

[4] 窦英才等.唐代文学作品选[M]. 长春:吉林人民出版社,1981:26.

《唐宋绝句选注析》:"孤城:指玉门关。"①

认为"孤城"指玉门关者,提出王昌龄的《从军行》及岑参的《玉门关盖将军歌》为证。王昌龄《从军行》中一首写道:"玉门山嶂几千重,山北山南总是烽。人依远戍须看火,马踏深山不见踪。"又一首云:"青海长云暗雪山,孤城遥望玉门关。黄沙百战穿金甲,不破楼兰终不还。"还有岑参的《玉门关盖将军歌》云:"玉门关城迥且孤,黄沙万里白草枯。南邻犬戎北接胡,将军到来备不虞。"除了以诗为证之外,定孤城为玉门关者还对数量词"一片"作了解释,认为一片就是"一座",而玉门关恰恰就是那么一座孤城。

另外,傅璇琮先生在其《唐代诗人丛考·靳能所作王之涣墓志铭跋》一文中转引了岑仲勉先生《唐人行第录》王之涣条的一则材料:

全诗三函高适四《和王七听玉门关吹笛》云:"胡人吹笛戍楼间,楼上萧条海月闲。借问落梅凡几曲,从风一夜满关山。"押间、山二韵同之涣诗,余认为此王七即之涣。

傅先生随即作了说明:

按高适此诗,见于四部丛刊本《高常侍集》(卷

---

① 姚奠中. 唐宋绝句选注析[M]. 太原:山西人民出版社,1981:23.

八）者题为《塞上听吹笛》，首两句作"雪净胡天牧马还，月明羌笛戍楼间"，与《全唐诗》所载有异。岑仲勉先生意在考行第，他的这一立论不为无见，由此则使我们知道王之涣这首诗又题作《听玉门关吹笛》，大约以"凉州"为题者乃以乐曲命名，而所谓"听玉门关吹笛"，则叙其作诗时情景。《高常侍集》虽题作《塞上听吹笛》，但次句"月明羌笛戍楼间"，也仍与王诗"羌笛何须怨杨柳"句相应。由此可知，高适与王之涣曾以诗歌相酬唱，王之涣则又很可能到过玉门关一带，有边地风光的切身感受；高适则须待天宝后期才从军西北，已是王之涣死后十余年的事了。①

这一则材料，到了《千首唐人绝句》一书中，便作了肯定：

> 高适有《和王七玉门关听吹笛》绝句，王七，即王之涣，则此诗当作于玉门关。②

以上三诗，说"玉门山嶂几千重"的"玉门"指玉门关是不错的，"玉门关城迥且孤"亦复如此。至"孤城遥望玉门关"中之"孤城"则不一定就是指玉门关，这还是一个有争议的问

---

① 傅璇琮. 唐代诗人丛考[M]. 北京：中华书局，1980：62-63.
② 富寿荪. 千首唐人绝句[M]. 上海：上海古籍出版社，1985：56.

题。可以说玉门关是孤城,但不能说凡孤城皆指玉门关。孤城者,孤立之城也。《新唐书·张巡传》云:"巡西向拜曰,孤城备竭,弗能全。"① 这是指孤立无援之城。杜甫《送远》诗:"亲朋尽一哭,鞍马去孤城。"② 这里指孤单之城(秦州)。这两"孤城"都不能说是指玉门关,可见不能随意指孤城为玉门关。因此,"一片孤城万仞山"中的"孤城"不一定就是指玉门关。也许有人说,"玉门山嶂几千重","一片孤城万仞山",就山来讲,何其相似,不是指玉门关又是指什么?我们说,就玉门关本身来讲,它附近哪有什么几千重的山,哪有什么"万仞山"?但就其坐落的大背景讲,确有很多高大的山,如北山、马鬃山、三危山、野马山等;但是,河西走廊的哪一座城池又没有高山大山作背景呢?都是有的,南有祁连山,北有合黎山、龙首山等。因此,只凭千重山、万仞山来判定是否玉门关,也是不容易的。

  岑仲勉先生的材料乍看起来很有说服力,但细加斟酌之后,就发现有两个问题不好解决。第一,说"王七"即王之涣,没有确凿的旁证材料可以证明。按靳能所作的墓志铭,王之涣是王昱的第四子;又不见其有叔伯兄弟加起来为排行第七的记载,因之说"王七"就是王之涣便有"臆测"之嫌。又按诗题为和王七之作,而根据傅璇琮先生的考定,"高适则须待天宝后期才从军西北,已是王之涣死后十余年的事了"。高适到西北从军之时,王之涣已死多年,哪有两人在玉门关的唱和

---

  ① (宋)欧阳修,宋祁. 新唐书:卷一百九十二 [M]. 北京:中华书局,1987.

  ② (清)仇兆鳌. 杜诗详注 [M]. 北京:中华书局,1985:625.

之作？只有一种可能，就是王之涣将已成之诗出示高适，让高适——唱和。若是这种情形，又怎么能断定这首诗写于玉门关呢？至于押韵，唐人诗作中相互押韵者甚多，很难作为有力的依据。

至于"一片"是否可以说成"一座"，"片"字是否可作"座"字讲，姑不论；但"一片"可否作通常所说的"一片"解释？我看是可以的。既然可以，那么这"一片孤城"是否可以指别的什么城呢？这也不是不可能的。一些有影响的唐诗选本，如人民文学出版社出版的《唐诗选》、上海古籍出版社出版的《中国历代文学作品选》，马茂元、赵昌平选注的《唐诗三百首新编》，林庚、冯沅君主编的《中国历代诗歌选》，对"孤城"一条，避而不谈，付之阙如。不谈，即隐有他们的观点，至少是不愿注出"孤城"就是玉门关。其实，林庚先生那篇《略说"凉州"》的文章里就提到了这一点："从诗中'一片孤城'的形容看来，城大约也不甚大，历史上不一定留下了记载，本身也不容易保存。究竟是哪一座城，这就难作具体的考证。"

而程千帆、沈祖棻先生编的《古诗今选》更是作了明确的注释："[孤城]指凉州（今甘肃武威）。"在解释全诗的时候还作了进一步说明："出征军人走向边塞，首先看到像是从云端挂下来的黄河，随后又走到万仞高山中的一片孤城——凉州。最后还得走出玉门关外。"[①] 这样的解说是很有道理的。

---

① 程千帆，沈祖棻. 古诗今选：上册[M]. 上海：上海古籍出版社，1983：156.

当然，说得太确切了容易被人当成破绽抓住，比如说，有人会提问题：怎么知道孤城就是指凉州？不是说孤城就是孤立之城吗？……因之周啸天先生在《唐诗鉴赏辞典》中尽量避免实指，采用了泛指的方法：

次句"一片孤城万仞山"出现了塞上孤城，这是此诗主要意象之一，属于"画卷"的主体部分。"黄河远上白云间"是它远大的背景，"万仞山"是它靠近的背景。在远川高山的反衬下，益见此城地势险要、处境孤危。……这样一座漠北孤城，当然不是居民点，而是戍边的堡垒，同时暗示读者诗中有征夫在。①

林庚、程千帆、沈祖棻、周啸天四位先生提出的见解极有意义，它启发人们对这个问题要多加思考。

在此基础上我们认真思索，反复推敲后，认为"一片孤城"在很大程度上指万里长城。

长城的修筑时间很早，春秋战国时期各诸侯大国为了防御，都在自己的领地上修筑长城。有文献记载的就有楚长城、齐长城、中山长城、魏长城、郑韩长城、燕长城、秦昭王长城、赵长城，其中燕、赵、魏三国的北界长城都在秦统一后的中国北部边境之上。秦始皇并吞六国之后，便把北边各国的长

---

① 萧涤非等.唐诗鉴赏辞典［M］.上海：上海辞书出版社，1983：74.

城连接起来，修筑扩大。这一点《史记·蒙恬传》有所记载：

> 秦已并天下，乃使蒙恬将三十万众，北逐戎狄，收河南，筑长城。因地形，用险制塞，起临洮，至辽东，延袤万余里。①

《史记》记载的就是我们今天所说的秦长城。但是汉代在秦长城的基础上又增修了长城。这个工程主要在汉武帝时代完成。它前后延续了十年时间，工程规模超过秦始皇长城；新筑部分主要是河西走廊长城。这一点不为一般人所知。汉元帝时一个叫侯应的郎中对武帝时所筑长城作了清楚的总结：

> 至孝武世，出师征伐，斥夺此地，攘之于幕北，建塞徼，起亭隧，筑外城，设屯戍以守之，然后边境得用少安。……起塞以来百有余年，非皆以土垣也，或因山岩石，木柴僵落，溪谷水门，稍稍平之，卒徒筑治，功费久远，不可胜计。②

汉河西走廊长城起自金城（今兰州），穿越整个河西走廊的北面，背靠龙首、合黎、马鬃、北山等著名大山，越过敦煌西北约四十公里处的玉门关。《史记·大宛列传》说"于是列

---

① （汉）司马迁. 史记：卷八十八[M]. 北京：中华书局，1973.
② （汉）班固. 汉书：卷九十四[M]. 北京：中华书局，1987.

亭障至玉门矣"[①]。今日河西走廊的著名城市如武威、张掖、酒泉、敦煌，当时都在汉长城的遮护之内。如今玉门关城堡西、北两面还有汉长城的遗迹。由汉至唐，长城的修缮工程没有超过汉代；特别是唐代，版图远辖西北广大地区，长城所起的防御作用就不是很大了。到了明代，长城又有一次规模宏大的修筑，这与本文没有关系，不赘言。现在的问题是：汉代河西长城到了唐代还存在吗？人们还看得见吗？回答是肯定的。如郎士元《送杨中丞和蕃》诗曰："河源飞鸟外，雪岭大荒西。汉垒今犹在，遥知路不迷。"马戴《送和北虏使》诗："路始阴山北，迢迢雨雪天。长城人过少，砂碛马难前。日入流沙际，阴生瀚海边。……穹庐移斥候，烽火绝祁连。汉将行持节，胡儿坐控弦。"李峤《奉使筑朔方六州城率尔而作》诗中亦有"汉障缘河远，秦城入海长"句。以上各诗中的长城、"汉垒"、"汉障"无疑多指河西走廊长城，说明唐人一入河西走廊即可看见汉时修筑的万里长城，汉长城是唐时人们进入河西走廊所习见的景物。

"孤城"一词在唐诗中所见不乏，而用"一片"形容修饰"孤城"者则少有其例，它与"孤帆一片""一片孤云"并不能相提并论，尽管它在词义上有"单薄"的意思。"一片孤城"描绘的应是长城呈现的状态；而一片孤单的长城坐落在高峻的"万仞山"上，更符合长城的实际状况。无论是汉长城还是秦长城，毫无例外地尽量修筑在高险的山崖之上，这就是所谓的

---

① （汉）司马迁. 史记：卷一百二十三［M］. 北京：中华书局，1973.

"用险制塞"。"一片孤城万仞山"可以倒过来讲"万仞山一片孤城"。如果确定为凉州（武威）是不好这么讲的；确定"孤城"是河西走廊的任何一座城，例如玉门关，也不好这么讲。河西走廊的许多城镇，如阳关、玉门关、酒泉等，大多修建在通往西域的必经之路上，也就是所说的"丝绸之路"上，绝少修筑于"万仞"之高的山上。

对以上三个问题作了简略的梳理之后，我们有必要对这首诗作一些简要分析。

诗人写这首诗时，将诗中的景物安排在极为广阔的背景之上。这个背景东起黄河，西边穿过玉门关直至塞外，北边还包括了合黎、龙首等群山；南边则有野马山、南山、祁连山等大山。也可以这么讲，诗人正是利用河西走廊富有特征的景物，描写了河西走廊以至塞外的广阔图景。这幅图景中是有人存在的，那就是戍边将士。这首诗亦有题作《出塞》的。王汝弼先生说，题目叫《凉州词》表明声调，叫《出塞》揭示内容。自然，《凉州词》不单是表明声调，有一个地域问题，前已论及；题曰《出塞》揭示内容，这个意见是对的。诗中写的就是出塞者沿途的所见所闻所感。[①]

第一、二两句写景。乃是从正在西行的出塞者眼中写出。回首东望，黄河愈去愈远，水天相接，以致有"远上白云间"的感觉。一般人认为此句有李白《将进酒》中"黄河之水天上来"的意思。但仔细体味，又不大相同。"天上来"直泻而下，

---

① 参见：王汝弼. 读卜冬《王之涣的"凉州词"》[J]. 文学评论，1961（5）. 王汝弼. 对王之涣《凉州词》的再商榷[N]. 光明日报，1962-7-9.

"远上"则逐渐去远。特别是与"白云"联系在一起，既状物写景，又造成了深远的意境。出塞者将眼光挪近一点，就可以看到坐落在"万仞山"上的"一片孤城"——长城。河西走廊的长城就其地理位置来讲，同玉门关一样（玉门关也是它的一部分），在塞内塞外的交接点上，显得冷落高峻。面对这"一片孤城"，征人可能会产生凄凉之感，这也是很自然的。诗人在两句之中，凭借"黄河"和"白云"让天地连成一片，又以"一片"与"万仞"两相悬殊的数字，相互衬托、对照，展现出边塞地区深远壮阔而又冷漠的画面。

眼前的景物当会引起出塞者的惆怅思乡之情，接着又听到了羌笛吹奏的《折杨柳》。古人在送别亲友的时候，喜欢折赠杨柳枝。这种做法始于汉代，唐代尤为盛行。折杨柳相赠有留恋不舍之意；歌《杨柳》一曲，正是表达心中的离怨之情。耳闻羌笛，当然会引起出塞者（征人）的强烈共鸣。他们想到与亲人的离别，又想到进入大漠，连杨柳也很难看到，哪里能用折枝表达离别之情呢？那么，羌笛实在用不着在荒凉的地区吹奏折柳送别的离情了。

孙祚民先生认为诗中的"杨柳"就是杨柳，不是指《折杨柳》曲。[①] 其实，孙先生也知道，《折杨柳》是流行于当时北方各地的民间曲调，唐代诗人的诗篇中屡有出现。别的不说，与本诗诗题相同的王翰《凉州词》其二云："秦中花鸟已应阑，塞外风沙犹自寒。夜听胡笳折杨柳，教人意气忆长安。""夜听胡笳折杨柳"与"羌笛何须怨杨柳"，不是有很大的相似之处

---

① 孙祚民. 王之涣的《凉州曲》[N]. 光明日报，1961-11-19.

么？当然，曲以《杨柳》为名，使人想到杨柳或曰包含了杨柳的形象，这样的理解也是可以的。

"春风不度玉门关"一句，一方面是上一句的注脚，一方面又极巧妙地在出塞者眼前展现出一幅广漠的画面，那里因为春风不度，难得看到春日的景色，是比眼前的景象更为荒凉的地区。

总起来看，诗的前两句写景，景中寓情；后两句抒情，情中有景。由景入情，又由情入景。呈现在眼前的画面堪称壮阔荒寂，而隐现在结句中的境地较之前者要更进一步。两者结合，写尽了塞内塞外的风貌，又步步深入地表现了征人悲壮苍凉的心情。

明人杨慎在其《升庵诗话》中评这首诗说："此诗言恩泽不及于边塞，所谓君门远于万里也。"[①] 乍一看似觉牵强，不过原诗共有两首，另一首写道："单于北望拂云堆，杀马登坛祭几回。汉家天子今神武，不肯和亲归去来。"从这首诗的后两句联系到本篇，说诗中描写边塞内外的景物，抒发征人的情怀，寓有讽刺唐王朝不关心戍边士兵——无春风杨柳（恩泽），有一定的道理。

我们还可以将"黄沙直上白云间"所形成的意境与"黄河远上白云间"所创造的意境加以比较，从而判定两者的高下。王汝弼先生曾在他的文章中说：

---

① （明）杨慎. 升庵诗话［M］//王仲镛. 升庵诗话笺证. 上海：上海古籍出版社，1987：26.

黄沙直上的"直",和王维"大漠孤烟直"的"直"用法相同,意为垂直。"黄沙直上白云间",当地人称此为"通天风柱",实际上是沙漠地带的飓风,是边塞风光中最具有典型特征的一种。此风一起,飞砂走石,上干云霄,人畜当之,亦被卷走,故能带给塞外征人以很大威胁。正是因为有这种风的存在,才把"关"里"关"外两个地区装点成为两种"气候"或"风光",使人突然领略到"出塞"之苦,而诗人在第三句下一"怨"字,才感到有着落,有分量。①

史铁良先生持有同样的意见。他说:"'黄沙直上白云间',对于生活在内地未曾见过这一景象的人来说,确会感到奇异,而唐代的边塞诗正是以奇取胜……'黄沙直上白云间'正是典型的塞外奇观,但是,在久戍的征人眼中,早已习以为常,见怪不怪了,反而只会引起他们的荒凉、单调之感。"他还以自己的亲身经历证明这一奇观:"……向敦煌前进……车行一个小时之后,突然发现一种奇异现象:只见远处一根黄色天柱,直通蓝天,近一些之后,才知道是一股旋风把黄沙直往天上卷,形成一根天柱,四周却尘土不扬。那黄色天柱不断移动,我们的车只好停下来给它让道,只见它横过公路,向远方卷去。玉门关就在敦煌西北,两地相距不远,王之涣当年见(或听)到的不正是这种景象吗?"②

---

① 王汝弼. 读卜冬《王之涣的"凉州词"》[J]. 文学评论,1961年(5).
② 史铁良. 也谈王之涣的《凉州词》[J]. 文学评论,1980(6).

因此,"黄沙直上白云间"所形成的意境,照王、史两先生看来应该是这样:"正因为玉门关一带只有大风、黄沙、孤城、高山,一片荒凉,当然那些长年累月驻守边疆的士卒自然会有'春风不度'的怨情。我们认为,这也是一种本诗情景交融、和谐统一的意境。"①

我们也不一般地否定"黄沙直上"所形成的意境。只是这种意境诚如以上两先生所说,是单调和荒凉的,尽管将"黄沙直上"说成是沙漠"奇观",也不能改变单调和荒凉;而且这意境只能属于塞外沙漠,不可能包括关内关外,就像王汝弼先生说的那样,"玉门、孤城"与"黄沙",的确是西部凉州地区关联最密的两种景物。在王、史二先生看来,也只有这种荒凉单调的意境,戍卒的"怨"才有着落。由此我们可以看出,这一意境所概括的地区远不如"黄河远上"那么广阔;也根本不能像"黄河远上"那样真正包括关里关外的两种"气候"与"风光"。这种意境只能供戍卒诉苦——寄托自己的哀怨感情,不能像唐代的其他边塞诗的名篇一样,兼有豪放的感情色彩。至于说只有"黄沙直上"句才能落实"怨"字,这也是一种误解。难道说:戍卒(征人)沿河西走廊西行,览尽了玉门关内外的景色,经历了两种不同的"气候"与"风光",还不能作出比较吗?正因为塞内外是那样的不同,征人才有"春风不度"的真实感受,其"怨"字的产生也才有所依托。因之仅就意境而言,"黄沙直上"与"黄河远上"也是不能相提并论的。

---

① 史铁良. 也谈王之涣的《凉州词》[J]. 文学评论,1980(6).

王之涣《登鹳雀楼》辨说

登 鹳 雀 楼

白日依山尽,黄河入海流。
欲穷千里目,更上一层楼。

这是一首传诵很广的名作。许多人在小学读书时就已经背熟了,但直到今天还有一些引起争议的问题没有解决。

其一,关于它的作者,有人说是朱斌,有人说是王之涣,有人说是王文奂,至今难作结论。程千帆、沈祖棻二先生在他们编选的《古诗今选》中采取了比较客观的态度:"此诗,芮挺章《国秀集》以为是朱斌作,沈括《梦溪笔谈》以为是王文奂作,俟考。"① 我们也只能说"俟考",不准备多加考证。

其二,鹳雀楼址究竟在什么地方?这个问题需要谈一谈。下面先引几种有代表性的注释。

《中国历代诗歌选》:"故址在今山西永济县西南城上,三层,前瞻中条山,下瞰黄河。时常有鹳雀栖其上,故名。后被

---

① 程千帆,沈祖棻. 古诗今选:上[M]. 上海:上海古籍出版社,1983:156.

河水冲没。"[1]

《唐诗选注》:"鹳雀楼,在唐代是河中府(治所在今山西省永济县蒲州镇)的名胜。楼在西南城上,高三层。它的东南是中条山,西面可以俯瞰黄河,因常有似鹤的飞禽鹳(guàn)栖息在上面,所以叫鹳雀楼。"[2]

《中国历代文学作品选》:"鹳鹊楼在蒲州(治所在今山西省永济县)西南城上。楼有三层,面对中条山,下临黄河,为登临胜地,因常有鹳鹊栖息其上,故名。"[3]

《唐诗鉴赏辞典》:"鹳雀楼,又名鹳鹊楼,据清《一统志》记载,楼的旧址在山西蒲州(今永济县,唐时为河中府)西南,黄河中高阜处,时有鹳雀栖其上,遂名。沈括在《梦溪笔谈》中记述:'河中府鹳雀楼三层,前瞻中条,下瞰大河。'"[4]

《唐诗鉴赏集》:"在唐代,黄河流经山西省永济县西南的一段里,曾经有一个高阜,上面雄踞着一座三层的高楼。这就是据说因'时有鹳鹊栖其上'而命名的鹳鹊楼。"[5]

究竟哪一种说法正确?我们摘录《大清一统志》对照一

---

[1] 林庚,冯沅君. 中国历代诗歌选:上编(二)[M]. 北京:人民文学出版社,1979:313.

[2] 中国社会科学院文学研究所唐诗选注小组. 唐诗选注:上册[M]. 北京:北京出版社,1980:41.

[3] 朱东润. 中国历代文学作品选:中编第一册[M]. 上海:上海古籍出版社,1980:44.

[4] 萧涤非等.唐诗鉴赏辞典[M]. 上海:上海辞书出版社,1983:72.

[5] 马家楠. 咫尺应须论万里——王之涣《登鹳雀楼》欣赏[M]//唐诗鉴赏集. 北京:人民文学出版社,1981:36.

下:"鹳雀楼在府城西南城上。《旧志》:旧楼在郡城西南,黄河中高阜处,时有鹳雀栖其上,遂名。后为河流冲没,即城角楼为匾以存其迹。"

与《大清一统志》对照之后,可以看出,《唐诗鉴赏辞典》《唐诗鉴赏集》两书的说法接近于真实——都说到"河中高阜处";前三种都说在"西南城楼上",显然不够准确。之所以如此,主要是因为沈括的记载含混,《大清一统志》又说到"旧楼在郡城西南",于是就有了上述一些说法。

现在可以得出初步结论:鹳鹊楼旧址在今山西永济蒲州,滨临黄河,地图上有明确的方位。唐时建在黄河中高阜处,后为黄河冲没,楼已不存。人们就在蒲州城西南角楼上立匾"以存其迹"。

其三:"白日"的含义是什么?一般皆指夕阳。

《唐诗选》:"这两句写夕阳西下,黄河东流,远景壮阔。"[1]

《唐诗选注》:"这句描写太阳慢慢下山时的景象。"[2]

《唐诗鉴赏辞典》:"首句写遥望一轮落日向着楼前一望无际、连绵起伏的群山西沉,在视野的尽头冉冉而没。"[3]

《唐诗选析》:"远看,山衔落日:'白日依山尽'。"[4]

---

[1] 中国社会科学院文学研究所. 唐诗选: 上 [M]. 北京: 人民文学出版社, 1979: 66.

[2] 中国社会科学院文学研究所唐诗选注小组. 唐诗选注: 上册 [M]. 北京: 北京出版社, 1980: 42.

[3] 萧涤非等. 唐诗鉴赏辞典 [M]. 上海: 上海辞书出版社, 1983: 72.

[4] 张燕瑾. 唐诗选析 [M]. 天津: 天津人民出版社, 1981: 14.

《唐诗小札》:"你看,太阳斜斜落在山角,反照着河水……"①

以上无论怎样解释,都是将"白日"当作落日了。近些年,有学者对此有所怀疑,提出了新的解释。

其心说:"'白日'句不是写夕阳西下,而是说前瞻中条山,只见太阳好像依傍着绵亘起伏的山势升起,运行,直到落下,极言山的气势高大,故云'白日',而不说是'红日'。"②

曾钢城说:"首句'白日依山尽'中的'白日'现在都将它解作'夕阳''落日',我认为这是一种误解。'白日'当是中天的白炽之日。"③他还举出三条理由证明他的观点。第一,他认为"在唐以前及唐以后,白日多指中天之日"。第二,他认为将"白日"解作"夕阳""落日",与鹳鹊楼的地理位置不相符。他根据沈括《梦溪笔谈》所载鹳雀楼"前瞻中条,下瞰大河",判定:"往上看,中条山高接云天,中午稍后,太阳就被高山慢慢遮掩住了,诗人因而发出了'白日依山尽'的赞叹。这句通过写中天白日依山隐去,巧妙地写出了中条山的巍峨高峻。"第三,他认为把"白日"解作夕阳、落日不合乎诗人的感情发展,也与全诗的情调不谐和。他说:"如果说'白日'是'夕阳''落日',而且还'依山尽'了,那照理已是'暝色入高楼',就只能'山深闻鹧鸪'了,诗人哪还会产生'倚楼极目'的情趣呢?"

---

① 刘逸生. 唐诗小札[M]. 广州:广东人民出版社,1978:29.
② 其心. 愿君更上一层楼[N]. 文汇报,1962-8-30.
③ 曾钢城. 白日依山尽中的白日释义一辨[J]. 湖南师范学院学报(社会科学版),1984(5).

马家楠同志还对这个问题进行了细致的阐述:"其实,所谓'白日',不过是指明晃晃的日光,而并不是指太阳本体。诗中描写的,是晴朗的白昼。白茫茫的天光日影,透过缥缈的烟岚云气,在山石间,草木上,灿烂地反射着,炫耀着。随着深邃的崇陵巨壑,向前伸展,伸展,一直到诗人目力的尽头……写'白日',是为了烘托'山'(指中条山——引者)。通过一个'依'字,一个'尽'字,一座气势磅礴的大山,就极其形象地矗立在读者的眼前了。"①

这些新的解释看起来似乎比旧的解释更具说服力、更有道理。但是,当我们对这些新解释作了仔细斟酌之后,发现它们很难成立。先说"白日"的释义。不错,白日可作中天之日解释,唐及唐以前或以后的一些诗中确有指"白日"为中天之日者。但是,唐以前或以后的许多诗中也有指"白日"为夕阳、落日者。日本京都大学教授清水茂在其《释"白日"》一文中将汉到晋的诗歌、李白的诗歌、杜甫的诗歌作了精确统计之后,发现汉晋诗歌中的"白日"有五分之二是表示"黄昏的太阳";李白的诗歌中有五分之一是表示"黄昏的太阳"。他的结论是:还是不能说"中午的太阳"是常用词义。② 例子就不再重复列举了。也许有人提出反问:既然白日是表示傍晚的太阳,为什么不用"红日",不是常常有"夕阳红"之说吗?我们说,落日有时是"白日",有时是"红日",诗人在这里写的是当时所看到的实际情景。曾俊伟同志曾对山区的落日进行了

---

① 马家楠. 咫尺应须论万里——王之涣登鹳雀楼欣赏[M]//唐诗鉴赏集. 北京:人民文学出版社,1981:36.

② 清水茂. 释"白日"[J]. 云南教育学院学报,1985(3).

长久的观察，发现多属"白日"；而平原地区的落日多属"红日"。①

再补充说一下地理位置问题，因为它与"白日"有关联。以上几种新解释大多根据沈括的"前瞻中条"说出。中条山长约一百六十公里，主峰雪花山海拔两千米，确是鹳鹊楼东南面的一座大山。既然是夕阳，怎么能在东南面"依山尽"呢？不过，我们也要问：诗人的眼睛为什么一定要盯住东南方向的中条山呢？难道西面无山吗？永济隔河与陕西相望，且不说东南面的华山，陕西高原上的大小山峦不也很多吗？诗人看白日的方向与下一句看黄河的方向完全一致（黄河在鹳鹊楼之西）。

把"白日"释作夕阳也并不违背诗人的感情发展。所谓"白日依山尽"，并不是说太阳已经完全下山了，什么也看不见了，只能"深山闻鹧鸪"。不是这样。"白日依山尽"说的是西下的太阳要依傍着山峦落下去，应有一个过程。这一句与第二句"黄河入海流"相呼应。难道诗人完全看到了黄河入海的情景吗？没有。但是黄河也总是要朝大海流去的。这也有一个过程。白日、黄河在下山、入海的过程中形成的壮丽景色，不也很值得诗人们好好欣赏么？

还要说一说"白日依山尽"的"尽"。照马家楠同志的说法，因为白茫茫的天光日影的伸展，诗人的眼睛便不断地追随它，以至于直到"目力的尽头"。既然如此，何用再穷千里目呢？目力已到尽头，怎么能再穷尽呢！

综上所述，"白日"还是释作夕阳、傍晚的太阳为好。太

---

① 曾俊伟. "白日依山尽"辨说［J］. 中南民院学报，1982（4）.

阳下山,并不像物体从空中落下一般,以加速度径直下跌,它是缓缓下落的。"依山"的"依"字即很好地说明了这一点。正因为如此,所以也有许多诗人能够从容地描写美丽的晚照景色。如岑参《冀州客舍》"野旷不见山,白日落草头",陆游《沧滩》"雾敛芦村落照红,雨余渔舍炊烟湿"①等,如照马家楠等同志的意见,太阳已"依山尽"了,一片苍茫暮色,还有什么"落照红"可言?那么,岂不是在古典诗词中断绝了关于夕阳晚景的描写么?事实上这是不可能的。

以上几个问题已大体得到澄清。现在,我们可以将这首诗的内容作一个粗略的分析,以印证我们的辨说。

诗的题目叫"登鹳鹊楼",一个"登"字说明诗人已经上楼。他在楼上放眼观看眼前的景物,就是喻守真所说,"写鹳鹊楼的形势"②。

"白日依山尽",写的是落日依傍着群山逐渐下落的情景。白日,自然指的是太阳,但何以用"白日"而不用"红日"呢?这是因为山岭高峻,太阳降到山下时并不是我们通常所说的黄昏,而是光度尚强的时候,看上去就是"白日"了。一个"依"字体现了太阳与群山的关系,状写了缓慢下落的情景。"尽"虽有"完"与"下落"的意思,但从"依山"到"尽"其间有一段时间,说明诗人观赏落日时间之长,用心之专注。五个字准确鲜明地描绘出一幅落日群山图。在这一句中,诗人是朝西边望的,也是朝天边望,他望得很远,一直望到太阳沉

---

① (清)吴之振等. 宋诗钞[M]. 北京:中华书局,1986:1827.
② 喻守真. 唐诗三百首详析[M]. 北京:中华书局,1980:274.

下去。

"黄河入海流",写诗人的目光转向黄河。黄河本在鹳雀楼的西边,从南面流来。但千流万转,它最终还是向东流入大海,流至风陵渡就改变南来方向,折向东去。"入"字用得极好,它表现了诗人是在由近而远地看黄河,他没有看到海,所以就说"入"。"流"字也很形象,同"依山尽"的"尽"字一样,"流"字写河水奔流在诗人眼中的反映,说明诗人望黄河时也是极目遥望,目送河水流向远方,同样表现了诗人专注赏景的情致。

两句诗一共写了四样景物,用几个动词将它们巧妙组合在一起,有上有下,有近有远,有东有西,而且特别强调远景,强调"尽"与"入"等意中景,构成的画面阔大辽远,气象雄浑。

三、四句转入抒情。本来,诗人在一、二两句中已经将楼上所见的景象写尽,再写就重复了,于是他就借助抒情的手段,说他的能看极远的视力,似乎还没有看得尽可能的远,要想尽目光所见,还要更上一层楼。更上一层楼能看到什么他没有写,但前两句已经写了,读者就会根据那两句构成的画面,发挥自己的想象。这就叫做"不写之写"。并且,这两句连接起来,也有点题的作用。喻守真对此有中肯的分析:"下二句是进一层写,同时事实上鹳雀楼本有三层,前瞻中条,下瞰大河,所以有更上一层的话。倘末句不点出'楼'字,即觉鹳雀楼没有着落。所以虽是泛咏景物,有时在可能范围内,仍须点清题目。"①

　　这后两句诗，还包含着高瞻远瞩这一人人皆知但又十分深刻的生活哲理。

　　四句诗的相互关系也十分巧妙。一、二两句明写景，暗写情，即在景中寓有诗人醉心景色的专注之情。三、四句明抒情，暗写景，即在情中寓有诗人的意中之景、句外之景。这种"景"又是诗人专注之情的发展——他观赏了极美的景色，还想欣赏更美的画面呢！

　　四句诗的对仗十分精整。"白日"与"黄河"对，"依"与"入"对，"山"与"海"对，"尽"与"流"对，"千里目"与"一层楼"对……读来朗朗上口，极易记诵。清人沈德潜在《唐诗别裁集》中评赞说："四语皆对，读去不嫌其排，骨高故也。"②

---

　　① 喻守真. 唐诗三百首详析 [M]. 北京：中华书局，1980：275.
　　② （清）沈德潜. 唐诗别裁集 [M]. 石家庄：河北人民出版社，1997：292.

漫说贺知章《回乡偶书》(其一)

回乡偶书（其一）

少小离家老大回，乡音无改鬓毛衰。
儿童相见不相识，笑问客从何处来。

关于这首诗，引起争论的主要问题是"儿童"一词。在一些选本中，"儿童"释为指小孩，是说小孩子见到了诗人不认识他，笑着问他是从什么地方来的。

例如姚奠中主编的《唐宋绝句选注析》写道："这首诗，既写了作者自己的衰老，也写了儿童的天真浪漫。前二句集中写'我'，后二句集中写'童'。……四句用'客从何处来'的问句，提出问题，形象地写出了儿童的天真浪漫。"[1]

葛杰、仓阳卿选注的《绝句三百首》写道："作者离家几十年后重返故乡，既感到对乡土的亲切，又从乡里儿童的问话中，增添了时光易逝、人生易老的感慨。"[2]

---

[1] 姚奠中. 唐宋绝句选注析[M]. 太原：山西人民出版社，1981：27.

[2] 葛杰，仓阳卿. 绝句三百首[M]. 上海：上海古籍出版社，1985：5.

《唐诗鉴赏辞典》说得更细致一些:"三四句从充满感慨的一幅自画像,转而为富于戏剧性的儿童笑问的场面。'笑问客从何处来',在儿童,这只是淡淡的一问,言尽而意止;在诗人,却成了重重的一击,引出了他的无穷感慨……而所写儿童问话的场面又极富于生活的情趣,即使我们不为诗人久客伤老之情所感染,却也不能不被这一饶有趣味的生活场景所打动。"①

1981年6月《汾水》杂志发表刘伯伦的文章,不同意上述解释。记录如下:

> 《汾水》1981年第2期刊登了古远清同志《妙语出天然》的诗话……论证中引用了唐诗人贺知章的《回乡偶书》:"只四句,把久客还乡的感慨和喜悦心情,以及小孩天真活泼的神态描绘得栩栩如生。"……首先说"儿童"二字吧。果真是作者所说的"天真活泼"的"小孩"吗?否。是大人,是诗人少年时代的"儿童"。……再说古远清同志谈到的诗人的"喜悦心情",从这首诗中是根本看不到的。全诗的基调是感伤,这是不言而喻的。前两句……是明写,后两句……是暗写,都是写伤老之情。而在后两句的暗写中,诗人又巧妙地用昔日"儿童"的"笑"来反衬自己的悲,把悲表现得那么含蓄、深沉、强烈,使人

---

① 萧涤非等.唐诗鉴赏辞典[M].上海:上海辞书出版社,1983:52-53.

回味无穷，乃至潸然泪下。①

　　刘伯伦同志的意见无疑有可取之处。如果说"儿童"是指诗人家乡的小孩，看见诗人并不认识，笑着问他从何处来，这是很自然的事，用不着抒发什么感慨。因为所谓"儿童"，一般多指十三四岁以下的小孩，他们出生时诗人客居他乡，本来就不认识，也用不着强调"不相识"；跟小孩们的不相识，与诗人的"少小离家"并没有什么必然联系，诗人离家时那些小孩都还没有出生呢！诗中的"儿童"应该指诗人少年时期的朋友、乡邻，是说儿童时期的小伙伴见到了诗人不认识，笑着问他是从哪里来的。试想，本是相互都很熟悉的伙伴，可是当自己离开家乡以后，由于时间太久，见面时因彼此容貌的改变，认不出来了，所以才有笑问之语。这确可称之为富于戏剧性的问话场面，也当然会引起诗人岁月无情的感慨。也许有人会提出疑问，贺知章回乡时，已经年过八十，他儿童时期的乡邻又有几个存世呢？我们说，贺知章不也终于活着返乡吗？也许他的那些儿童时期的朋友，还有那么几位正健康地活着呢！而诗中的"儿童"可能指几个，也可能指一个，因为诗人并没有明确地指出"儿童"的数量。

　　这首作于天宝三年（744）的七言绝句，题目中有"偶书"，即"偶然写下"之意，为即兴之作，表明此诗不是长期酝酿后写出；但是诗中所表达的感情，却并不是一时冲动，而

---

① 刘伯伦. 《回乡偶书》一诗如何解释——与古远清同志商榷[J]. 汾水，1981（6）.

是在胸中蕴藏了多年。贺知章三十七岁考中进士，在中进士之前便已离开家乡，自然是为了谋生求官。当时交通不便，难得回乡。中进士之后，做过国子博士、礼部侍郎，历官至银青光禄大夫、秘书监等。朝廷公务在身，身不由己，更没有时间回乡了。魏晋时期的诗人王粲在他的《登楼赋》中说："人情同于怀土兮，岂穷达而异心。"[1] 久客他乡的人，即使在外生活优裕，思乡之情也不会间断，回乡探望，自会成为一种强烈的愿望。如上所述，贺知章本人官职不小，又受到皇帝的信任，到了八十多岁还要求回乡，便是一例。回乡时，皇帝很照顾，玄宗将镜湖剡川一带赐给他居住，太子百官饯行，可算是衣锦荣归了。但是回乡之后，人事俱非，又会引起回乡者的许多感触。这首诗就真实记载了诗人回乡后的心情。

诗的第一句，将"少小"与"老大"安排在一句之中，又以"回"和"离"相照应，显示出离乡时间之长，也蕴含着诗人踏上故乡土地时的复杂思绪——逝去的年华，离乡背井的时光，故乡给自己的亲切之感……全都涌上心头。第二句，"乡音无改"是对"少小"说的，"鬓毛衰"则是对"老大"而言。少小离家时自然说的是乡音，过了几十年，照道理应该有所改变，但诗人仍然"无改"，表面看起来只是口音问题，习惯使然，实际上写的还是乡情，即对故乡的深厚感情。《史记·张仪列传》中记述越人庄舄（xi）在楚国做了大官，病中思念故乡，仍操越国的语音，就说明了同样的问题。[2] 乡音往往能够

---

[1] 刘盼遂等. 中国历代散文选：上册 [M]. 北京：北京出版社，1980：434.

[2] （汉）司马迁. 史记：卷七十 [M]. 北京：中华书局，1959.

体现人们对家乡的思念。少小离家老大回，口音一点也没有改变，可见诗人乡情的执着。"鬓毛衰"同"老大"一样，说明离乡时间之长，也是进一步以形象的语言寄寓感触的心情；同时，"鬓毛衰"三字写出了自己年龄面貌的变化，为三、四句的"不相识"和"笑问"作垫脚，有承上启下的作用。"儿童相见不相识"一句，还是在写离乡时间之长，而回乡探望的时间也几乎没有，因此儿童时期的伙伴已经完全不认识自己，这也是理所当然的。"笑问"一句进一步写上句已写的意思，只是更深入了——本是故乡的儿子、故乡的主人，但因自己久离在外，面貌衰老改变，以致童年时期的乡邻也把自己当作客人。如果说前两句是从诗人自己写出离乡情况，表现诗人对故乡的亲切之感，那么后两句便是从他人（儿童）写出，表现了他人对诗人以及诗人对故乡的陌生之感。这种陌生之感，隐含有世事变化、岁月流逝而令人惆怅的感慨。这一点在第二首诗中便讲得很明白：

> 离别家乡岁月多，近来人事半消磨。
> 惟有门前镜湖水，春风不改旧时波。①

前一首诗中的亲切之情没有了，中心意思是自己离乡太久，待到回乡之时，人和事已有许多变化，只有那不易变化的湖水，依然如故。这种沧桑之感，便是承上一首诗而来的。

---

① 萧涤非等.唐诗鉴赏辞典［M］.上海：上海辞书出版社，1983：52.

释王昌龄《芙蓉楼送辛渐》

芙蓉楼送辛渐

寒雨连江夜入吴,平明送客楚山孤。
洛阳亲友如相问,一片冰心在玉壶。

这首诗,引起争论的主要问题是第一句"寒雨连江夜入吴",以及诗的写作时间、写作地点。兹将各本的解释介绍如下。

《唐诗选》:"这两句写寒雨之夜,陪客进入吴地,次日清晨客去以后,只见一片楚山孤影而已。'吴''楚'互文,泛指镇江一带的地方。"①

《唐诗选注》:"这两句是说辛渐在漫江寒雨的夜晚,从吴地以外来到润州。翌晨,诗人在芙蓉楼送别。他们前望去路,只见远山孤峙在地平线上。"②

《绝句三百首》:"这两句说,寒夜风雨之中,陪着辛渐进

---

① 中国社会科学院文学研究所. 唐诗选: 上 [M]. 北京: 人民文学出版社, 1980: 93.
② 中国社会科学院文学研究所唐诗选注小组. 唐诗选注: 上册 [M]. 北京: 北京出版社, 1980: 64.

入了吴地,第二天一早,将他送别之后,只觉得楚山也像自己一样,很孤单地站在那儿。"①

《唐诗鉴赏辞典》:"这首诗大约作于开元二十九年以后。王昌龄当时为江宁(今南京市)丞,辛渐是他的朋友:这次拟由润州渡江,取道扬州,北上洛阳。王昌龄可能陪他从江宁到润州,然后在此分手。"②

《古诗今选》:"古吴、楚两国接壤,楚在长江上游,吴在下游。芙蓉楼在吴地。作者于某个寒雨连江之夜,从楚到吴,而不久以后,辛渐又在某日平明(清晨),由吴去楚,沿江而西,再北赴洛阳。这是写其相聚之匆促。楚山孤,是作者因同情友人旅途的寂寞而发生的想象。"③

《新评唐诗三百首》:"作者写此诗时,正被贬为江宁丞。江宁在今江苏省,古属吴地。首句指辛渐雨夜来到江宁。次句说现在于楚地送他往洛阳。"④

《唐代文学作品选》:"这首诗写于天宝元年(742)作者被贬为江宁丞时,是为送别友人辛渐写的。"⑤

《唐人绝句精华》:"此昌龄方自龙标尉贬所归吴,次晨即

---

① 葛杰,仓阳卿. 绝句三百首 [M]. 上海:上海古籍出版社,1980:11.

② 萧涤非等.唐诗鉴赏辞典 [M]. 上海辞书出版社,1983:131.

③ 程千帆,沈祖棻. 古诗今选 [M]. 上海:上海古籍出版社,1983:168.

④ 黄雨. 新评唐诗三百首 [M]. 广州:广东人民出版社,1982:295.

⑤ 窦英才等.唐代文学作品选 [M]. 长春:吉林人民出版社,1981:35.

于芙蓉楼饯别辛渐之作。"①

以上各本解释，归纳起来大致有这么几种说法：一、王昌龄陪辛渐入吴；二、辛渐入吴；三、王昌龄入吴。

为什么会有这三种说法？从以上各本解释可以看出，这些说法主要是根据诗的内容以及诗题写出，属揣测性质，并没有十分可靠的根据；如果说有的话，那便是作者曾任江宁丞这一经历；既任江宁丞，那当然可以说他是陪辛渐入吴，或者单独入吴，或在吴地等待辛渐入吴。只是这些解释谁也不能说服谁，倒是留下漏洞，使读者产生一些疑问。例如，王昌龄既任江宁丞，江宁也属吴地，为什么还要说入吴？为了堵住这样的漏洞，有的选本就干脆说此诗写于被贬江宁之时，即作于江宁丞任上。这样解释又产生了新的问题：按王昌龄的经历，是先做江宁丞，因"不谨细行"，被贬龙标尉。而且，假如说这首诗是作于江宁任上，或说"辛渐雨夜来到江宁"，那标题写得很清楚，"芙蓉楼送辛渐"，岂不是江宁也有个芙蓉楼么？究竟是什么地方的芙蓉楼，同题的第二首诗可作佐证：

丹阳城南秋海阴，丹阳城北楚云深。
高楼送客不能醉，寂寂寒江明月心。②

这首诗说得很明白：所称芙蓉楼，指的就是丹阳城的芙蓉

---

① 刘永济. 唐人绝句精华 [M]. 北京：人民文学出版社，1985：35.

② 富寿荪. 千首唐人绝句 [M]. 上海：上海古籍出版社，1985：96.

楼。那么，我们又要看看各个选本是怎样注释"芙蓉楼"的。

《唐诗选注》："唐代润州（治所在今江苏镇江市，春秋时代属吴国）城西北角楼名，登临可以俯瞰长江，远眺楚地。"①

《唐诗鉴赏辞典》："题中芙蓉楼原名西北楼，遗址在润州（今江苏镇江）西北。登临可以俯瞰长江，遥望江北。"②

《唐诗选》："芙蓉楼，故址在今江苏省镇江市。《元和郡县志》卷二十五《江南道·润州》：'晋王恭为刺史，改创西南楼名万岁楼，西北楼名芙蓉楼。'"③

《唐诗三百首详析》："楼故址在江苏镇江城西北隅。"④

《古诗今选》："芙蓉楼在镇江京口（今镇江市）。"⑤

《绝句三百首》："故址在今江苏省镇江市。"⑥

以上各种选本关于芙蓉楼的注释没有任何分歧，一致都注明故址在今镇江市。可是同题第二首诗又指明是丹阳的芙蓉楼，这究竟是怎么回事？高步瀛在《唐宋诗举要》中有较详细的注解。书中除了引《元和郡县志》外，还引了好几种地

---

① 中国社会科学院文学研究所唐诗选注小组. 唐诗选注：上册[M]. 北京：北京出版社，1980：64.

② 萧涤非等.唐诗鉴赏辞典[M]. 上海：上海辞书出版社，1983：131.

③ 中国社会科学院文学研究所. 唐诗选：上[M]. 北京：人民文学出版社，1980：93.

④ 喻守真. 唐诗三百首详析[M]. 北京：中华书局，1980：293.

⑤ 程千帆，沈祖棻. 古诗今选[M]. 上海：上海古籍出版社，1983：162.

⑥ 葛杰，仓阳卿. 绝句三百首[M]. 上海：上海古籍出版社，1980：11.

理书：

  《太平寰宇记·江南东道·润州·丹徒县》、《舆地纪胜·两浙西路·镇江府》引《京口记》并同（指与《元和郡县志》记载相同）。《清统志》曰："江苏镇江府：万岁楼在丹徒县西南城上，晋王恭改创西南楼名万岁楼，又尝改西北楼为芙蓉楼。"①

在第二首诗后面，他亦有详细的注释：

  《寰宇记》曰："润州丹阳郡今理丹徒县。汉武帝分属丹阳、会稽二郡之地。后汉吴、丹阳二郡地。晋平吴，又为毗陵、丹阳二郡地，兼置扬州。元帝渡江，都建康，改为丹阳尹。"②

对以上地理书籍中的记载，他还作了按语：

  此云丹阳城，当即指丹徒故城，在今江苏丹徒县东南，今之丹阳县乃晋之曲阿县，非古丹阳郡

---

 ① 高步瀛. 唐宋诗举要：下 [M]. 上海：上海古籍出版社，1978：795.

 ② 高步瀛. 唐宋诗举要：下 [M]. 上海：上海古籍出版社，1978：795.

治也。①

他的这个按语,已将第二首中的"丹阳"与第一首中的注释"万岁楼在丹徒县西南城上"挂上了钩,也就是说,第二首中的"丹阳"指的就是丹徒故城。这样看来,问题似乎更复杂了,润州(镇江)有个芙蓉楼,丹阳有个芙蓉楼,丹徒还有个芙蓉楼!其实,要解决这个问题,就要找出丹徒与镇江之间的关系。

1984年版《辞源》丹徒条:"汉置县,属会稽郡。见《汉书·地理志》上。后汉属吴郡。三国吴嘉禾三年改武进,晋复为丹徒,随改名延陵,唐复旧名。……唐以前故城在今江苏镇江市东南。"

《辞源》丹阳条:"县名。秦为云阳,属会稽郡,后改曲阿。汉属扬州。唐天宝间以京口为丹阳郡,改曲阿为丹阳县。"

《辞源》镇江条:"市名。属江苏省。宋开宝间置镇江军,政和间改为府,元改为路,明初曰江淮府,寻复改为镇江府,治所丹徒县。"

《辞源》上的记载与高步瀛的注释基本一致。王昌龄的第二首诗中的"丹阳"就是"丹徒",丹徒故城就在今镇江市东南,而镇江的治所就在丹徒县。换言之,所称润州芙蓉楼,就是丹徒的芙蓉楼,也即是镇江的芙蓉楼,三个芙蓉楼其实就是指的一个芙蓉楼。

----

① 高步瀛. 唐宋诗举要:下[M]. 上海:上海古籍出版社,1978:795.

综上所述，这首诗的写作地点当在润州（镇江）。写作时间，可以说是在"江宁丞任上"，但应该说明不一定写于江宁，是为润州送客时所写。

现在回过头来再看看"寒雨连江夜入吴"一句。几种说法不能统一，而且缺乏说服力。金性尧在《唐诗三百首新注》中的意见是可以采纳的。他说："诗中的'入吴'，各本说法不一。究竟入吴的是谁，辛渐？作者？还是主客两人？《中国历代诗歌选》解为寒雨，最稳，即假定在寒雨连江前两人已在润州。"① 在各种意见争论不休的情况下，选取某一种比较稳妥的见解，这是解决问题的比较恰当的办法。

本诗是一首送别诗，看上去是为送别辛渐而作，实际上是写自己的心境和胸怀。本诗的写作时间，如前所言，大约是在江宁丞任上。在此之前诗人曾被贬岭南，在这之后又被贬为龙标尉。由此我们可以想到诗人那种孤寂怨恨、自守清白的心情。

开头两句写景，点明送客的时间地点，同时暗寓送客的心情。"入吴"，我们认为当作"寒雨"在夜晚时分下到镇江来解释为好。所以"寒雨连江"是指那深秋时节的雨，还下得不小，以致景色茫茫与江水连成一片了。这是一幅迷蒙深沉的画面。句中已暗藏"天明"二字，因为夜晚是看不清这样的景色的。紧接着就写平明送客，点明一个"送"字。这时候除了江面景色，还可以望见远方的山峦。"楚山孤"，就是《唐诗选

---

① 金性尧. 唐诗三百首新注［M］. 上海：上海古籍出版社，1981：328.

注》中所说,"远山孤峙在地平线上"。不管是王昌龄"只觉得楚山也像自己一样,很孤单地站在那儿",还是实指远方山峦,应该说指的都是楚地之山。虽说润州一带既可称"吴地",又可称"楚地",但这里毕竟指的是远方的楚地之山,是极目远望所见。而且,"楚山孤"与前一句所形成的迷茫深沉的画面放在一起,就可以看出诗人送客时的孤寂心情,心境并不开朗。第三句有一个大的跳跃,地点由镇江移到洛阳,诗人的心也由送客之地飞到洛阳:他想到辛渐回到洛阳后,那里的好友也许会问到自己,于是以"如相问"表示自己的揣度。并利用这一猜想,表露自己的心胸:"一片冰心在玉壶。"这里他化用鲍照的诗句①,但无论意思还是形式都比鲍诗阔大,指的是自己的心怀如冰明洁。一方面说明自己对友人的感情仍然纯洁如冰,始终不渝;一方面也是在形容自己的情操,表示要坚持磊落胸怀,不与时俗同流。

全诗以送客为线索,以心境的表露为主体,由景入情,由此及彼,把送者(诗人)的感情、人格写得极有情致。"入""送"二字相应,说的是诗人送客,但这二字又与季节景物融为一体,景物所渲染的气氛,传达了诗人当时当地的心情,情景堪称交融。第三句似与送客无关,实则也藏一个"送"字,暗示所送之客,不到别处,要去洛阳。从地域来说,变动虽大,但客人到某处顺便托其与亲友联系,这是生活中的常理,所以看起来也很自然。结句是请所送之客转达自己的情况,仍

---

① 逯钦立. 先秦汉魏晋南北朝诗:中[M]. 北京:中华书局,1983:1260-1261.

然不离"送"字。诗人向亲友说明自己的处境,一不谈生活的好坏,二不谈山水风光,只着眼一个"心"字,又加以形容描绘,说是玉壶中之一片冰心;那么亲友既领受了他的纯洁感情,又可以从这句诗中窥见他的操守。全诗状寂寞,写胸怀,表心迹,隐怨恨的命意是比较明显的。然而这一切都以"送"字串起,不但结构谨严,描摹生动,而且比喻新奇,情理深刻,无愧是唐诗中的精品。

王昌龄《出塞》考释

出　　塞

秦时明月汉时关，万里长征人未还。
但使龙城飞将在，不教胡马度阴山。

这首诗中的"龙城飞将"历来是一个引起争议的问题，众说纷纭，至今没有定论。归纳起来，大致有下面几种意见。

一、卢城说

此说起源于宋刊本王荆公《唐百家诗选》。王安石将"龙城飞将"改作"卢城飞将"。[1] 清代考据学大师阎若璩《潜丘札记》卷二考订云："'卢'是也。李广为右北平太守，匈奴号曰飞将军，避不敢入塞。右北平，唐为北平郡，又名平州，治卢龙县。《唐书》有卢龙府、卢龙军。"并反驳龙城说："若'龙城'，见《汉书·匈奴传》：'五月大会龙城，祭其先天地鬼

---

[1] 黄永年，陈枫. 王荆公唐百家诗选[M]. 沈阳：辽宁教育出版社，2000：64.

神。'……'龙城'明明属匈奴中,岂得冠于飞将上哉?"①

王安石、阎若璩都是名家,当今的一些较有影响的唐诗选本,从王、阎之说者不少。中国社科院文学所的《唐诗选》即直书"但使卢城飞将在",并注云:"'卢城',通行本作'龙城',据宋刊本王安石《唐百家诗选》改。"② 张燕瑾之《唐诗选析》:"应为卢城飞将。威震卢龙城的飞将,指李广。"③ 程千帆、沈祖棻的《古诗今选》也写作"但使卢城飞将在",并注云:"卢城,指卢龙县,旧作龙城,误。龙城是匈奴单于祭神的地方,李广不可能驻守在那里。飞将,指汉朝著名的将军李广。李广屡次打败匈奴,匈奴非常怕他,称他为'汉之飞将军'。他当时是右北平太守。右北平在唐朝为北平郡,治卢龙县,故称之为卢城飞将。"④ 黄雨《新评唐诗三百首》:"关于'龙城',据前人考证,应是'卢城'。李广为右北平太守。右北平,唐时为北平郡,治卢龙县。所以把卢城和飞将军李广连在一起。龙城系在匈奴境内,与李广连在一起,便不可解了。"⑤《唐诗鉴赏辞典》:"'龙城':或解释为匈奴祭天之处,其故地在今蒙古人民共和国鄂尔浑河西侧的和硕柴达木湖附

---

① (清)阎若璩. 潜邱札记 [M] //钦定四库全书:卷二. 1792 (清乾隆五十七年).

② 中国社会科学院文学研究所. 唐诗选:上 [M]. 北京:人民文学出版社,1980:92.

③ 张燕瑾. 唐诗选析 [M]. 天津:天津人民出版社,1981:41.

④ 程千帆,沈祖棻. 古诗今选 [M]. 上海:上海古籍出版社,1983:165.

⑤ 黄雨. 新评唐诗三百首 [M]. 广州:广东人民出版社,1982:335.

近；或解释为卢龙城，在今河北省喜峰口附近一带，为汉代右北平郡所在地。……后一解较合理。"① 陈友琴先生在其《长短集》的《有关龙城飞将》一文中更十分强调"卢城说"："'卢龙'就是'龙城'，一点也没有问题了。假如我们说'但使卢城飞将在'，似乎也没有什么不可以。"②

二、"龙城""飞将"合用说

此说较早地见于清人陈婉俊补注的《唐诗三百首》。陈云："按龙城、飞将盖二事，此合之，误也。"③ 陈已提出二事合之，但未作发挥。马茂元先生在《唐诗选》中作了进一步说明："龙城飞将：指抗击敌寇、扬威边地的名将。元光五年（前130）匈奴入上谷，杀略吏民。遣车骑将军（卫）青……青至龙城。又李广为右北平太守，匈奴称为汉之飞将军。这里说的飞将而冠以龙城，是把两个典故化合用在一起。"④ 金性尧在其《唐诗三百首新注》中也赞成二事合用说，并作了较详细的论证："龙城，飞将，本是两事。龙城，汉卫青为车骑将军，北伐匈奴，曾至龙城，地在今蒙古人民共和国，匈奴祭天处。飞将，汉右北平太守李广善战，匈奴称飞将军，避而不敢犯。

---

① 萧涤非等.唐诗鉴赏辞典［M］.上海：上海辞书出版社，1983：118.

② 陈友琴.长短集［M］.杭州：浙江人民出版社，1980：286.

③ （清）蘅塘退士.唐诗三百首［M］.陈婉俊，补注.北京：中华书局，1984：225.

④ 马茂元.唐诗选［M］.上海：上海古籍出版社，2018：156.

这里也含互文意，合之则统指扬威边疆之古代名将。王安石《唐百家诗选》中龙城作卢城。清阎若璩《潜邱札记》并作考证，谓李广之右北平，唐治卢龙县。《唐书》又有卢龙府、卢龙军。故应作卢城，即飞将上不应冠龙城。但若卢龙城既可称卢城，又何尝不可称龙城。故阎说似是而非。1979年版《唐诗别裁》卷十九校记云：'此处龙城飞将，乃合用卫青、李广事，指扬威敌境之名将，更不得拘泥地理方位。而诗中用龙城字，亦有泛指边关要隘者。'"①

河北师院学报1982年第2期发表陈福民先生的《"龙城飞将"新议》一文，对此说进行了发挥："合用了李广、卫青人事，一句假设之辞，表达了诗人对现实生活的理想化要求，这就大大丰富了《出塞》的艺术形象，从而使其思想意义更为深刻，同时也使我们认识到诗人可贵的思想品质——优秀诗人对人民的思想感情的反映总是敏锐的。"②

三、乡籍说

创此说者为孙其芳先生。其《"龙城"试解》发表于《文学遗产》1980年第3期。文章不长，转录如下：

王昌龄《出塞》云："但使龙城飞将在，不教胡

---

① 金性尧. 唐诗三百首新注［M］. 上海：上海古籍出版社，1981：367-368.

② 陈福民. "龙城飞将"新议［J］. 河北师范学院学报（社会科学版），1982（2）.

马度阴山。"《汉书·匈奴传》云:"岁正月,诸长少会于庭祠,五月大会龙城,祭其先天地鬼神。"龙城,在今辽宁辽阳。隋·卢思道《从军行》:"朝见马岭黄沙合,夕望龙城阵云起。"沈佺期《杂诗》:"谁能将旗鼓,一为取龙城?"杨炯《从军行》:"牙璋辞凤阙,铁骑绕龙城。"均是泛指或借用。此诗则用以称李广,说者以为李广为右北平太守,右北平郡辖有后世营州地,而营州治龙城,称"龙城飞将"是化用典故,然义实难通。清·阎若璩《潜邱札记》卷二以为龙城应作"卢城",云:"右北平,唐为北平郡,又名平州,治卢龙县。"并云:"龙城明明属匈奴中,岂得冠于飞将上哉?"说很有理。然改作卢城,说亦牵强。疑此龙城为"陇城"之讹。陇城为汉县名(凉州治地),故地在今甘肃秦安县东北,今仍称陇城。后魏置之陇城县和刘曜攻拔之陇城,均指其地。李广为汉陇西成纪县人,成纪在今秦安北,地与陇城交错相连。称陇城,犹如称成纪也,当就其乡籍而言。龙字,或为诗人因同音而讹。①

王秉均先生认为孙说"路子倒是对了,惜未能将问题展开,且以疑讹语气出之,缺乏证据和说服力。"于是他在《兰州大学学报》1983年第3期上发表题为《"龙城飞将"考释》一文,论证了乡籍说。他根据史书考证,认为"'陇城'均为

---

① 孙其芳."龙城"试解[J].文学遗产,1980(3).

'龙城'"。从而得出结论：

> 那么，王昌龄《出塞》诗中的"龙城飞将"，用今语说，就是龙城人飞将军李广，意思原是很清楚的。在人名或称号前冠以出生籍贯，以别于同一名称的其他人，是汉民族的习惯用法，如说襄阳孟浩然、射洪陈子昂之类。又在古典诗文中，说某人某地人，尝不用当代地名而喜用前代地名，也是一种汉民族的习惯用法。①

根据以上三种说法，我们也表明下面几种看法。

第一，以上三说就当前的情况而言，"卢城说"占主导地位，二事合用说、乡籍说从之，大有压倒"龙城说"之势。其实，以上三说均有牵强难通之处，多被学者们指出过了。例如"卢城说"，王秉均先生就指出，王荆公"断定'卢城'为是，'龙城'为误，未免有以孤证定是非之嫌。其次，王昌龄写诗时，何以不用'卢城'而用'龙城'？这并不牵涉到七绝诗的平仄协律问题；如说'龙城'这个名称用在句子很美，我们看用'卢城'二字，并没有什么不美。"前文中提到金性尧的意见，更直截了当地指出了"卢城说"的不合理。至于"龙城""飞将"二事合用说，陈友琴先生首先反驳："照这样说，所谓'龙城飞将'，既是卫青，又是李广了。……到底指哪一位将军

---

① 王秉均."龙城飞将"考释［J］.兰州大学学报（社会科学版），1983（3）.

而言？用典能不能这样地把'龙城'指一个人，把'飞将'指一个人？"① 王秉钧先生也说："这种解释（指二事合用说），让人困惑；因'飞将'是匈奴给李广的称号，而'龙城'并非卫青的称号；以卫青曾至'龙城'为理由，而'飞将'却并非李广所到过的敌国地区。把这样两个不同性质的称谓，扯在一起代表二人，用为典事在一句话里，还值得商榷。""乡籍说"同样也很难成立。陈福民先生也在其《"龙城飞将"新议》中写道："李广为右北平太守，乡籍陇西成纪，这是谁都知道的，说'卢城飞将'或'龙城飞将'，就如同说'李将军广者，陇西成纪人也'一样，对于理解诗歌不但没有什么帮助，反而使诗句显得笨拙又毫无意义。江宁绝句向以含蓄凝练著称，想来不至简单到只'就其乡籍而言'。"

问题还得回到"龙城飞将"上来。这些年"卢城说"影响甚广，甚至连相当严谨的《中国历代文学作品选》也受其影响，但有个别的选本坚持了"龙城说"。林庚、冯沅君主编的《中国历代诗歌选》注云：

"龙城飞将"，龙城，匈奴祭天之处。"飞将"，汉右北平太守李广善战，匈奴称为飞将军，远避不敢来犯。又"龙城"，宋刊本《王荆公百家诗选》作"卢城"，指卢龙，唐北平郡（即汉右北平）治。②

---

① 陈友琴. 长短集 [M]. 杭州：浙江人民出版社，1980：287.
② 林庚，冯沅君. 中国历代诗歌选：上编（二）[M]. 北京：人民文学出版社，1979：324.

这条注释，虽然也提到了"卢城"，但毕竟将"龙城"摆在第一位。其实，古代许多有名的选本，如《文苑英华》《乐府诗集》《万首唐人绝句选》《唐诗品汇》《全唐诗》等均作"龙城"，除王荆公的《唐百家诗选》外，没有一种写作"卢城"的。只是前人没有就"龙城飞将"展开论述，无可查考，所以先后产生了以上三种不同的说法。为了将这个问题弄清楚，我们先得分辨一下"龙城"的地理概念。1984年修订版《辞源》载：

㈠汉时匈奴地名。匈奴于岁五月在此大会各部酋长祭其祖先、天地、鬼神。又称龙庭。汉武帝元光六年，卫青至龙城，获首虏七百级。见《汉书·武帝纪》九四《匈奴传》。《史记》一一〇《匈奴传》、一一一《卫青传》作"茏城"，《汉书》五五《卫青传》作"笼城"。地在今蒙古人民共和国鄂尔浑河境。一说卫青所至之龙城在漠南，即在今内蒙古锡林郭勒盟境。㈡古城名。旧址在今辽宁朝阳县境。汉为柳城县，晋咸康七年，前燕慕容皝于柳城之北，龙山之南，筑龙城，构宫庙，改柳城县为龙城县，迁都于此。

2010年版《辞海》：

①"龙"亦作"茏"，又称"龙庭"。匈奴祭天，大会诸部处。《汉书·匈奴传上》："五月，大会龙

城。"其地在今蒙古国鄂尔浑河西侧的和硕柴达木湖附近。②古城名。亦称"和龙城"、"黄龙城"、"龙都"。故址在今辽宁朝阳。十六国前燕慕容皝八年（公元341年）在此筑城，营建宗庙、宫阙，置龙城县；次年自棘城迁都于此，号新宫为和龙宫。

以上《辞源》与《辞海》的记载大体相同，可证孙其芳先生匈奴祭天之处龙城"在今辽宁辽阳"之误。我们认为，"但使龙城飞将在"的龙城，既不是指卢龙城，也不是指慕容皝所筑的龙城，指的就是匈奴祭其祖先天地鬼神的龙城，在今蒙古人民共和国境内。这是我们必须首先明确的。

第二，"龙城飞将"不是两个并列的名称，应以人——飞将为主。"龙城"是限制修饰"飞将"的。正如前文所指出，"飞将"是李广的称号，而"龙城"不能作卫青的称号，二事合用是不可能的。"龙城"是以匈奴祭天之处指代匈奴。就像我们当今说到"华盛顿"和"莫斯科"别人就会意识到是指美国和俄罗斯一样，说"龙城"实际上就是指匈奴。所谓"龙城飞将"，说的就是威震匈奴的飞将军李广。它概括了《史记·李将军列传》中所说匈奴"避之数岁、不敢入右北平"的全部内容。

第三，为了证实"龙城飞将"的真实含意，我们可以将"卢城飞将"作一比较。其结构可比之"龙城飞将"，说的是威震卢龙城的飞将军李广。这里的"卢城"自然只指李广镇守的地区，在汉朝的版图上，不是匈奴居住之地。如一些选本所言,"是化用典故,指扬威北方边地的名将"①。威震自己所镇守的地方,在古之名将来说不乏其人,但要威震于敌方地区甚至整个敌国,那是很难办到的;由于李广骁勇善战,终于使匈奴军远远地避开他,其声威波及整个匈奴地区,这是难能可贵的。"龙城飞将"正是根据《史记》所载,概写了李广对整个匈奴的威慑,而不单指扬威北方边地,尽管也包括了这一内容。同时,仅就地域而言,威震卢城或扬威边地比之威震匈奴或扬威匈奴要狭窄一些;而使整个匈奴闻之丧胆的飞将军,其地域的影响就比"卢城飞将"要宽广深远许多。从全诗所描写的情景看,是后者而不是前者。

至于"乡籍说"虽于文字可通,"龙城飞将"就是"龙城人飞将军李广",但那是在为李广作传,不是写诗。写诗讲究境界。"乡籍说"无境界可言。不但比不上"威震匈奴的飞将军李广",也比不上"威震卢龙的飞将军李广",在诸说中是最为乏味者。

现在,我们就可以据此来分析一下《出塞》的内容。清人沈德潜云:"秦时明月一章,前人推奖之而未言其妙,盖言师劳力竭,而功不成,由将非其人之故;得飞将军备边,边烽自熄,即高常侍《燕歌行》归重'至今人说李将军'也。防边筑城,起于秦汉,明月属秦,关属汉,诗中互文。"② 这一段话对我们理解《出塞》很有帮助。

---

① 朱东润. 中国历代文学作品选:中编第一册 [M]. 上海:上海古籍出版社,1980:52.

② (清) 叶燮, 沈德潜. 原诗 说诗晬语. [M]. 南京:凤凰出版社, 2010:110.

"秦时明月汉时关"一句，是从征人眼里看月、看关，似乎月在秦时已有，关在汉时已筑；说的是月照关塞，自古如此，远在秦汉人们就在边境筑关建要塞，防备胡地的敌人入侵。起始一句就以高远的笔法，将读者带到古昔边塞烽火之中，形成了深远雄浑的意境。

次句"万里长征人未还"，是说参加边境战争的将士，往往远离家乡，"万里赴戎机"，但是许多人都战死沙场，没有能够回去。从秦汉以来的一系列捍卫边境的战争，多是如此。对于眼下正在戍守的将士们来讲，他们自然还没有牺牲，但是因为胡人常来侵犯，战争没有停止，所以他们也不能回还。这一句既概括了古代许多战争的激烈残酷，又反映了边防将士的心情。

当然，将士们的任务是防边打仗，防止敌人入侵；但他们显然希望能够稳定边防，遏制胡人南下，使将士们以及守备之地的人民生活相对安定一些。希望怎么能够实现？只有寄托在领兵将军的身上。显然，对于目前率领士兵守边的将军，他们并不满意，想有一个像李广那样的飞将军，声震匈奴，扬威敌国，可以使敌人望风逃避，边境得以安宁。

汉代的边境战争，主要的对象是匈奴，多发生在我国北方；唐代边境上的主要敌人，前期是突厥，后期是吐蕃，大规模的战争多发生在西北地区。因此，三、四句也是借用，借用汉时的飞将李广以及他对匈奴的威慑，借用那时的胡骑常度阴山侵扰边境，来表达唐时戍边将士的愿望。惟其借用了秦关汉月，借用了飞将故事，全诗就上下几千年，纵横数万里，在广阔辽远的画面上描绘了边境地区的战争景象，表达了守边将士的真实感情与美好愿望。

王维《鸟鸣涧》析疑

鸟　鸣　涧

人闲桂花落,夜静春山空。
月出惊山鸟,时鸣春涧中。

　　这首诗是王维《皇甫岳云溪杂题》五首之一,也是他山水诗作的名篇之一。有关这首诗的解说,各个选本有比较大的分歧。

　　《唐诗选》:"'桂花',亦称木犀,有春花、秋花、四季花等不同种类,此处所写当是春日发花的一种。一说是冬天开花的桂,春深花落。'闲',寂静意。在寂无人声人迹处,花开花落无声无息。

　　末两句写只有被月色惊扰了的山鸟时鸣的声音,稍稍打破山涧中的沉寂。花落、月出、鸟鸣都是动,却更深刻地表现了山林的幽静。"[1]

　　《唐宋绝句选注析》:"闲:寂静。空:空荡。这两句说,在这春日寂无人声的时候,桂花无声无息地凋落了。静静的夜

---

　　[1]　中国社会科学院文学研究所. 唐诗选:上[M]. 北京:人民文学出版社,1980:118.

间,春山显得空荡荡的。"①

《中国历代文学作品选》:"人闲句:'桂花落人闲'的倒文。意谓月光照亮了大地。古代神话说月中有桂,所以桂往往成为月的代称,如月魄称桂魄。桂花,即月华。花、华字同。"②

《绝句三百首》:"桂花——月亮的光华。古代神话中说,月亮里有桂树,所以桂往往被用来作为月的代称。'人间桂花落',即'桂花落人间'。意思说:月亮的光华洒落大地上。"③

针对以上不同的解释,刘璞同志在《"桂花"不是月光》④一文中提出了自己的看法,认为《唐诗选》解释正确,《绝句三百首》解释错误。他归纳了错误原因的三个方面:

1. 从词语的训释上看,主观成分大。古代称月的词语虽常带一"桂"字,但我们不可简单地逆推,以为凡着"桂"字者皆指月。再说,将"花"训为"华"也是古今颠倒的。其实,"华"是"花"的本字,"花"是"华"的俗字……"花"字晚出,《说文》不收就是证据。

2. 没有从句法关系上仔细考虑。第一句中"人闲"与"桂花落"形成怎样一种结构关系呢?若按"桂花"是月光的

---

① 姚奠中. 唐宋绝句选注析[M]. 太原:山西人民出版社,1981:57.

② 朱东润. 中国历代文学作品选:中编第一册[M]. 上海:上海古籍出版社,1980:42.

③ 葛杰,仓阳卿. 绝句三百首[M]. 上海:上海古籍出版社,1980:12.

④ 刘璞. "桂花"不是月光[J]. 文学评论,1983(1).

解释，那这句就是并列关系；如按"桂花"是花的解释，那这句就是因果关系。按并列关系理解，这句就得这样解释：夜深人们都离去了，月光洒落在大地上。月光洒落还非得在夜深人静的时候吗？显然上面的解释存在很大漏洞，在情理上也难以说通。

3. 忽略了全诗艺术风格上的协调一致性。这首诗在艺术上的最大特点是把作为艺术表现手段的"动"与"静"的关系处理得妙。……诗的前两句主要是写静。……诗的后两句是以动写静。……若将"桂花"解释为月光，鸟鸣就会变得意境全无，第一句该显得多么苍白、枯燥、平庸、乏味啊。……

关于桂花，刘璞同志认为"没有深究的必要"，因为"艺术的真实不等于生活的真实，它可以在符合生活真实的基础上虚拟"。

坚持"桂花"是指月光的同志也有他们的理由。例如王子仪同志解释说："……春夜的月光早已流泻大地，只是当月行中天，越过遮掩的峰峦，照临山涧的栖鸟，它们才受到惊动。这样，夜色笼盖，山高涧深，'鸟鸣山更幽'的境界，通过视觉形象和听觉感知，油然而出。"[①]

王修纯同志另有自己的看法："'人闲桂花落'，不是写实景，是虚拟、用典。这个典故就是传说中，杭州灵隐寺，一高僧曾在明月静谧之夜，听到庙宇的瓦上有声响，第二天看到全是桂花和桂花果实。原来这是月宫里的吴刚，采酿桂花时掉落人间的。王维诗中的'桂花落'指的当是这一传说。……'人

---

① 晨岘. 补苴与商榷[J]. 文学评论，1983（3）.

闲桂花落'是说夜深人静之时，作者仿佛听到月中的桂花下落而进入禅境一般。诗的前二句是虚拟，后二句是写实，这大概是王维'半官半隐'矛盾心情的曲折反映。"①

以上意见哪一种比较合乎情理？要解决这个问题先得弄清两点：一，桂花的情形；二，这首诗描写的是什么。

先说第一点。1980年版《辞海》缩印本"木犀"条："亦称'桂花'。木犀科。常绿灌木或小乔木。叶对生，椭圆形，革质。秋季开花，花簇生于叶腋，黄色或黄白色，极芳香。……原产我国。久经栽培，变种较多，常见的有金桂（丹桂，花橙黄色）、银桂（花黄白色）和四季桂等。"

《本草纲目》："……俗呼为木犀。其花有白者，名银桂，黄者名金桂，红者名丹桂。有秋花者，春花者，四季花者，逐月花者。"②

据以上文献记载，桂有秋桂、春桂、四季桂之分，诗中有"春山""春涧"，季节肯定在春天，所称"桂花"当是春桂或四季桂。

再说第二点。这首诗的诗题作"鸟鸣涧"，其实就是写春天月夜鸟鸣于山涧，它是《皇甫岳云溪杂题》五首中的一首，我们只要看看其他四首写的是什么，就可以判断这一首是虚拟用典还是写实景。第二首诗题曰《莲花坞》。诗云："日日采莲去，洲长多暮归。弄篙莫溅水，畏湿红莲衣。"这一首就是专写着"红莲衣"的人在莲花坞中采莲的情形，哪有多少虚拟用

---

① 晨岷. 补苴与商榷[J]. 文学评论，1983（3）.

② （明）李时珍. 本草纲目[M]//钦定四库全书：卷三十四. 1792（清乾隆五十七年）.

典的成分？第三首诗题作《鸬鹚堰》："乍向红莲没，复出清蒲飏。独立何褵褷，衔鱼古查上。"这首诗写鸬鹚在堰中的种种活动，哪有半点虚拟？第四首题曰《上平田》："朝耕上平田，暮耕上平田。借问问津者，宁知沮溺贤。"第五首题为《萍池》："春池深且广，会待轻舟回。靡靡绿萍合，垂杨扫复开。"包括《鸟鸣涧》在内的五首诗，分别写云溪的五个不同的地方、五种不同的景物，都是写实，绝少虚拟之处。

我们在确定了诗中的"桂花"可指春桂、四季桂以及四句诗均是写实之后，便可以肯定刘璞同志的意见有可取之处。

这首诗通篇写春山静夜的优美景色。其特点是以静写动，以动现静，动静谐和，创造出幽深动人的意境。"人闲桂花落，夜静春山空"两句，主要写环境的寂静空旷。但是"人闲桂花落"的"闲"并不能作"寂静"解释，这一点《唐诗选》等唐诗选注本的解释都有商榷的必要。且不说"闲"至多只能释作"静"——安静，作"寂静"解十分勉强；仅就"人闲"而言，只能说人清闲、闲适或安静，而不能说人"寂静"。不错，如前所言，这两句写环境的寂静，但不是直接描写，而是通过人的感受去表现。人很清闲，心里很静，就能细心地观察周围的景物，也就能发现或感受到桂树的花瓣在晚风中徐徐飘落。"落"虽是写动态，但由于是悄无声息地落，所以便显示了夜晚的静和山林的空旷。"夜静春山空"，承前而来，是受"人闲桂花落"限制的，是有条件的。怎么知道"夜静春山空"？因为闲适（或清闲）的人连桂花的下落都能感觉到或看到，这样的夜晚难道不寂静么？如此寂静的夜晚自然又会使人感到春山的空旷或空静。这一句当然有补足作用。"春山"点明季节是春天，地点环境离不开山或山林。两句主要写静，但静中有动。

"月出惊山鸟，时鸣春涧中"两句，主要写静境中的动态。月亮从东山那边升起了，给群山抹上了清柔的光辉。本来在黑夜中沉睡的山鸟，被清凉的月光惊醒了，自然要伸长颈子张眼四望。这些都是动态。"时鸣"一句是惊鸟动态的继续，是以鸟鸣的声音进一步写动态。"鸣"以"时"来限制，表明鸣声并不连续，也并非群鸟的鸣叫。"春涧"与"春山"相应，点出鸟鸣的地点。这些"山鸟"，栖息在山涧两旁的树上，因为离山涧很近，所以它们的鸣声才能够在山涧中回响。写到这里，诗人很巧妙地点出了诗题《鸟鸣涧》。这两句中的月出、鸟惊、啼鸣等动态，其背景都是那寂静空旷的春山。这些动态并没有破坏环境的寂静。诗人是以高超的艺术手法，赋予静态的画面以动态，使静境虽静但不是那样沉寂，而是富有活力和生气。鸟鸣的声响，乍看起来似与静境不协调，其实，作者是以声写静。梁代诗人王籍的诗句"蝉噪林愈静，鸟鸣山更幽"，就是用蝉鸣、鸟叫，反衬树林的寂静和山谷的清幽。王维是在更阔大的背景上使用这一手法。鸟鸣虽然暂时使得静境动起来，但鸟鸣只是"时而"，鸟叫过后，环境会显得更加静寂。这就是作者以动写静的强烈艺术效果。山中春天月夜的静景，在人们心目中显得更美了。

关于这首诗，有的同志还提出了一个问题，即王维写此诗时，是在长安一带，而北方的桂花多系盆栽，比较少见，如说诗中写的是春桂、四季桂，但王维不用桃、李、杏花写其辋川别墅及云溪风景，而用了"桂花落"，这应当如何解释？实际上，从来也没有一个唐诗选本对"皇甫岳云溪"作过确切的考证或解释，博学如程千帆、沈祖棻两先生，在他们的《古诗今选》中也注明："〔云溪〕皇甫岳的别墅，所在地不详。"① 但鲁屋同志在《王维〈鸟鸣涧〉杂说》② 一文中提出了自己的探索。他认为云溪是"幽人徜徉之地，高士隐栖之所"。根据王维文集中一篇文赞《皇甫岳写真赞》，断定皇甫岳是一个"神清眸朗""四气平和""烧丹炼药""未曾婚嫁"的修身学道之人。不过从写真赞看来，王维并未见到皇甫岳，只是见过他的画像及隐居之地，还是不能确定其人其地。鲁屋同志又从《皇甫岳云溪杂题》五首着眼，认为它们的内容"全是描绘江南景色、具有南国风味的"。他又根据傅璇琮《唐代诗人丛考》考定，在唐代，皇甫家族中早有一支籍居于润州丹阳了。又根据王维的行年线索，唐玄宗开元二十八年（740年）王维曾以殿中侍御史知南选的身份到过襄阳等地，有《汉江临泛》《夜到润州》等诗为证。《夜到润州》第一句就写"夜入丹阳郡"。这样就可以将他的行踪与皇甫家族挂上钩了，从而可以推论"《皇甫岳云溪杂题》五首是四十初度的王维在唐开元末年（741）至唐天宝初年的几年间游历江南东道润州丹阳郡时所写"。

鲁屋同志这个推论有一定的道理，特别是《皇甫岳写真赞》这样的材料，以及对这个"杂题五首"的景色分析，都有

---

① 程千帆，沈祖棻. 古诗今选［M］. 上海：上海古籍出版社，1983：178.

② 鲁屋. 王维《鸟鸣涧》杂说［J］. 齐鲁学刊，1984（6）.

新的内容；但说王维到过润州，并无确证。《夜到润州》并非王维所写，作者是孙逖，见《全唐诗》卷一百十八，第1193页。当然，王维的确去过汉江一带地方，有《汉江临眺》（一作《汉江临泛》）作证，也有可能走访润州，但这也只能是推论。

关于李白《蜀道难》主题的再探讨

蜀 道 难

噫吁嚱危乎高哉！蜀道之难难于上青天！
蚕丛及鱼凫，开国何茫然！
尔来四万八千岁，不与秦塞通人烟。
西当太白有鸟道，可以横绝峨眉巅。
地崩山摧壮士死，然后天梯石栈相钩连。
上有六龙回日之高标，下有冲波逆折之回川。
黄鹤之飞尚不得过，猿猱欲度愁攀援。
青泥何盘盘，百步九折萦岩峦。
扪参历井仰胁息，以手抚膺坐长叹。
问君西游何时还？畏途巉岩不可攀。
但见悲鸟号古木，雄飞雌从绕林间。
又闻子规啼夜月，愁空山。
蜀道之难难于上青天，使人听此凋朱颜！
连峰去天不盈尺，枯松倒挂倚绝壁。
飞湍瀑流争喧豗，砯崖转石万壑雷。
其险也如此，嗟尔远道之人胡为乎来哉！

剑阁峥嵘而崔嵬，一夫当关，万夫莫开。
所守或匪亲，化为狼与豺。
朝避猛虎，夕避长蛇，磨牙吮血，杀人如麻。
锦城虽云乐，不如早还家。
蜀道之难难于上青天，侧身西望长咨嗟！

长期以来，关于《蜀道难》的主题思想颇多争议。清代以前大约有四种说法。清人赵翼在《瓯北诗话》中对旧说中的两种作了批驳；但我们认为他的话颇有启发，不限两种，故引录一段：

青莲工于乐府。盖其才思横溢，无所发抒，辄借此以逞笔力；故集中多至一百十五首。有借旧题以写己怀、述时事者，如《将进酒》之与岑夫子、丹邱生共饮；《门有车马行》有云"叹我万里游，飘飘三十春，空谈帝王略，紫绶不挂身"；《梁甫吟》专咏吕尚、郦生，以见士未遇时为人所轻，及成功而后见；《天马歌》以马喻己之未遇，冀人荐达：此借旧题以自写己怀者也。《猛虎行》全叙安禄山之乱，有"秦人半作燕地囚，胡马翻衔洛阳草"等句，此借旧题以写时事者也。其他则皆题中应有之义，而别出机杼，以肆其才。乃说诗者必曲为附会，谓某诗以某事而作，某诗以某人而作。诗人遇题触景，即有吟咏，岂必皆有所为耶？无所为，则竟不作一字耶？即如《蜀道难》，本亦乐府旧题，而黄山谷误信旧注，以为刺章仇兼琼之有异志；宋子京又据范摅《云溪友议》，以为严武帅蜀，不礼于故相房琯，并尝欲杀杜甫，故此诗为房、杜危之。不知章仇在蜀，正当天宝之初，中外晏安，臣僚贴服，岂有所顾虑！青莲答杜秀才有云"闻君往年游锦城，章仇尚书倒屣迎"；则章仇并能下士者，更无从致讥。至严武先后镇蜀，在肃、代两朝，而青莲天宝初入都，即以此诗受贺知章之赏识，其事在严武帅蜀前且二十年，其为附会，更不待辨。①

前些年，在旧说的基础上产生了几种不同的说法。有的说它的主要意思是"不要被蜀中表面繁荣的现象所迷惑，及早回家"。还说"山重复，四塞险固，王政缺失"，"它也起了使人们认识蜀中险恶形势的作用"。② 有的说，"主要是歌颂了祖国山川的奇险和壮丽"。③

随着研究的深入，又出现了几种新说。主要观点如下：

一，《蜀道难》旨在揭露，诗人以蜀道之险比喻世道之难，反映安史之乱前夕唐王朝黑暗的社会现实。罗伏龙、黄焕勋在

---

① （清）赵翼. 瓯北诗话［M］. 北京：人民文学出版社，1981：5.
② 梁超然. 综论李白蜀道难的作意问题——与俞平伯、聂石樵等同志商讨［M］//唐代文学论丛：一九八二年第二期. 西安：陕西人民出版社，1983：156-168.
③ 梁超然. 综论李白蜀道难的作意问题——与俞平伯、聂石樵等同志商讨［M］//唐代文学论丛：一九八二年第二期. 西安：陕西人民出版社，1983：164.

《〈蜀道难〉主题新议》一文中对这个观点作了阐述。罗、黄二人对《蜀道难》作过分析，认为此篇描写的山川景色和李白其他描绘祖国河山的诗篇不同，画面是阴森的，色彩是昏暗的，情调是低沉的，它的基调是一个"难"字。之所以出现这种情况，是因为李白在长安三年的生活遭遇，使他亲眼看到当时政治的种种黑暗腐败。这样他就会自然地在作品中反映当时的社会现实。[①]

二，《蜀道难》是以蜀道的艰难喻仕途的坎坷。较早提出这个观点的是安旗同志。就这个问题她一共发了三篇文章。其中如《〈蜀道难〉新探》，安旗同志说：李白"在前后将近一年的时间中，步步艰难，处处碰壁，备受蹭蹬之苦，饱尝失意滋味，在作《行路难》（其二）等诗以后，意犹未尽，又因送友人入蜀一事之触发，乃借蜀道之艰险写仕途之坎坷，抒胸中之愤懑"。[②]《说〈蜀道难〉的主题》一文中也持这种观点。此说所依赖的基点是李白第一次入长安在开元十八年这一史实。在长安的一年期间他处处碰壁，饱尝失意的滋味，自己入仕的愿望成为泡影，又目睹了当时的许多黑暗不平之事，故为此诗，曲折地表达仕途的艰难。[③]

三，《蜀道难》就是借乐府旧题极写雄峻奇险的蜀中山川。此说同意者甚多，其中以王启兴先生的意见最为全面、有力。他概括出《蜀道难》的主题是："诗人借乐府旧题，结合带有

---

① 罗伏龙，黄焕勋.《蜀道难》主题新议 [J]. 河池师专学报，1983（2）.

② 安旗.《蜀道难》新探 [J]. 西北大学学报，1980（4）.

③ 柯昌贵. 说《蜀道难》的主题 [N]. 光明日报，1983-5-31.

神话色彩的传说，公孙述、刘备恃险割据的历史事实，据张载《剑阁赋》和左思《蜀都赋》的描写，以及自己对蜀道艰难、蜀中环境的了解，飞驰想象，运用浪漫主义的夸张艺术手法，极写雄峻奇险的蜀中山川和险恶的蜀中环境，表明蜀中亦非乐土，劝友人及早返回。"①

以上，归纳起来就是两种意见，一种可以称之为无寄寓说，一种可以名之为有寄寓说。无寄寓说较为单纯，有寄寓说则比较复杂。为了较正确地理解这首诗的思想内容，鉴别有关此诗主旨的各种观点，我们认为有必要从多方面加以分析研究。

《蜀道难》系乐府旧题，我们首先探索一下这一旧题的发展脉络。诗题《蜀道难》为乐府相和歌辞名，《乐府解题》曰："《蜀道难》备言铜梁玉垒之阻，与《蜀国弦》颇同。"查《蜀国弦》及《蜀道难》较早者为梁简文帝所作。《蜀国弦》起始两句云："铜梁指斜谷，剑道望中区。"《蜀道难》二首共八句。其一首二句云："建平督邮道，鱼复永安宫。"其二首二句云："巫山七百里，巴水三回曲。"与简文帝同时的刘孝威作《蜀道难》二首，每首八句，第一首为五言，第二首为七言。其一首二句云："玉垒高无极，铜梁不可攀。"玉垒、铜梁皆山名，一在今之四川都江堰市，一在今之重庆合川区，与李白《蜀道难》所写之入蜀山川似不相合，但已通过"高无极""不可攀"而言其难。至南朝陈朝的阴铿始作《蜀道难》一首，直言"蜀

---

① 王启兴.《蜀道难》新探质疑［M］// 唐代文学论丛：一九八二年第一期. 西安：陕西人民出版社，1983：166-178.

道难":"王尊奉汉朝,灵关不惮遥。高岷长有雪,阴栈屡经烧。轮摧九折路,骑阳七星桥。蜀道难如此,功名讵可要。"①唐初张文琮有《蜀道难》一首,五言八句,亦说蜀道之难:"梁山镇地险,积石阻云端。深谷下寥廓,层岩上郁盘。飞梁驾绝岭,栈道接危峦。揽辔独长息,方知斯路难。"② 以上《蜀道难》诗大多只写山川险阻,内容比较简单;只是到了李白手上,这一乐府旧题才得到了充分运用,不但篇幅和规模较前者为大,而且内容的丰富、描写的深入全面,都是前者无法相比的。

  李白的《蜀道难》诗之所以达到这样的高度,除了继承和发扬乐府旧题的优点外,更重要的是吸取和融会了前人有关描绘蜀地山川风物的一些成果。如《蜀王本纪》《华阳国志》中关于蜀郡的开国传说;而其中最明显的莫过于左思的《蜀都赋》和张载的《剑阁铭》。左思的《蜀都赋》亦颇受扬雄《蜀都赋》之影响,原是运用赋体,铺写蜀地山河的壮丽险峻以及蜀都的繁华,此外别无深意。其中一些词句的意思,李白《蜀道难》有所采用。今引数句为证:"于后则却背华容,北指昆仑。缘以剑阁,阻以石门。……羲和假道于峻阪,阳乌回翼于高标。……熊罴咆其阳,鹓鹗鸲其阴,猨狖腾希而竞捷,虎豹长啸而永吟。……至乎临谷为塞,因山为障,峻岨塍埒长城,豁险吞若巨防。一人守隘,万夫莫向。公孙跃马而称帝,刘宗

---

①② (宋)郭茂倩. 乐府诗集[M]. 上海:上海古籍出版社,1998:462.

下輦而自王。"① 至于张载的《剑阁铭》则别有寓意。张载于晋武帝太康初年至蜀省父，以蜀人恃险好乱，因著铭以作戒。张载是晋臣，站在晋的立场上，刘备自然是割据势力。因之这篇铭文就由两个内容结合而成。一个是写剑阁之险："是曰剑阁，壁立千仞，穷地之险，极路之峻。世浊则逆，道清斯顺……一人荷戟，万夫趑趄。形胜之地，匪亲勿居。"一个内容乃是告诫蜀人不要恃险作乱："兴实在德，险亦难恃……凭阻作昏，鲜不败绩。公孙既灭，刘氏衔璧。"② 我们将左思、张载的文章与李白的《蜀道难》诗相比较，就可以发现，诗中除了继承和发展乐府古题中关于蜀地山川高险难越之外，还加进了一个很重要的内容，就是蜀险易乱。即是张载所告诫的，"形胜之地，匪亲勿居"。这一点，明显看出是受了《剑阁铭》的影响；当然也不是简单的抄袭，而是有所创新。

　　李白《蜀道难》诗中还有一个内容，就是对"远道之人"或"君"的关心。这一内容的出现我们不能说完全离开与前人诗文的联系，如刘孝威《蜀道难》中的"王生敛辔还"、阴铿的"功名讵可要"等语，但很大程度上却是李白的创造，因为这一内容我们还可以明白无误地从李白另外两首描写蜀道艰难的诗文中找到。其一曰《剑阁赋》，原注标明"送友人王炎入蜀"。赋云：

---

① （清）严可均. 全上古三代秦汉三国六朝文［M］. 北京：中华书局，1958：1882-2884.

② （清）严可均. 全上古三代秦汉三国六朝文［M］. 北京：中华书局，1958：1951.

咸阳之南，直望五千里，见云峰之崔嵬。前有剑阁横断，倚青天而中开。上则松风萧飒瑟飕，有巴猿兮相哀。旁则飞湍走壑，洒石喷阁，汹涌而惊雷。

　　送佳人兮此去，复何时兮归来。望夫君兮安极，我沉吟兮叹息。视沧波之东注，悲白日之西匿。鸿别燕兮秋声，云愁秦而暝色。若明月出于剑阁兮，与君两乡对酒而相忆。①

其二曰《送友人入蜀》，诗曰：

见说蚕丛路，崎岖不易行。
山从人面起，云傍马头生。
芳树笼秦栈，春流绕蜀城。
升沉应已定，不必问君平。

　　这两首诗赋，无论从原注、标题看，都是为入蜀友人而作，内容乃是通过对蜀地山川险阻的描写，表达诗人对朋友的关心之情，与《蜀道难》诗中的内容是一致的。今人詹锳在其《李白诗文系年》中说："意者剑阁赋、送友人入蜀及此诗（指《蜀道难》）三者俱是先后之作。"他还说："赋中写剑阁之险与此篇颇多有相似处。"并一一加以比较。我们认为詹氏的意见值得考虑，他的考订、比较都有较强的说服力。②

---

① （清）董诰等. 全唐文［M］. 北京：中华书局，1985：3525下.
② 詹锳. 李白诗文系年［M］. 北京：人民文学出版社，1984：33-34.

上面我们用了相当篇幅，理清了《蜀道难》诗的发展脉络；弄清了李白《蜀道难》诗与前代诗文的关系；并与诗人相应时期的作品做了对照，从而从纵的和横的两个方面考察了这首诗的内容哪些是乐府古题中所固有的，哪些是李白在前人基础上发展创造的。这样，对于正确理解这首诗的主题将会有比较大的启发和帮助。

　　现在需要探讨的第二个问题，便是这首诗的写作时间和写作地点。

　　考李白《蜀道难》诗，于有唐一代，最早著录于殷璠《河岳英灵集》中。集叙云："……开元十五年后，声律风骨始备矣。实由主上恶华好朴，去伪从真，使海内词场，翕然尊古。……粤若王维、昌龄、储光羲等二十四人皆河岳英灵也。此集便以河岳英灵为号，诗二百三十四首，分为上下卷（实为三卷），起甲寅终癸巳（《文苑英华》作乙酉）。"[①] 考癸巳年为天宝十二年，乙酉年为天宝四载，"主上"无疑指玄宗。殷璠为李白同时代人，既将此诗收入集内，则此诗作年当在天宝十二年之前。（由此可见讽玄宗幸蜀一说不能成立。）另有两则旁证材料亦可补充说明这首诗的写作年代。一则云："李太白初自蜀至京师，舍于逆旅。贺监知章闻其名，首访之。既奇其姿，复请所为文。出《蜀道难》以示之。读未竟，称叹者数四，号为谪仙。解金龟换酒，与倾尽醉。期不间日，由是称誉光赫。贺又见其乌栖曲，叹赏苦吟曰：'此诗可以泣鬼神矣。'故杜子

---

　　① 詹锳. 李白诗文系年 [M]. 北京：人民文学出版社，1984：32.

美赠诗及焉。……杜所赠二十韵,备叙其事。"(见孟棨《本事诗·高逸第三》)① 另一则曰:"李太白始自西蜀至京,名未甚振,因以所业贽谒贺知章。知章览《蜀道难》一篇,扬眉谓之曰:'公非人世之人,可不是太白星精耶?'"(王定保《唐摭言》卷七)② 这两则材料,在许多诗文中得到证实。如李白死后,其族叔李阳冰在《草堂集序》中说:"天宝中……又与贺知章、崔宗之等自为八仙之游,谓公谪仙人,朝列赋谪仙之歌凡数百首,多言公之不得意。"③ 杜甫还作有《饮中八仙歌》,首二句即提到贺知章:"知章骑马似乘船,眼花落井水底眠。"李白生前友人魏颢在《李翰林集序》中说:"白久居峨眉,与丹丘因持盈法师达,白亦因之入翰林,名动京师。《大鹏赋》时家藏一本。故宾客贺公奇白风骨,呼为谪仙子,由是朝廷作歌数百篇。"④ 范传正所作《翰林学士李公新墓碑》有云:"天宝初,召见金銮殿……在长安时,秘书监贺知章号公为谪仙人,吟公《乌栖曲》云:'此诗可以哭鬼神矣!'"⑤ 裴敬在其《翰林学士李公墓碑》中亦云:"先生得天地秀气耶?不然,何异于常之人耶?或曰,太白之精下降,故字太白,故贺监号为谪仙,不其然乎?"⑥ 以上皆唐人记载。至后晋刘昫等撰之《旧唐书·文苑列传》亦载:"初,贺知章见白赏之,曰,'此

---

①② 转引自詹锳. 李白诗文系年 [M]. 北京:人民文学出版社,1984:30.

③④⑤⑥ (清)王琦. 李太白全集:卷三十一附录 [M]. 北京:中华书局,2011.

天上谪仙人也。'"① 其后欧阳修、宋祁修《新唐书》，其《文艺列传》则记云："知章见其文，叹曰：'子，谪仙人也。'言于玄宗，召见金銮殿。"② 尤其引人注意的是杜甫的诗。乾元二年，杜甫在秦州所作《寄李十二白二十韵》云："昔年有狂客，号尔谪仙人。笔落惊风雨，诗成泣鬼神。声名从此大，汩没一朝伸。文彩承殊渥，流传必绝伦。龙舟移棹晚，兽锦夺袍新。"③ 孟棨晚唐人，王定保五代人，可见从李白的同时代人杜甫、魏颢、李阳冰，经过范传正、裴敬、孟棨，直至五代刘昫、王定保，宋代欧阳修、宋祁等，都记有贺知章赞美李白的故事，这两则材料真实可靠的程度是用不着怀疑的。当然，上述各人所作之文有互相转抄的现象，一般都是后者抄前者，其间或有改动增删，因之出现一些小有矛盾的地方，这是可能的，但基本事实并没有什么大的变动。除了上述诗文的记载外，这个真实而又优美的故事的来源，我们还可以从李白的诗集中找到确切的记载，他通过诗歌记下了这件事。李白有《对酒忆贺监二首（并序）》。诗序中说："太子宾客贺公，于长安紫极宫一见余，呼余为谪仙人。因解金龟换酒为乐。殁后对酒，怅然有怀，而作是诗。"其一云："四明有狂客，风流贺季真。长安一相见，呼我谪仙人。昔好杯中物，今为松下尘。金龟换酒处，却忆泪沾巾。"其二云："狂客归四明，山阴道士

---

① （后晋）刘昫等. 旧唐书：卷一百九十下［M］. 北京：中华书局，1987.

② （宋）欧阳修等. 新唐书：卷二百二［M］. 北京：中华书局，1987.

③ （清）仇兆鳌. 杜诗详注［M］. 北京：中华书局，1985：661.

迎。敕赐镜湖水，为君台沼荣。人亡余故宅，空有荷花生。念此杳如梦，凄然伤我情。"这是李白在贺知章家乡故宅怀念贺时所写的两首诗，詹锳在《李白诗文系年》中确定作于天宝六年。姑不论写作年代是否可信，但所记事实与上述诗文的记载大体相同，可见魏颢、裴敬等人的著录有许多采自李白诗。按《旧唐书·贺知章传》载："天宝三载，知章上书求还乡里。……至乡，无几寿终。"[①] 李白在天宝元年（一说天宝二年）入京，不但得贺知章赏识，而且得其向玄宗推荐，加上吴筠的荐举，故有翰林之任；而贺知章于天宝三年初即离京还乡，李白在天宝三年也被排挤出朝廷，故《蜀道难》诗当成于天宝一年至三年间。或曰：《蜀道难》诗不作于长安，也许是李白入京之前的作品？从全诗来看，李白写这首诗的立足点就是"秦塞"，具体来说就是长安。诗中所写的蜀道就是由秦入蜀的道路。所谓"西当太白有鸟道""青泥何盘盘""问君西游何时还""剑阁峥嵘而崔嵬"等，全都说得很具体了。所以，说此诗作于到长安之前的论断是不能成立的。

姜光斗、顾启二同志在《〈蜀道难〉作年与主题思想质疑》一文中，对孟棨《本事诗》及王定保《唐摭言》的记载提出了怀疑，指出魏颢的序文、裴敬的碑文、杜甫的诗、李白自己的诗都没有提到《蜀道难》一诗，怎么知道《蜀道难》写于这一段时期？而且贺知章赞美李白不是因为他的诗文，是因为"奇其风骨"，"贺知章一见李白的面，就被他那翩翩欲仙的风度所

---

① （后晋）刘昫等. 旧唐书：卷一百九十中［M］. 北京：中华书局，1987.

吸引而感到惊讶","贺知章称李白为谪仙是据其风骨而不是据其诗文"。① 不错,除孟棨、王定保等的记载外,其他诗文都没有提到《蜀道难》诗,不过我们要问:不提,是不是等于没有呢?李白的《对酒忆贺监二首》没有提到任何一首诗,是不是等于李白在此前后没有写出什么有名的诗?不能这样讲。其他各诗文也没有提到具体的诗篇名称,也不能因此说李白没有写出什么有名的诗篇。以上各人的诗文,我们认为除李白自己的诗外,真实可靠的要算魏颢的序文与杜甫的诗,因为这两人都是李白的同时代人,又都是李白的朋友。其中以杜甫的诗最为可靠。杜甫与李白的相识较魏颢为早,是在杜甫游齐、赵间结识的,他们在一起论文赋诗,交往甚密,杜甫有多首诗写到李白。关于《寄李十二白二十韵》,清人仇兆鳌注云:"首叙太白诗才,能倾动于朝宇。上六,见推贺监也。下四,受知明皇也。惊风雨,称其敏捷。泣鬼神,称其神妙。殊渥,指供奉翰林。流传,指清平三调。龙舟,谓白莲池之召。兽锦,时盖有宫袍之赐也。"② 仇氏注得很清楚,一一指实,符合杜诗的实际;虽未指明《蜀道难》诗,但已包括在内。殷璠在《河岳英灵集》中说:"至如蜀道难等篇,可谓奇之又奇,然自骚人以还,鲜有此体调也。"③ 何谓奇?奇者奇异、罕见也。自屈原、宋玉等人(骚人)以来,鲜有此体调,难道不能说是奇异罕见

---

① 姜光斗,顾启.《蜀道难》作年与主题思想质疑[J]. 呼兰师专学报,1984(1).

② (清)仇兆鳌. 杜诗详注[M]. 北京:中华书局,1985:661.

③ 转引自詹锳. 李白诗文系年[M]. 北京:人民文学出版社,1984:29.

么?这与杜甫的评价"笔落惊风雨,诗成泣鬼神"完全一致;惊风雨、泣鬼神难道还不能称作奇异罕见?孟棨《本事诗·高逸第三》所举二诗《蜀道难》《乌栖曲》又与杜甫的评价如合一辙。①贺知章说《乌栖曲》可以泣鬼神,《蜀道难》岂能排除在外?且杜甫诗前六句正如仇兆鳌分析的那样,"见推贺监也",李白之所以能"汩没一朝伸",是由于贺知章推奖所致,而推奖的根据则是他的诗篇,所谓"惊风雨、泣鬼神"的诗篇,这诗篇不是别的,正是《蜀道难》等,因为李白不可能向贺知章出示全部诗作;贺年已八十,也不可能阅读李白的全部作品。既然《本事诗》所记有这么多文章印证,且有杜甫的诗与之切合,它的真实性也是难以推翻的。细小的方面可能有一些出入,那也无伤大体。

至于说贺知章只是赞美李白的风度而不是称赞他的诗文,这个说法更是不能成立。众所周知,一个人的风度乃是他的才华和道德修养的外部表现。不存在所谓孤立的风度,更不能将风度与修养分开。贺知章赏识的李白,正是文章才华与翩翩风度的结合体。这一点杜甫诗也说得很明白。"笔落惊风雨"两句承"号尔谪仙人"而来,是"谪仙人"的具体说明。"谪仙人"应有具体内容,不是一个空洞的所谓"风骨"的名号。而且贺知章赏识李白后随即向玄宗推荐,总不能说向皇帝推荐李白的"风骨"吧!贺知章身为秘书监、太子宾客,年龄又这么大,假若向皇帝推荐一个徒有其表的人,到了金銮殿上一问三

---

① (唐)孟棨. 本事诗:高逸第三[M]. 上海:古典文学出版社,1957:15.

不知,岂不是要犯欺君之罪么?可以肯定,贺知章是在读了李白的诗篇,又面见了李白,有了把握之后才"言于玄宗";这样召见之时,李白论当世事,"帝赐食,亲为调羹,有诏供奉翰林"。李白的表现,立即博得了玄宗的信任,才没有辜负贺知章的荐举。① 如此看来,仅从贺知章荐举李白而言,《本事诗》的记载也是没有多大错误的。

安旗同志认为《蜀道难》诗作于开元十八年至十九年之间,姜光斗、顾启同志认为"最早不得早于天宝六年,最迟不得迟于天宝十二年"。我们认为《河岳英灵集》所划定的年代范围是不能推翻的,在这个范围内可以确定为任何一年,但必须有比较充分的根据来加以证明。我们先看安旗同志的根据。她认为李白曾在开元十八年一入长安。随着研究的细致深入,这个问题有可能成立。《蜀道难》的写作当然可以定在这一年,这也在《河》集所规定的年限之内;但我们说过,问题不在于定在哪一年,而是要有事实证明。安旗同志介绍了李白一入长安的简况之后说:"由此可知,此诗在模山范水之际,'失声横涕',所为何来?因为它是这一时期蹭蹬失意生活的总概括,它是郁积于心的失望、悲哀、愤懑的总爆发,它是作者在经历一番大幻灭以后谱出的血泪交织的乐章,因而它是对李唐王朝的阴暗面的揭发和批判。"② 我们认为这是作品分析,不能用作证明材料,也不能代替事实证明,尽管有它独立说明的价值。接下来安旗同志还"从李白惯用的艺术手法来看看《蜀道

---

① (宋)欧阳修等. 新唐书:卷二百二 [M]. 北京:中华书局,1987.

② 安旗.《蜀道难》新探 [J]. 西北大学学报,1980 (4).

难》的微言大义"。我们认为艺术手法更不能代替证明材料；若能，人们也可能将艺术手法当作另一个不同观点的证明材料，那么就会形成张三有张三的道理、李四也有李四的道理这样的局面，永远无法做到客观地讨论问题。现在再看姜光斗、顾启两同志的根据。他们介绍了天宝六七年间李林甫把持朝政的情况之后，得出结论说："这期间，李白往返金陵、会稽之间，因有友人欲西去长安博取功名，李白以第二次入长安的切身经历和李林甫的所作所为告诫他……诗人语重心长地劝友人不要因贪乐而丧生，赶快离开那个虎狼之窝吧！"这也是分析，无法代替证明材料。也就是说，将《蜀道难》的写作时间定于开元十九年或天宝六年至十二年之间，没有多少事实证明，就连姜、顾两同志所说的"不足凭信"的《本事诗》和《唐摭言》也没有，这样的写作年代是难以成立的。

还有一个问题需要探讨一下，那就是李白对功名的追求。安旗同志在《〈蜀道难〉求是》一文中说："它的主题有两层意义，表面上是写蜀道艰难，实质上是写仕途坎坷。它是李白在开元年间第一次入长安的产物，反映的是他此期屡逢踬碍的生活经历，抒发的是理想幻灭的痛苦，怀才不遇的悲哀，备受屈辱的愤懑，以及当时社会阴暗面所引起的种种思想感情……"还说："正由于要反映的生活内容丰富而又深刻，要抒发的思想感情强烈而又复杂，难以直言，因此诗人采取比兴手法，借蜀道之畏途巉岩，状其一入长安种种难写之景；借旅人之蹇步愁思，传其明时失路的种种难言之情。……它极其形象地反映了封建社会的某些本质方面，它极其深刻地表现了怀才不遇的典型心情……"① 安旗同志这两段话，都是围绕着《蜀道难》是写李白的仕途坎坷来说的，由于这种坎坷，致使李白"理想幻灭"而痛苦，于是才借《蜀道难》来表现。李白对功名的追求事实上并非如此。正如许多研究者指出的那样，李白是一个很看重功名的人，并不是理想一旦不得实现，就宣称"锦城虽云乐，不如早还家"，永远不再追求了。不是这样的。青年时代的李白，就树立了远大的理想，希望成就功名，但他的理想，或曰他对功名的追求，又与一般人不同。在《代寿山答孟少府移文书》中他讲得很清楚："达则兼济天下，穷则独善一身。安能餐君紫霞，荫君青松，乘君鸾鹤，驾君虬龙，一朝飞腾，为方丈蓬莱之人耳？此则未可也。乃相与卷其丹书，匣其瑶琴，申管晏之谈，谋帝王之术，奋其智能，愿为辅弼。使寰区大定，海县清一，事君之道成，荣亲之义毕。然后与陶朱、留侯浮五湖，戏沧洲，不足为难矣。"② 一般人求功名，或者是为了攫取富贵荣耀，或者是为求不朽，留名于后世，或者如李白所言，要达到"事君""荣亲"的目的；但李白却不完全如此，他追求的目标很高，而在刚刚开始追求之时，却又立下了"功成身退"的最终目的。清人赵翼说："青莲少好学仙，故登真度世之志，十诗而九。盖出于性之所嗜，非矫托也。然又慕功名，所企羡者，鲁仲连、侯嬴、郦食其、张良、韩信、东方朔等。总欲有所建立，垂名于世，然后拂衣还山，学仙以

---

① 安旗.《蜀道难》求是 [M] //唐代文学论丛：一九八二年第二期. 西安：陕西人民出版社，1983：169-188.
② （清）董诰等. 全唐文 [M]. 北京：中华书局，1985：3534上.

求长生。"① 我们如果不看到李白在追求功名时自身所具有的特点，就有好多现象无法解释。

　　李白既然有这样的政治理想，那么他在追求功名、企图实现自己理想的过程中，又有与一般读书人不同之处。我们还是先看他的诗作。《驾去温泉宫后赠杨山人》："少年落魄楚汉间，风尘萧瑟多苦颜。自言管葛竟谁许，长吁莫错还闭关。一朝君王垂拂拭，剖心输丹雪胸臆。忽蒙白日回景光，直上青云生羽翼。……当时结交何纷纷，片言道合唯有君。待吾尽节报明主，然后相携卧白云。"《读诸葛武侯传书怀赠长安崔少府叔封昆季》有句云："当其南阳时，陇亩躬自耕。……余亦草间人，颇怀拯物情。晚途值子玉，华发同衰荣。托意在经济，结交为弟兄。毋令管与鲍，千载独知名。"《梁甫吟》诗中说："君不见，朝歌屠叟辞棘津，八十西来钓渭滨。宁羞白发照清水，逢时壮气思经纶。……君不见，高阳酒徒起草中，长揖山东隆准公。……狂客落魄尚如此，何况壮士当群雄。……风云感会起屠钓，大人岘屼当安之？"《在水军宴赠幕府诸侍御》诗中云："宁知草间人，腰下有龙泉。浮云在一决，誓欲清幽燕。愿与四座公，静谈金匮篇。齐心戴朝恩，不惜微躯捐。所冀旄头灭，功成追鲁连。"此类诗甚多，限于篇幅，我们不能一一列举。这类诗至少可以说明几点。第一，李白确实有远大抱负，自视甚高，常以吕尚、管仲、诸葛亮相比，希望能辅佐明主，干一番轰轰烈烈的大业。第二，他只想以交游干谒的方式进入

---

　　① （清）赵翼. 瓯北诗话［M］. 北京：人民文学出版社，1981：7.

朝堂，由布衣一跃而为卿相，像管仲、诸葛亮那样。所以在他的诗作中很少谈及凭进士、明经等考试入仕。第三，功成之后不受赏，像范蠡、鲁仲连那样归隐江湖。他的《与韩荆州书》一文最能说明他向往的入仕方式。如说"君侯不以富贵而骄之、寒贱而忽之，则三千宾中有毛遂，使白得颖脱而出"[1]，就是希望通过别人的引荐进入朝堂。具有这样思想特点的大诗人，是不是像有些同志所说的那样，一旦碰壁就感到理想幻灭而痛苦不堪；甚而"郁积于心的失望、悲哀、愤懑"，借《蜀道难》诗来一个"总爆发"呢？我们认为还不能这么说。尽管李白在失意碰壁的时候有过消极避世的思想，如在《登高望四海》（古风其三十九）中写道："梧桐巢燕雀，枳棘栖鸳鸾。且复归去来，剑歌行路难。"在《行路难》（其二）中喊道："昭王白骨萦蔓草，谁人更扫黄金台？行路难，归去来！"在《赠崔郎中宗之》诗中云："时哉苟不会，草木为我俦。希君同携手，长往南山幽。"这类诗为数也不少。然而，他还写了另一类与此相反的诗，即无论受到什么样的打击，仍然坚持要实现自己的理想抱负。还是清人赵翼说得好："青莲虽有志出世，而功名之念，至老不衰。"[2] 就在那抒发悲观情绪的两首《行路难》中，他在另一首（其一）中却又安慰鼓励自己说："长风破浪会有时，直挂云帆济沧海。"在《秋日炼药院镊白发赠元六兄林宗》诗中意味深长地说："穷与鲍生贾，饥从漂母餐。

---

[1] （清）李扶九. 古文笔法百篇[M]. 上海：上海广益书局，1914（民国甲寅）：26-27.

[2] （清）赵翼. 瓯北诗话[M]. 北京：人民文学出版社，1981：11.

时来极天人，道在岂吟叹。乐毅方适赵，苏秦初说韩。卷舒固在我，何事空摧残。"甚而到了晚年，因参加李璘幕府被捕入狱，遇赦出狱后，适逢宰相张镐率军征睢阳，他立即写了《赠张相镐》二首，诗中叙述自己的才能，坚持"贵欲决良图""灭虏不言功"的一贯思想。直至病逝前夕，他听说李光弼率军镇临淮，讨灭安史余部，欣然投军，这时候他已是六十一岁的老人了。只因途中生病，不得已而折回。他本来抱有"愿雪会稽耻，将期报恩荣"的决心，因"半道谢病还"，才"无因东南征"（见《留别金陵崔侍御十九韵》）。这类诗也是很多的。所以我们不能只强调李白功名受阻后的消沉丧气的一面，也要看到他始终坚持实现政治理想的一面。只有全面兼顾，才有可能理清李白复杂的政治思想。如果说他在开元十八年一入长安时入仕不遂而受到了重大打击，因而感到无限失意，在《蜀道难》中借"锦城"指长安，"劝告自己早离长安"，那么又怎么解释他天宝初年再入长安求仕？"仰天大笑出门去，我辈岂是蓬蒿人。"（《南陵别儿童入京》）又怎么解释他二次入京前（尚未入京）的狂喜心情？

关于李白的入仕道路，王运熙、杨明两先生在《李白》中亦有说明。尤其是两先生所作之结论性的意见，很能说明问题。他们说："理想的破灭，促使李白对政治的黑暗有了认识，激起了他内心的巨大波澜。但这时他对黑暗现实的认识基本上还限于贤愚不分、逸邪蔽忠这一方面。由于诗人在以后的生活道路上仍然执着于进步的理想，仍然关怀着国家的命运，而不像有的诗人如王维那样，在经受挫折以后便妥协消沉，因此他对日益腐败的政治的认识不断加深，他的诗作在反映现实方面也不断地有所发展。"①

我们对李白追求功名的经历作了一番了解之后,就可以看出安旗同志对《蜀道难》的分析难以成立,其作于李白一入长安的论断也很难为大家所接受。

当然,任何一件文艺作品,确定它的主题除了别的诸种因素之外,还得受作品本身的制约,因此研究《蜀道难》的主题,也离不开对这首诗本体的理解。

全诗可分为三大部分。从"噫吁嚱"到"以手抚膺坐长叹"为第一部分,写蜀道的开辟及其高险。这一部分又可分为两层。第一层(前十一句)写蜀地的开辟历史。只是头两句不写开辟。开头七字中用了五个语气词,开头三个语气词连用,以异常惊异的口吻和十分强烈的感情强调了山峰的高险。山地是那样的高,道路自然难走,于是诗人以夸张的语句表达了他的判断:"蜀道之难难于上青天!"这样的开头如前人所说的那样,是"爆竹式"的,来得很突兀,一下子抓住了读者的注意力。下面六句从蜀地的开国始祖讲起。蚕丛、鱼凫是神话传说中的人物,诗人自己也作出了"开国何茫然"的结论。而很长时间以来蜀地不与秦地往来,这是历史事实。诗人用"尔来四万八千岁"这一夸张的语句极言时间之长。这么长时间不往来没有别的原因,就是山地高险,无路可通。"西当太白有鸟道,可以横绝峨眉巅",道路是有的,那是鸟道,人不是鸟,无法像鸟那样横绝。这是从侧面衬托出入蜀的困难:只有鸟道,没

---

① 王运熙,杨明. 李白[M]. 北京:北京出版集团公司,2010:26.

有人道。那么，秦蜀两地究竟是怎样相通的呢？"地崩山摧壮士死，然后天梯石栈相钩连。"这两句诗有两点值得注意。第一，诗人运用五壮士被山压死的神话故事，说明道路的开通付出了重大牺牲。第二，山路是高峻的，如上天之梯，悬岩陡壁上须凿石架木方能以栈道相连。第二层（八句），夸说路上的高峰和河流，状写蜀道的高险。高峰是怎样的？耸入云天，即使是太阳走到这里也得迂回而过。河流是"冲波逆折"，湍急回旋。上有险峰，下有深渊，这就使得善飞的黄鹤也难以越过，以攀援出名的猿猴也因难以攀登而发愁。"青泥"两句实写路上的艰难。据《元和郡县志》载："青泥岭在县西北五十三里……悬崖万仞，山多云雨，行者屡逢泥淖，故号为青泥岭。"看来，青泥岭的实际情况比诗人描写的还要糟糕。"扪参历井仰胁息，以手抚膺坐长叹"，这两句是从人的感觉写青泥岭路途之难。

  以上是从蜀道开辟之难、路途行走之难写"蜀道难"。

  从"问君西游"到"胡为乎来哉"为第二部分，描绘蜀道上的景物，渲染凄清恐怖气氛，突出蜀道的高险。这一部分也可分为两层。第一层（前九句），转入对友人的关心，着力描写路上情景，渲染气氛。"问君西游"一句似乎来得很突然，但就形式来讲，能照应前面的"秦塞""西当太白"等句，使诗人牢牢地控制立足点在长安，又使诗句变化而不呆板；就内容来讲，从单纯描写蜀道之难，增添了真挚的友情。不过诗人并没有忘记紧扣题目，马上就写"畏途巉岩不可攀"。这一句照应"愁攀援"，能小结前诗，有承上启下的作用。接下来的四句不写路上的峰峦，专写鸟儿。深山老林，鸟类极多，诗人不写它们的欢叫,却说它们悲号古木;尤其是杜鹃鸟,蜀地最多,叫声凄厉。对鸟儿的描写造成了悲愁气氛,这是从另一面写蜀道的艰难。所以诗人第二次又发出了"蜀道之难,难于上青天"的感慨。紧接着还补充了一句:"使人听此凋朱颜!"前几句诗是"因",这一句是"果"。"凋朱颜"是凄清的情境造成的,尽管这一句是极度的夸张,但反过来却可以显示出环境的凄凉恐怖,衬出蜀道的艰险。第二层(六句),继续描写蜀道上目见耳闻的景象,强调蜀道的高险。"连峰去天"一句照应"六龙回日"及"扪参历井"两句。如果说这一句写高,那么"枯松倒挂倚绝壁"便是写险,写悬崖绝壁的惊险景象。这些都是眼中所见。"飞湍""砯崖"两句是耳中所闻。飞湍瀑流的怒吼,砯崖转石的轰鸣,回荡在高山绝壁间,构成了令人惊异的险境,说明诗人对这一险境的描写是十分具体的。所以他得出结论说:"其险也如此,嗟尔远道之人胡为乎来哉!"这两句,既对蜀道上的种种情景作出了"险"的结论,又照应了"问君"句。

这一部分是以蜀道上的凄凉情境写蜀道之难,以蜀道上的具体高险景象写蜀道之难。

"剑阁"一句以下直至结束是第三部分,写蜀地因地势险要而形成的政治上的重要性。

前三句写的是剑阁形势的险要。据记载,剑门有七十二峰,峭壁中断,两崖相嵌,形似剑门,故名。这里诗人对剑门不作过多的描写,只概括地写它"峥嵘而崔嵬",而"一夫当关,万夫莫开",运用数字的比较突出它的险要。正因为如此,所以镇守者的挑选就应该特别慎重。下面六句就从反面进行假设,如果所守非亲(人),将会带来什么样的结果。首先就是叛乱,"化为狼与豺",接着是人民遭殃,像躲避猛虎长蛇一般,最后还是死人如麻。入蜀的友人,万一遭逢这样的局面,后果将不堪设想。因此诗人告诫说:"锦城虽云乐,不如早还家。"随后第三次出现"蜀道之难难于上青天",这是诗人在写尽了蜀道的艰难险阻以及可能产生的祸乱之后,自然发出的无可奈何的慨叹。最后一句"侧身西望长咨嗟"加强了这种感慨。这一结尾,能够引导读者再次全面回顾全诗所描写的蜀道的艰险,同时也照应了开头,饶有余韵。

这一部分强调蜀地险要的同时,更多的是以形象的比喻刻画可能产生的叛乱者的本质及其带来的危害,表现了诗人对国事的担心、对友人的关心。

这首诗最显著的艺术特色是想象丰富以及夸张手法的大量运用。诗人以蜀道的艰险为主要内容,充分发挥了他的想象能力。例如写山岭的高峻,他想象"西当太白有鸟道,可以横绝峨眉巅";写路途的高险,他想象"上有六龙回日之高标,下有冲波逆折之回川";写山林环境的悲凄,他想象"但见悲鸟号古木,雄飞雌从绕林间"。这些丰富的想象,往往又跟夸张的语句联系在一起。例如艰难的蜀道,被夸说成"难于上青天";青泥岭的高峻,被夸说成"扪参历井仰胁息"。蜀道的高险经他夸张后,不但黄鹤飞不过,甚至"使人听此凋朱颜"。想象与夸张同蜀地的开国历史、神话传说等结合起来,构成了一幅色彩奇异、惊心动魄的神奇画面。

这首诗的第一部分写的全是蜀道的高险,只在第二部分的开头才说了一句"问君西游何时还",显示了对朋友的关心。

此后就从别的方面写蜀道的艰险,但在这一部分结束时又说了一句关心朋友的话:"嗟尔远道之人胡为乎来哉!"这种意思在第三部分的"锦城"两句中说得更清楚了。诗人是从各个方面描写了蜀道的高险之后,才落脚在"锦城虽云乐,不如早还家"两句上。这两句诗,建立在两个基点上面:其一,蜀道本身的高险,这是自然条件;其二,反叛者据险割据,造成了人为的险阻。这两点都是"蜀道难"自身的含义,是一个问题的两个方面,缺一不可。正因为蜀道有如此的艰难险阻,所以诗人才劝其友人说"不如早还家"。唯有写足上面的艰险,诗人的劝说才能打动人心。自然险阻且不说,问题在人为的险阻上。那个"所守或匪亲,化为狼与豺"的局面所包含的意思是什么?是指已经成为事实的历史,还是指未来呢?前引张载的《剑阁铭》,其中"公孙"指的是公孙述,东汉初年在蜀称帝,后被刘秀所灭。"刘氏"指刘备父子;"刘氏衔璧"是说刘氏终于投降晋朝。很明显,在李白之前,在蜀割据称帝与中原对抗者有公孙氏及刘氏父子;在李白之后,有五代时前蜀王建称帝。这种情况终李唐一朝可以说几乎没有发生。那么李白诗中的"所守"两句自然是以历史作根据了?但他绝不是指历史,这一点不仅一个"或"字可以表明诗人的意思,而且他也不会将刘氏父子认作狼豺。诗与现实或与李白身后不远的情况似乎不很一致,这并不奇怪,因为诗人不是算命先生,他不可能算得那么准确;硬是要蜀地发生了反叛,以印证他的预言,才算有所寄寓,那是过于呆板了。事实上就在李白写这首诗后的十余年间,就爆发了著名的安史之乱,李白本人正好赶上了这次战乱,只不过地点不对罢了。有人说时代的状况最能从文艺作品中反映出来。这个观点是否完全正确且不去论它，单就作家诗人而言，他们对生活的敏感，的确比一般人强许多。安史之乱虽然发生在天宝十四年，但在此之前即有许多表象显示国家将有动乱，正所谓"山雨欲来风满楼"。李白是一个非常关心政治的诗人，写这首诗时，他对当时的政治形势不可能没有感触。第三部分以主要篇幅写人为的险阻，很好地说明了这一点，尽管是通过对友人的关切而表现出来的。"世浊则逆，道清斯顺"，这一部分不能排除诗人对唐王朝政治前途的担心。因此，诗的主题可以这样归纳：全诗以主要篇幅写蜀道的险阻，表现了对友人的深切关怀，同时也显示了诗人对唐帝国可能出现的动乱而产生的忧虑，体现了诗人对政治的关心。

李白《梦游天姥吟留别》主题辨

梦游天姥吟留别

海客谈瀛洲,烟涛微茫信难求。
越人语天姥,云霓明灭或可睹。
天姥连天向天横,势拔五岳掩赤城。
天台四万八千丈,对此欲倒东南倾。
我欲因之梦吴越,一夜飞度镜湖月。
湖月照我影,送我至剡溪。
谢公宿处今尚在,渌水荡漾清猿啼。
脚著谢公屐,身登青云梯。
半壁见海日,空中闻天鸡。
千岩万转路不定,迷花倚石忽已暝。
熊咆龙吟殷岩泉,栗深林兮惊层巅。
云青青兮欲雨,水澹澹兮生烟。
列缺霹雳,丘峦崩摧。
洞天石扇,訇然中开。
青冥浩荡不见底,日月照耀金银台。
霓为衣兮风为马,云之君兮纷纷而来下。

虎鼓瑟兮鸾回车，仙之人兮列如麻。
　　忽魂悸以魄动，恍惊起而长嗟。
　　惟觉时之枕席，失向来之烟霞。
　　世间行乐亦如此，古来万事东流水。
　　别君去时何时还？
　　且放白鹿青崖间，须行即骑访名山。
　　安能摧眉折腰事权贵，使我不得开心颜！

　　关于这首诗的主题，新中国成立以来的一些较有影响的唐诗选本，意见是比较统一的。

　　中国社科院文学所的《唐诗选》写道："他曾凭借想象，描写幻梦中的天姥山，展现了雄奇瑰丽的神仙世界，表现了他对自由、光明的渴望与追求。"[①]

　　中国社科院文学所唐诗选注小组《唐诗选注》说："作者通过对他所想象的名山胜景的向往，表现了鄙弃当时封建社会的丑恶现实的思想。最后两句，更表现出诗人高度蔑视封建权贵的反抗精神。"[②]

　　朱东润《中国历代文学作品选》在"解题"中说："诗用浪漫主义手法，通过梦游，抒写了对山水名区和神仙世界的热烈向往，表现了作者鄙弃尘俗、蔑视权贵、追求自由的思想。

---

　　① 中国社会科学院文学研究所. 唐诗选：上 [M]. 北京：人民文学出版社，1980：124.
　　② 中国社会科学院文学研究所唐诗选注小组. 唐诗选注：上册 [M]. 北京：北京出版社，1980：101.

这种思想正是李白在政治上受到打击,对现实有了较深的接触之后,逐渐形成的。"①

张燕瑾的《唐诗选析》归纳主题时说:"在现实生活中,他看不到出路,看不到光明,他只能把他的理想寄托在幻想、梦境之中,寄托在对神仙世界的描摹之中。这首诗就是通过梦游仙境的描写,表现了李白对理想社会的追求和向往。在这样的社会中,没有黑暗,没有不平,自由真率,无拘无束。诗人驰骋他的想象,把仙境写得酣畅淋漓。……可以说,这首诗是通过对梦游天姥山的描绘,表现了李白对自由和理想生活的追求,表现了他对黑暗现实的不满和愤慨以及他蔑视权贵、不妥协、不屈服的叛逆精神。"②

陶今雁在《唐诗三百首详注》中也说:"诗人在政治上失意后,感到平生抱负无法施展,内心苦闷无法排遣,为了表示对权贵集团的鄙视,他往往借对非现实的美好的神仙世界的热烈追求,来和丑恶的黑暗的现实社会作强烈的对照,本诗便是反映诗人这种思想的代表作。他在这里对梦中天姥形象的美化,正反映了他对权贵集团的反抗和对自由天地的向往。"③

后来一些学者对上述各书归纳的主题提出了异议。张汉青说:"《梦游》的主题,不是反映诗人向往光明的美好理想,也

---

① 朱东润. 中国历代文学作品选:中编第一册[M]. 上海:上海古籍出版社,1980:86.

② 张燕瑾. 唐诗选析[M]. 天津:天津人民出版社,1981:96-97.

③ 陶今雁. 唐诗三百首详注[M]. 南昌:江西人民出版社,1980:71.

不是表现诗人蔑视权贵的反抗精神,而是诗人假托梦游来表达对现实生活的不满,反映他求得个人超脱的苦闷心情。"① 刘乾说:"归纳以上所谈,我以为梦游天姥一诗的仙境,决不是李白厌弃人间而设想出来的世外天国,乃是留恋追忆他失去的人间胜景。李白不是要出世的,而是要入世的。只是他的入世思想,不是现实主义的,而是浪漫主义,并且是带有消极色彩的浪漫主义。但当他失意时宁可再等待下去,也决不肯仰权贵的鼻息,用人格的屈服来换取官爵,这是李白之所以为李白的地方。"②

以上关于主题的认识究竟哪一种比较正确?比较接近于诗歌本身的情况?要搞清楚这个问题,有两点需要认真加以研究:第一点,诗人写这首诗时的背景;第二点,这首诗所描写的实际内容究竟是什么。

先说第一点。这一点,诸本的意见大体相同。按詹锳《李白诗文系年》一书,此诗作于天宝五载,兹录如下:

> 河岳英灵集题作梦游天姥山别东鲁诸公。按此诗既见于河岳英灵集,当是天宝十二载以前所作。……陈沆诗比兴笺云:"此篇昔人皆不论,一若无可疑议者。……盖此篇即屈子远游之旨,亦即太白梁甫吟'我欲攀龙见明主,雷公砰訇震天鼓。……阊阖九门

---

① 张汉青.《梦游天姥吟留别》主题探讨[J]. 语文教学,1980(1).

② 刘乾. 李白《梦游天姥吟留别》别解[J]. 人文杂志,1983(3).

不可通，以额扣关阍者怒'之旨也。太白被放以后，回首蓬莱宫殿，有若梦游，故托天姥以寄意。首言求仙难必，遇主或易。故'我欲因之梦吴越，一夜飞度镜湖月'，言欲乘风而至君门也。'身登青云梯，半壁见海日'以下，言一旦被放，君门万里。故云'惟觉时之枕席，失向来之烟霞'也。'世间行乐亦如此，古来万事东流水。……欲行即骑访名山，安能摧眉折腰事权贵'云云，所谓平生不识高将军，手污吾足乃敢嗔也。题曰留别，盖寄去国离都之思，非徒酬赠握手之什。"按陈氏说亦间有是处，但以"留别"二字为寄去国离都之思，则左矣。仇注杜少陵集春日忆李白诗下引顾宸曰："天宝五载春公归长安，白被放浪游，再入吴。"按杜甫之去鲁在天宝五载秋，已见前……至白别东鲁诸公再游吴越，亦在是时，翌年春则已达会稽，故杜甫有诗怀之也。①

詹氏这一段文字，确定此诗作于天宝五年（746）；至于陈沇的意见，我们后文还要论及，这里只将诗的写作年代确定，以便考察诗人的思想。

天宝元年，李白经道士吴筠推荐入朝。《新唐书·李白传》云："天宝初，南入会稽，与吴筠善，筠被召，故白亦至长安。往见贺知章，知章见其文，叹曰：'子，谪仙人也。'言于玄

---

① 詹锳. 李白诗文系年[M]. 北京：人民文学出版社，1984：67-68.

宗，召见金銮殿，论当世事，奏颂一篇。帝赐食，亲为调羹。有诏供奉翰林……帝坐沉香子亭……召入，而白已醉，左右以水颒面，稍解，授笔成文，婉丽精切，无留思。帝爱其才，数宴见。"因其醉时使高力士脱靴，力士于杨贵妃处多贬白，故玄宗欲官白而受阻，于是对李白"赐金放还"。① 天宝三年，李白因人所逸，让玄宗"赐金放还"后，他的积极用世的思想受到了严重打击，于是从高天师受道箓于齐州紫极宫，颇多失望怨愤。这一时期的诗作多有反映。如在《行路难》中高呼"行路难！行路难！多歧路，今安在？"甚至愤愤地说："大道如青天，我独不得出。"又如在《登新平楼》诗中说："去国登兹楼，怀归伤暮秋。……苍苍几万里，目极令人愁。"流露的多是失望的情绪。这些情绪，往往发之于被放还后几年的诗作中。《梦游》一诗也不例外。了解李白写作这首诗时的遭遇和思想，对我们理解诗的含义是很有帮助的。至少有两条要考虑。一是被放还山，政治上受到打击这一坎坷经历；一是由此而在思想上引起的种种复杂情绪。

现在我们再来看第二点，即这首诗的具体内容。

按《中国历代诗歌选》的意见，此诗可分为三大段，也即我们所说的三部分。② 第一部分八句，写的是天姥山的形势。本意写天姥，但开头四句却从瀛洲说起。传说瀛洲是神仙居住的地方，历来为人们所向往，但那里是"烟涛微茫信难求"。

---

① （宋）欧阳修等. 新唐书：卷二百二［M］. 北京：中华书局，1987.

② 林庚等. 中国历代诗歌选：上编（二）［M］. 北京：人民文学出版社，1979：362-363.

至于天姥，却具有明灭可见的云霓仙境的特点，那就是可以寻求的了。这是以虚无缥缈中的仙境陪衬现实中的天姥，又与诗中梦游仙境的情调一致。接着的四句只有一句写天姥山势："天姥连天向天横"。连天横卧，气势的确不凡。其他四句都是用名山大岭与天姥相比而写天姥。按实际情况，天姥山只是浙江嵊州东面的一座小山，至多不过"三千五百丈"，它不但赶不上五岳那样有名，也比不上天台高大，甚至也不比赤城高多少。可是在诗人笔下，"势拔五岳掩赤城"，它比著名的五岳高，赤城山则完全被遮掩了。天台是够高的，就在天姥的近旁，据记载有四万八千丈，横卧在浙江东南，但是在天姥的面前，它那种东南倾斜的姿势，就像是拜倒在天姥的脚下。可见天姥要比四万八千丈的天台山高出许多哩！这几句写天姥，前人说是"借宾定主法"，实际上采用的是步步陪衬的方法，借以突出天姥。那些作为宾（陪衬）的山，一律都有名而又高大，它们如此不及天姥，那么天姥的高大气势就实在惊人了！

　　第二部分二十六句，写梦游天姥及所见景象。"我欲因之梦吴越"至"送我至剡溪"四句，写诗人梦游开始的旅程。他从山东南部开始，一夜之间就飞渡月光照耀下的绍兴镜湖；照耀湖水的月光又照着他的身影，一直把他送到剡溪。谢灵运游天姥时曾在剡溪住过，李白正循着谢灵运的路线，所以说"谢公宿处今尚在，渌水荡漾清猿啼"。这两句实写天姥山下的景物。谢灵运《登石门最高顶》云："惜无同怀客，共登青云梯。"梦游中的李白正是穿着谢灵运当日登山的木屐，登上了高峻山岩上的石路。"半壁见海日，空中闻天鸡"，与"一夜飞度"相衔接，写诗人在半山腰上的所见所闻，迎接黎明的到来。这些描写,虽是梦游见闻,但现实的成分还是比较多的。"千岩万转路不定,迷花倚石忽已暝",是说在重叠的山岩间,山路曲折没有定向,那儿的百花盛开,使人迷恋,他正斜倚着岩石,忽然间天就黑了。只此两句,将他从黎明到傍晚的游览作了概写。中心是曲折的山路、使人迷恋的奇花。接着诗人以六句描写黄昏时的另一番景象。这时,熊咆哮、龙吟啸,山岩溪泉为之震动,深密的丛林为之战栗,层峰惊动,气氛异常恐怖。"云青青兮欲雨",天上布满将要下雨的乌云,水中升腾起烟雾,预示雷电的到来。"列缺霹雳,丘峦崩摧",闪电疾雷使山峦崩塌断裂,更令人惊骇不已。这是恐怖气氛的补充,又是仙境展现的前奏。此后八句写仙境。洞天的如扇石门应和着疾雷,从里面轰然打开,于是一切豁然开朗,美妙仙境呈现眼前:明亮的日月照耀着华美的楼台,深远的高空是楼台的背景,仙人所居之处深邃美好。"霓为衣兮"两句写仙人的衣着及乘风而降的情景。"虎鼓瑟"两句则是对下降后仙人的阵容作具体的描绘。从"洞天石扇"到"仙人如麻",与前面的恐怖境地对照,两相比较,诗人笔下的仙境显得明丽多彩,十分动人。这是梦游发展的高潮。如果说诗人梦游的所见所闻是幻变不测、丰富多彩的话,那么最后的仙境就是诗人创造的最为新奇的神仙世界:神临仙山,气象万千;群仙毕集,似在迎接凡间到来的诗人哩!

"忽魂悸以魄动"四句,写突然间魂魄惊动,在恍惚中惊起而长叹不已,因为刚才的仙游梦境破灭,烟霓失去,诗人又回到现实中来了。最后七句写梦醒后的感想,转入写实。"世间行乐亦如此",是说人世间的行乐也像梦游一样虚幻;还进一步指出，不但现在如此，自古以来，万般事物也都如东去的流水，像梦境一样转眼即逝。这就证明诗人所写的梦境确是现实生活的幻象，又因为幻象虽然奇异多彩但也阴森恐怖，便加强了诗人对现实的否定。特别是"如此"二字，同时也是对梦境的否定。"别君"三句，照应题目"吟留别"，意思上也是承前而来：世事如此，自然不值得留恋，唯一的出路是徜徉山水，"且放白鹿青岩间，须行即骑访名山。"本来，诗人写到这里也就可以结束了，忽然出现令人惊奇的两笔："安能摧眉折腰事权贵，使我不得开心颜！"这两笔对全诗来说，使"世间行乐"两句造成的消极情调一变而为激愤，对表达全诗的主题来说是至关重要的。

这首诗所反映的内容，大体上已如上所述。那么，这首诗的主题究竟应该怎样归纳？在归纳主题之前，我们认为还有三点要加以研究。第一，李白是否向往他的梦境？第二，梦游中的仙境与现实社会的生活有没有关系？第三，诗人在诗中所反映的思想是消极的还是积极的？

第一点，回答是肯定的：对梦游中的仙境李白是向往的，说他把"理想寄托在幻想、梦境之中"也并不过分。如果不是这样，他在访吴越之前，为什么要迫不及待地"梦游"呢？为什么要把天姥写得那样有气势？为什么要表现梦游仙境中的美好的一面？应该说，李白向往梦中仙境，确实反映了他对理想的追求。要理解这一点，就要弄清楚第二点，即梦境与现实生活的关系。关于这一点，前文提到的清人陈沆的意见有一定的道理："太白被放以后，回首蓬莱宫殿，有若梦游，故托天姥以寄意。"① 李白的一生,并不像人们所说的那样,总想在名山大川间浪游、隐居,不是这样;虽然李白经常这样说,有时也这样想,但他思想和行动的主导面是积极用世。为了实现他的理想,他四处奔走,两入长安;还先后向安州裴长史、荆州大都督府长史韩朝宗上书请求荐引。济苍生、安社稷是他一生最大的奋斗目标。因此,天宝元年当他被玄宗召见任用时又怎能不高兴呢!怎能不引以为荣耀呢?他在宫中,生活待遇是优厚的,并且时时能受到皇帝的召见;但是他逐渐发现皇帝并没有把他当作辅弼之臣看待,而是将他看作御用文人。于是他只得浪迹纵酒,"自称臣是酒中仙";因"戏万乘若僚友,视俦列如草芥",遭到谗毁,被放还山。他平素的辅佐君王使寰区大定的理想破灭了!因之他在《梦游》诗中,托梦游仙境以寄意。仙境固然有其特点,但它是以现实生活为基础的。梦境正如宫廷生活一样,是李白所向往的,有瑰丽的色彩,也有令人恐怖的气氛;有衣着气派的仙人,也有兽类的咆哮;梦境也如宫廷生活一样,有令人追求的地方,也有令人失望的一面。只要我们看一看李白在三年宫廷生活期间所写的某些诗,就会发现梦境有宫廷生活的影子。他在《宫中行乐词》中写道:"水绿南薰殿,花红北阙楼。莺歌闻太液,凤吹绕瀛州。素女鸣珠佩,天人弄彩球。"在《入朝曲》中写道:"金陵控海浦,渌水带吴京。铙歌列骑吹,飒沓引公卿。槌钟速严妆,伐鼓启重城。天子凭玉几,剑履若云行。日出照万户,簪裾烂明星。"

---

① 詹锳. 李白诗文系年[M]. 北京:人民文学出版社,1984:67-68.

再如《侍从宜春苑奉诏赋龙池柳色初青听新莺百啭歌》："是时君王在镐京，五云垂晖耀紫清。仗出金宫随日转，天回玉辇绕花行。"这些诗中描写的宫廷景象，不是与梦游中的仙境有某些相似之处么？宫廷生活使李白又向往又失望，梦游仙境不也如此么？三年宫廷生活一晃就过去了，梦游生活不也很短暂么？换言之，诗人也是以梦游仙境反映他的短暂若梦的宫廷生活。应该说，梦境中，不论是荡漾的清水、盛开的鲜花，或是电闪雷鸣、仙人如麻，都是诗人的生活经历在梦幻中的曲折反映。

宫廷生活的结束，说明了诗人政治上的失败，特别是遭逸而出，使诗人受到一次沉重的打击，心情的失望是很明显的，因此情绪低沉，思想消极，所谓"世间行乐亦如此，古来万事东流水"，将梦游仙境、世间行乐都看作东去的流水，难道情绪还不消极么？但借仙境影射宫廷生活，否定宫廷生活，又有其积极一面；特别是将他的满腔怨愤集中在那些逸毁他的权贵身上，表示决不向他们"摧眉折腰"，又表现了李白的积极反抗精神。最后两句才是点睛之笔。

就全诗来讲，尽管李白借梦游向往仙境，但仙境中并不都是令人愉快的景象，而且最后全部否定，包括现实在内。结末两句是从一般的否定现实（梦境）而进到蔑视与反对。原来他寻道访山并不是真想出世成仙，那仙境也不过"如此"；他是不愿侍奉权贵，不愿强装做作取媚于人才这样做的。

这首诗，虽是借梦游仙境折射宫廷生活，反映理想的破灭，但诗人认为这是由于权贵的逸毁所造成的，因此将仇恨的矛头对准权贵，它的主旨或曰主题就是反抗权贵。不过诗人起笔很远，以主要篇幅、浪漫主义的手法写梦游，将梦游中的幻境写得活灵活现，变化无穷，竟使人有身临其境之感，最后才知道他是为了否定现实，是想突出蔑视权贵的主旨，才去写梦境幻象。构思实在新奇而巧妙！诗人的笔法也很灵活，以七言为主，杂用四言、五言、六言、九言，又参用离骚体，连续用了几个"兮"字。如此杂用，既便于描写梦境的变幻，又能表现诗人奔放的感情。全诗显得极有气势。

关于李白《望天门山》诗的争鸣

望天门山

天门中断楚江开,碧水东流直北回。
两岸青山相对出,孤帆一片日边来。

诗题中的天门山,在安徽当涂西南约十公里处,别名峨眉山。山分为二,东称博望山,西称梁山,亦有称之为东梁山、西梁山者。两山夹江相对,大江从中穿流,像一扇天然门户,故称"天门山"。

关于这首诗,引起争论的问题有三个。一,"碧水东流直北回"一句中"直北回"三字的异文及解释;二,李白望天门山的位置;三,诗的写作时间。现一一介绍如下。

"直北回",《中国历代诗歌选》注明一作"至北",一作"至此"。① 《唐代文学作品选》亦作"直北回",并注明"向北流去"。"直北,唐代的习惯语。直北回,一作至此回。"② 《中

---

① 林庚,冯沅君. 中国历代诗歌选:上编(二)[M]. 北京:人民文学出版社,1979:374.

② 窦英才等. 唐代文学作品选[M]. 长春:吉林人民出版社,1980:52.

国历代文学作品选》作"至此回",并注明:"至此回,长江流至当涂,突然向北拐转,故云。此,原作北,据别本改。一本作'直北'。"① 《唐宋绝句选注析》作"直北回",并注明:"指东流的长江在天门山附近转向北流。"② 《新选千家诗》作"至此回",并注明:"江水东来,经天门山折向北方流去。"③ 《唐诗鉴赏辞典》说:"有的本子'至此回'作'直北回',解者以为指东流的长江在这一带回转向北。这也许称得上对长江流向的精细说明,但不是诗,更不能显现天门奇险的气势。"至于"回"字,多数本子作"回旋"④,亦有解释为"长江东流,遇天门山而回旋向北"者⑤。

陈友冰同志就上述问题作了实地考察。他认为应作"至此回",而不应作"直北回":

> 从江水的流向来看,江水由从西向东改为由南向北,并不始于天门山下,而是从上游无为县蛟矶公社附近即正式回流向北。中学语文课本中所说的"江水

---

① 朱东润. 中国历代文学作品选:中编第一册 [M]. 上海:上海古籍出版社,1980:91.

② 姚奠中. 唐宋绝句选注析 [M]. 太原:山西人民出版社,1983:79.

③ 李华,李如鸾. 新选千家诗 [M]. 北京:人民文学出版社,1984:173.

④ 萧涤非等.唐诗鉴赏辞典 [M]. 上海:上海辞书出版社,1983:334.

⑤ 中国社会科学院文学研究所唐诗选注小组. 唐诗选注:上册 [M]. 北京:北京出版社,1980:145.

原来向东流，到天门山转弯向北流去"是不确的。因此如果诗句是"直北回"的话，"直北"二字尚可为一直向北，但"回"字就难讲通了。

　　再从天门山的实际情况来看，江水在西梁山下倒是形成一个大的回流。因西梁山前有一个江心洲，叫陈桥洲……是个正方形。由南而来的江水受阻于洲头而猛折向北，向西梁山脚直扑而去，形成一个弧形的大回流。……站在西梁山顶，看碧水从西南向东北回旋而来，听江涛澎湃犹如万马奔腾，确实很是壮观。所以把诗句说成是"至此回"是较符合当地情形的。①

"孤帆一片日边来"，牵涉到李白望天门山的位置，争论更多。

《唐宋绝句选注析》："日边：太阳升起的东边。这两句说，两岸的青山遥相对峙，在两山之间的一片绿波中，一只帆船渐渐从太阳升起的地方行驶过来了。"②

《中国历代文学作品选》："日边来，指孤舟从水天相接处驶来，远远望去，仿佛来自日边。"③

---

　　① 陈友冰. 中学古诗文考析［M］. 合肥：安徽教育出版社，1984：57.
　　② 姚奠中. 唐宋绝句选注析［M］. 太原：山西人民出版社，1983：79.
　　③ 朱东润. 中国历代文学作品选：中编第一册［M］. 上海：上海古籍出版社，1980：91.

《唐诗选》:"末句意思说早晨日出东方,孤舟从水天相接处驶来,宛如来自太阳出处。"①

《新选千家诗》:"第四句写遥见一叶扁舟从日边而来,行驶在浮光跃金的江面上,这也正是天门山的奇观。"②

《李白诗选读》:"孤零零的一只挂着白帆的小船从红日升起的地方驶过来。"③

《唐宋文学作品选》:"孤帆一片——即小船一条。日边来——从东方远远地驶来。"④

以上各本的注释大体相同,但都不能说明李白是从什么地方看见"孤帆一片日边来"。

钱文辉、温祖元在《对李白〈望天门山〉诗的几点看法》中提出了他们的意见:

> 综上所述,我们的看法是:《望天门山》是李白乘在东来的船上,把船入天门山口江水回流处所见万千气象集中摄入诗的镜头中的一首壮丽的风景诗。诗前三句……写望中之景,最后一句"孤帆一片日边来"写望景的立足点。诗人所摄的镜头是前面三句中

---

① 中国社会科学院文学研究所. 唐诗选:上[M]. 北京:人民文学出版社,1979:184.

② 李华,李如鸾. 新选千家诗[M]. 北京:人民文学出版社,1984:173.

③ 李晖. 李白诗选读[M]. 哈尔滨:黑龙江人民出版社,1980:38.

④ 窦英才等. 唐宋文学作品选[M]. 长春:吉林人民出版社,1980:52.

的山与水，而读者看到的镜头却是连同最后一句在内的山、水、舟全景。①

刘映华在《关于李白〈望天门山〉一诗的几个问题》中说：

末句写的不是诗人看见一叶孤舟从水天相接之处驶来，而是坐在孤舟中的正是诗人自己，他从舟中远远望见天门山。②

樊仪容、陶蔚南在《关于李白的〈望天门山〉》一文中说：

诗题中的"望"字，是诗人着笔生发之所在。由诗中所描述的景物看，李白乘舟从北边采石向南而来。他伫立船头，凝望天门山。如果从上游芜湖方面来，天门山南面一段江有个拐弯处，是看不到山的……船在行驶，诗人的慧眼还向哪里"望"？望前方，望远方，又是一番旖旎风貌——"孤帆一片日边来"。面向着天门山而来的船，由于远，只能先望到帆影。"一片"，形容来船行驶顺流而下，轻捷又迅速。"日边来"，是一种夸张的写法。说船的来处遥远……

---

① 钱文辉，温祖元. 对李白《望天门山》诗的几点看法 [J]. 南京师范学院学报（哲学社会科学版），1981（4）.

② 刘映华. 关于李白《望天门山》一诗的几个问题 [J]. 学术论坛，1979（2）.

"孤帆"既从南方来,怎么理解"日边"呢?这与江岸曲度有关。天门山向南二里的长江中有个鼓兴洲。洲把长江分为两支:在西的叫外江,在东的叫里江。一般帆船为避免风浪从里江走。里江的那一段是个圆弧形,伸向东南。……所以"孤帆一片"从东南方,诗中说是"日边",是符合江岸地形实际的。①

姜光斗、顾启在《李白〈望天门山〉考证二题》中说:

我们认为,五古《自金陵沂流过白壁山玩月达天门寄句容王主簿》、七绝《望天门山》和五律《天门山》三诗都是李白在天宝十三年自金陵乘舟逆水上行经过天门山时所写。五古是尚未到达天门山的第一首诗,七绝是遥望天门山的第二首诗,五律是近看天门山以及驶过天门山以后的第三首诗。三诗同读,互相补充印证,可以确定,"孤帆一片日边来"之"日边"为落日无疑。②

谭绍鹏同志在《关于李白的〈望天门山〉》一文中提出了不同的看法:

---

① 樊仪容,陶蔚南. 关于李白的《望天门山》[J]. 语文学习,1979(6).
② 姜光斗,顾启. 李白《望天门山》考证二题[J]. 辽宁师范大学学报,1984(4).

刘映华同志又提出了在天门山下不可能望到东方日出，而诗人是在"孤舟"之中望见天门山的见解。当然，如果诗人站在天门山脚下，情况确是如此，但站到上游远一点的地方，总会看得见罢。即使看不到东方日出，也会看到西方日落。……至于说诗人是在舟中望，这首先与题目含义不相符。望者，远看也。李白的诗中用"望"字做题目的不少。如《望庐山瀑布》……其次，李白写的在舟行中所见的诗，都给人以顺流轻快而下或逆流艰难而上的鲜明感觉，但我们读《望天门山》就没有这种感觉。说它是从舟中所写，未免太牵强了。[①]

　　从以上各种意见我们不难看出，认为李白是在舟中望天门山的最多，认为是在岸上望天门山的属少数。但诗人在舟中望天门山，又有几种不同的说法，有的认为是写诗人在舟中望他人之舟，有的说是写自己所乘之舟；有的说是从上游而来望下游，有的说是从下游而来望上游；有的说"日边"指东方日出，有的认定是指落日。至于还有将"日边"解作"帝都长安"或"皇帝身边"，也是一种见解，但我们不去讨论它。

　　除以上两种意见之外，还有一种不确定位置的见解：

　　　　诗题着一"望"字，显然是诗人居高临下，才能

---

① 谭绍鹏. 关于李白的《望天门山》[J]. 学术论坛, 1979 (3-4).

将这么壮阔的景物尽收眼底。……遗憾的是有的同志在讨论这首诗的时候,囿于天门山的地形,企图确定诗人的立足点是在采石矶,还是在舟中;是在长江北岸,还是南岸。我以为这种索隐式的探求,无论得出怎样确凿的结论,都必然是煞了这大好的风景![1]

关于这首诗的写作时间,几种意见相差很大。刘映华说:"天宝三年李白也就只好离开了长安。这以后他到祖国各地漫游,天宝四年以后到了吴越。这一段时间,他写过许多抨击现实、对政治不满的诗篇,《望天门山》当是这一时期的作品。"他的主要根据是,"日边来"说的就是坐在孤舟里的人是从帝都长安来的。[2]

詹锳《李白诗文系年》将此诗列入天宝二年:"望天门山,天门山铭,……疑与上二篇(指《陪族叔当涂宰游化城寺升公清风亭》《化城寺大钟铭》二诗)为同时之作。"[3]

清人黄锡珪所编之《李太白年谱》却与詹锳先生所言"天宝二年"有异。书中所附"李太白编年诗目录"记载:"望天门山,天宝十三年八月,白从金陵将复游宣城,途经天门

---

[1] 李泽宁. 分析文艺作品要顾及艺术规律[J]. 语文学习,1979(6).

[2] 刘映华. 关于李白《望天门山》一诗的几个问题[J]. 学术论坛,1979(2).

[3] 詹锳. 李白诗文系年[M]. 北京:人民文学出版社,1984:27.

山作。"①

现在，结合全诗的分析来说说我们的意见。黄锡珪《李太白年谱》附录"李太白编年诗目录"之说，这个意见值得考虑。因为天宝二年既不可能，必得觅出李白往来金陵与宣城之确实年月。王琦《年谱》、黄锡珪《年谱》、郭沫若之《年表》、詹锳之《系年》，均有相似的记载。詹锳《系年》记云："天宝十三载甲午（754），太白游广陵，与魏万相遇。遂同舟入秦淮，上金陵，与万相别，复往来宣城诸处。"② 李白由金陵去宣城，常取水路，当经当涂无疑。所谓"往来"，有往有来，当不止一次。陈友冰言：此诗只可能写于第一次东下，即开元十四年之时。他在湖北顺流而下时，第一次见到天门山，为其壮阔的景象所吸引。③ 我们认为在无其他佐证的情况下，当取"往来"多次之年，这样要稳妥一些。有的选本将此诗编入不编年部分，亦无可指摘。

诗题为《望天门山》，题中"望"字很重要。从全诗来看，"望"字管领全篇。从金陵到当涂本是溯江而上，逆流而行。因此，远望天门山，东流之水汹涌如潮，就像是将两山劈断一样，然后江水才有了一条通路，向下游冲去。"天门中断楚江开"，当是舟向天门山驶来，诗人舟中所望，既符合实情，又极传神，把江水的奔腾冲击之势生动有力地展现出来，和李白

---

① 黄锡珪. 李太白年谱 [M]. 北京：作家出版社，1958：68.
② 詹锳. 李白诗文系年 [M]. 北京：人民文学出版社，1984：96.
③ 陈友冰. 中学古诗文考析 [M]. 合肥：安徽教育出版社，1984：59.

许多诗的开头一样，显得突兀不凡，感情充沛，非常有力。"碧水东流直北回"，也是望中所见，还是实景。"直北"两字，前面列举的，有作"至北"，有作"至此"。应当怎样看待这个问题？我们认为先还得搞清"至此""至北""直北"的含义。"至此"，有的版本说，长江到此，本是东流的江水，因河路拐弯而向北流去，"至此回"即言此也。实则从地图上就可以看出，东去的长江流到芜湖，由于地形的限制，即改向北流，逐渐斜向东北，过南京后又改向东流了。所说"至此回"，若就字面及实景解释，当写江水至此一回旋也。"至北"，到北，往北，指江水因至天门山而回旋，义亦可通。"直北"，正北也，指江水正北而流——至天门山一回旋；亦可释为直向北去而至天门山大作回旋。比较以上三版本，当以"直北"为好。"至此"虽说准确，但少诗味，更乏神韵。正北是就其方向而言，到天门山附近，忽然回旋而流，气势颇壮。有人说向东北，实景也许如此。但写诗既要讲究地理的真实，又不可过于泥真，重在达意。须知此句承上而来，上面诗人笔下的江水奔放直下，冲山断岩，一个"断"字、一个"开"字，尤其形象地表现了江水奔腾的气势。下句写它"至此"，即"到这里"，显得软弱无力，且又不能标明方位。只有"直北"两字，不但能显示江水的流向，而且能继续传达并发展上句的写江水奔腾之势；"直北"还有"直向北"之意，是说江水由上游而来，保持直向北流的方向，无犹豫凝滞之感，较之"至此"风格大不相同。所以"直北"似不必改为"至此"。

第三句诗人将他的眼光移到"两岸青山"上。两岸青山指的就是博望山和梁山，补足说明第一句的"天门"。两山夹江对峙,也是实景,但诗人是在行船中所见,山似有动态,于是他巧妙地用了"相对出"三字,写出了望中的两山的具体情状:如两两对出,颇具气魄;同时与直泻的江水互为映衬,更显出天门山及其邻近江水的雄奇。应该说,前三句都是西(南)望所见,写的是山水形胜。最后一句写乘坐的帆船,自然包括诗人自己。"日边来"就是从太阳那边即太阳升起的地方而来。李白的坐船从江流的大方向说是由东向西,自然是"日边来"了。但是诗人的意思并不只是简单地表明船来的方向;"日边"当指远处,虽不是回头东看,但落笔已经很远了,这样就将天门山、东流水或北流水以及船帆和诗人,全部置于辽远阔大的境界之中,使那蔚为奇观的山水形胜,附着于阔大的背景之上,越发显得奇伟壮阔,与全诗的情调谐和一致了。

  关于望天门山的立足点的问题,从前文介绍的资料来看,众说纷纭。刘学锴同志在《唐诗鉴赏辞典》中说:"上句写望中所见天门两山的雄姿,下句则点醒'望'的立脚点和表现诗人的淋漓兴会。诗人并不是站在岸上的某一个地方遥望天门山,他'望'的立脚点便是从'日边来'的'一片孤帆'。"[①]他的意见有一定的道理。说李白是站在岸上看天门山,持这种意见的人很少;但说李白是坐在船中从上游看天门山,或说坐在船中看别人的"孤帆",或说"日边"指船从落日方向来,持这些意见的人还相当多。有的学者还作了实地考察,说是从下游望天门山就不能体会到"至此回"了。不过樊仪容、陶蔚

---

① 萧涤非等. 唐诗鉴赏辞典[M]. 上海:上海辞书出版社,1983:333.

南同志也是作了考察的,他们说船从上游芜湖方向来是看不到山的。① 其实,这首诗本身就能说明问题。"天门中断楚江开"的"开"字,尽管可以从上游看也可从下游看,但从上游看只是顺流方向,远不及从下游往上游逆流而看有意思,因为只有望中江水奔流而至才有气势。"碧水东流"是说水流向东,与"开"字结合,自然是就逆流方向说的,若说顺流也显得软弱无力;只有眼见江水朝东流泻,至天门中断之处忽然回旋,才能引起诗人的惊叹。尤其是"两岸青山相对出",不仅是舟中所见景象,而且是水流迎面而来给诗人造成的动态感觉。"孤帆一片日边来",其中的"来"字当是朝天门山而来。"日边"除古代用典时可解作"皇帝身边"外,一般皆释作从太阳升起的那边。第二句中说"碧水",当是晴天无疑;后面说"日边"就是前后照应了。早晨太阳升起,晴空万里,水的颜色就可以看得十分清楚;若是夕阳,沉沉下山,即或有反光,江水的能见度也要比早上差得多,这是一个常识问题。至于说"孤舟"是指李白之舟还是李白望中之舟,这要由天门山的形势决定。据陈友冰同志考察,两山的地理形势是:"从江上远望天门,东西梁山宛如人之咽喉,在最狭窄处锁住江流。"因江流从最狭窄的"天门"中涌出,所以"江流湍急,呼啸有声,如离弦之箭直射往石壁之上,激起白练万丈、飞雪千堆。"② 好一幅水过天门的惊险场面!诗人是望天门山,望它"中断而开"、

---

① 樊仪容,陶蔚南. 关于李白的《望天门山》[J]. 语文学习,1979(6).

② 陈友冰. 中学古诗文考析[M]. 合肥:安徽教育出版社,1984:56.

水流回旋的奇景,这是能够望见的;但从如此狭窄的天门之中,又怎么能清楚地看见远方的孤舟从日边驶来呢?如说可以看见,应是过了天门之后,与《望天门山》的题意不合。所以,"孤舟"指诗人所乘之舟符合全诗所描写的情景;反之,则不符合。

杜甫《望岳》析疑

望 岳

岱宗夫如何？齐鲁青未了。
造化钟神秀，阴阳割昏晓。
荡胸生层云，决眦入归鸟。
会当凌绝顶，一览众山小。

诗题名《望岳》，"望"字管领全篇，几乎每一句都暗藏一个"望"字，但诗人是如何望岳，是远望，还是近望？是登高望，还是山下望？这是很难确定的问题。古人和今人都有一些解释，现缕述如下。

王嗣奭《杜臆》云："'荡胸生层云'，状襟怀之浩荡也。'决眦入归鸟'，状眼界之宽阔也。……公盖身在岳麓，神游岳顶，所云'一览众山小'者，已冥搜而得之矣。……非真须再登绝顶也。"①

仇兆鳌《杜诗详注》云："此望东岳而作也。诗用四层写意：首联，远望之色；次联，近望之势；三联，细望之景；末

---

① （明）王嗣奭．杜臆［M］．上海：上海古籍出版社，1983：2.

联,极望之情。上六实叙,下二虚摹。"①

《中国历代文学作品选》:"近岳而望,并未登山,故题作'望岳'。"②

《唐代文学作品选》:"诗中描绘自己遥望泰山之感。"③

《唐诗鉴赏辞典》:"距离是自远而近,时间是从朝至暮,并由望岳悬想将来的登岳。"④

张燕瑾《唐诗选析》:"'岱宗夫如何?齐鲁青未了。'……这是从远望的角度写泰山的高大。""现在,泰山近在眼前,诗人抬头仰望,要把泰山的美好风光尽收眼底。诗的中间四句,就是从仰望角度写泰山的。"⑤

《唐诗选注》:"齐鲁……这句说从南北两边都可以看到泰山的青色。这是从遥远可以望见来描写泰山的高大。造化……这句说大自然把神奇和秀美都赋予了泰山。阴阳……这一句是说山南已经天亮,山北还很昏暗。这是从另一方面的写法来形容泰山的高大。"⑥

以上各种解释可以归纳成:一,近山而望;二,远山而

---

① (清)仇兆鳌. 杜诗详注 [M]. 北京:中华书局,1985:4.

② 朱东润. 中国历代文学作品选:中编第一册 [M]. 上海:上海古籍出版社,1980:94.

③ 窦英才等.唐代文学作品选 [M]. 长春:吉林人民出版社,1981:73.

④ 萧涤非等.唐诗鉴赏辞典 [M]. 上海:上海辞书出版社,1983:419.

⑤ 张燕瑾. 唐诗选析 [M]. 天津:天津人民出版社,1981:147.

⑥ 中国社会科学院文学研究所唐诗选注小组. 唐诗选注:上册 [M]. 北京:北京出版社,1980:170.

望;三,由远及近而望;四,远望,也有"另一方面的写法"。以上各说,不管是远望还是近望,都是在"岳麓"而望,即在山下望。

《文学评论》1980年第4期发表许永璋《说杜诗〈望岳〉》,对以上各说提出了异议。他的结论是:"一、杜甫于开元末年曾登临泰山日观峰;二、《望岳》诗中的实景,必须登岳才能写出。"他的意思是说,《望岳》一诗不是在山下望,而是在日观峰上望,诗中所写是日观峰所见实景;至于"会当凌绝顶"的"绝顶"是丈人峰,不是日观峰,并引《唐六典》为证:"泰山周一百六十里,高四十余里,群峰得名者甚多,而丈人峰在山顶,特立群峰之表。"[1]

《辽宁大学学报》1981年第4期发表朱明伦的《关于杜诗〈望岳〉的立足点》一文,又不同意许永璋的意见。他认为丈人峰不是泰山的绝顶,只有玉皇顶才是泰山的绝顶。并引用历代文献包括唐代文献证实这一点。他的意见是:"从《望岳》诗的内容可见写诗的立足点不在日观峰,确在山下。"他分析内容的第一点结论是:《望岳》诗中的实景全是泰山的整体形象,而身在山中是难识全貌的,只有远望才能得知。第二点:"造化"两句,不登泰山,只要有泰山的常识就可写出。第三点:"生层云"只能是山下远望所见。因为站在山上、站在云中,分不出层云生。第四点:"决眦入归鸟",是以归鸟愈飞愈远、愈飞愈小来衬泰山之大,也说明诗人是站在远处望泰山,只有极用目力才能看清小小的飞鸟已入山中。最后他断定:"杜甫的《望

---

[1] 许永璋.说杜诗《望岳》[J].文学评论,1980(4).

岳》诗，确是向岳而望，不是登岳而望。写诗的立足点在山下，而不在山上。《杜臆》的说法仍然是正确的。"①

究竟哪一种意见正确？杜甫究竟站在什么地方"望岳"？为弄清这个问题，第一步要搞清楚泰山的绝顶到底在什么地方。朱明伦已作了考辨，泰山绝顶在玉皇顶，又称天柱峰。2010年版《辞海》："玉皇顶，亦称'天柱峰'。泰山之顶。在山东省泰安市北。因峰上建有玉皇殿，故名。……殿中央有极顶石……石上刻'极顶'两字，是泰山的最高点。"那么丈人峰呢？山东省泰安市的旅游广告称："位于玉皇顶西北的丈人峰，形状像老翁伛偻背而得名。"峰上石刻有"天下第一峰"等，并有乾隆所留诗刻："丈人五岳自青城，岱顶何来假借名。却是世人知此惯，谁因杜老句详评。"也就是说，丈人峰也在绝顶，只不过不在绝顶之处，在"绝巅两里许"，它离绝顶还有一点距离。它不能代替绝顶天柱峰，天柱峰也不能排斥它。许永璋同志的疏忽之处就是用它代替了绝顶。许永璋同志还根据杜甫《又上后园山脚》诗中有"昔我游山东，忆戏东岳阳。穷秋立日观，矫首望八荒"等句，确定杜甫上过日观峰，并断定《望岳》诗为登临日观峰所作。② 杜甫上过日观峰可以肯定，但说《望岳》诗就是上日观峰时写的，未免有点武断。因为杜甫一生中有两次漫游山东，有机会望泰山，也有条件登泰山。他望泰山的次数有多少，登泰山又有几次，每次到过什么地方，难以考定。《望岳》诗并未说明他是站在山麓望泰山还

---

① 朱明伦. 关于杜诗《望岳》的立足点 [J]. 辽宁大学学报（社会科学版），1981（4）.

② 许永璋. 说杜诗《望岳》[J]. 文学评论，1980（4）.

是登上泰山某处望泰山,我们也只能根据诗的内容分析判断。许永璋同志的文章虽有疏忽之处,但却打破了"山下望岳说",提出了"山上望岳说"的新见解,这是应该肯定的。

我们认为,《望岳》诗为杜甫登山望泰山,不是在山麓望泰山;至于是在日观峰还是在别处,这一点无须考虑,反正是在山上,不过没有到绝顶。

正如萧涤非先生在《唐诗鉴赏辞典》中所言:"首句'岱宗夫如何?'写乍一望见泰山时,高兴得不知怎样形容才好的那种揣摹劲和惊叹仰慕之情,非常传神。"[①] 这一句表明泰山的形象该是怎样已在诗人心中埋藏了很长时间,他很希望亲眼看一看,实现心中的向往。首句自问,第二句"齐鲁青未了"自答。正如朱明伦同志讲的,这一句写的是泰山的整体形象。现在的问题是,杜甫站在什么地方写泰山的整体形象?站在山下能不能看见?我们可以试一试,站在黄山脚下或站在庐山脚下,或站在一座比黄山、庐山都小的山峰的脚下,能看见它们的整体形象吗?不能!不但人的视觉达不到,借助于名牌望远镜也达不到。因为泰山横跨古国齐鲁,周围近百公里,高一千五百多米,人站在山脚下只能看见泰山的一块地方,哪能看见它的全貌!也有人说,是站在很远的地方看的。远到什么程度?只要是站在山脚下,远远望去,也只能看见一堵山形,怎能看见它"青"到"齐鲁"?如要在较远的地方看泰山的全貌,还得登高;但诗中似乎没有说到是从别处登高望泰山的。剩下的只有一种选择了,那就是登上泰山看泰山。朱明伦同志说,

---

① 萧涤非等.唐诗鉴赏辞典[M].上海:上海辞书出版社,1983:419.

从山上、山腰根本不能望整座大山本身。我们说，从山上可以望见大山本身。不信，可以随便选择一座大山，站在高处，从自己的脚下望去，直到远方，包括自己的立足之处，全在眼中。这里不是苏轼说的"不识庐山真面目，只缘身在此山中"那种情形，不是在"山中"，而是在山上，登山眺望，所见良多。"齐鲁青未了"，正是诗人登上泰山高处，从眼前直看到很远的地方，只见青色的泰山南北而卧，几乎占据了整个古国齐鲁，没完没了，没有尽头。这样写，正反映了登高望山的实际情景。若是在山下，怎么能看得这样远？只此一句，从广大的地区内写泰山，写泰山横亘于山东南北而没有尽头，这就突出了泰山整体的雄伟形象。特别是一个"青"字，使泰山形象具有鲜明醒目的色彩。

三、四两句写泰山的美丽高峻。泰山的面貌诗人用"神秀"来概括，这是整个泰山进入诗人眼帘后产生的感觉。他认为泰山真是太美了，所以情不自禁地产生赞叹之情。"造化钟神秀"，正是诗人以赞美的感情描写了泰山的神奇秀丽，不仅仅是客观的描绘。"阴阳割昏晓"，是说山北背日一面为阴，山南向日一面为阳；而这种"阴阳"的划分，是由泰山来决定、来区别的；正因为泰山山峰高峻，才使背日者如黄昏，向日者如清晓。这是以天色的昏晓反衬泰山的高大，补足和照应了"青未了"——较之第二句要具体一些。"神秀"句且不说它，一阴一阳、一昏一晓，如果不是站在山上而是站在山下，怎么能看见呢？

"荡胸"两句较之前面四句更要细致具体一些。"荡胸生层云"，描写山中的云气一层层产生，似乎没完没了。"层云"有什么特点？可以"荡胸"，可以使诗人的心胸因看见了层云好像涤荡摇动，这是眼见层云之后，再以自己的感觉表现层云，也是富有感情的，不仅仅是客观的描写。朱明伦同志说"生层云"只能是山下远望所见，站在山上、站在云中是识不出层云生的。这一见解不符合实情。试想，站在山下远望能看见云气一层一层"不断地升腾"吗？不能！顶多只能看见一大片云气。站在山上是可以清楚地看见云气一层一层升起的。苏轼《有美堂暴雨》云："游人脚底一声雷，满座顽云拨不开。"① 苏轼身处高处，顽云拨不开的情状都看得那么清楚，而层云的升起站在山上怎么会看不见呢？

"决眦入归鸟"一句的"决眦"，有的注释不很妥当。例如，《唐代文学作品选》："决——裂开。眦——眼眶。决眦，尽力张大眼睛。"②《新选千家诗》："决眦：眼眶睁裂，形容张目极视。"③《中国历代诗歌选》："'决眦'句：是说目送归鸟入没，眼眶几乎都要睁裂了。"④

诗人的诗写得很美，但这些解释却不给人以美的感觉。主要原因是将词义的解释卡得过死，没有照顾到诗歌的具体环境。这一点，仇兆鳌是注意到了的。注云："决，开也。眦，目眶也。"⑤ "决眦"，用通俗的话讲，就是睁大眼睛看。句中

---

① （清）王文诰. 苏轼诗集 [M]. 北京：中华书局，1982：483.
② 窦英才等. 唐代文学作品选 [M]. 长春：吉林人民出版社，1981：74.
③ 李华，李如鸾. 新选千家诗 [M]. 北京：人民文学出版社，1984：109.
④ 林庚等. 中国历代诗歌选：上编（二）[M]. 北京：人民文学出版社，1979：388.
⑤ （清）仇兆鳌. 杜诗详注 [M]. 北京：中华书局，1985：4.

的"入"字是说送入眼底的意思。朱明伦同志说,"只有立足于山脚下的人才能看清'归鸟'入山",这是不确的。站在山脚下的人能看见归鸟入山,站在山上的人不是"绝对看不清",而是看得比山下的人还清楚。相反,站在山脚的人能清楚地看见归鸟入山,而归鸟又那样小,该站多近的距离呢?那么近的距离,又怎能看到"齐鲁青未了"呢?这不是自相矛盾吗?

"会当"两句诚如朱明伦同志所言,表示将来的事。但朱同志说"'凌'字更可看出杜甫立足点与绝顶之间,高低悬殊,距离甚远"①,则未敢苟同。"凌"者升也,直上也。"凌绝顶"就是登上泰山的顶峰。他没有说"凌泰山""凌岱宗",而说"凌绝顶",这不仅是作诗韵律的需要,而且也说明杜甫的立足处距离绝顶已不是很远了,不存在"高低悬殊,距离甚远"的问题。这两句诗历来为人们所传诵,因为它们除了反映诗人渴望登上极顶的心情之外,还表达了诗人不畏艰险、敢于攀登的坚强意志以及意图俯视一切的壮志豪情,从中我们也可以悟出做人的哲理。但是诗人却是用这两句诗写下了当时的实际情形。第六句已经说到"归鸟",当是傍晚时分,再上绝顶已不可能。但绝顶是一定要去的,到了绝顶之上,就可以看到群山俯伏于泰山之旁的情景了。

    这里又牵涉时间问题。萧涤非先生说:"时间是从朝至暮。"② 也就是说,这首诗概括从早晨望岳到晚上望岳这一漫

---

  ① 朱明伦. 关于杜诗《望岳》的立足点 [J]. 辽宁大学学报(社会科学版),1981(4).

  ② 萧涤非等. 唐诗鉴赏辞典 [M]. 上海:上海辞书出版社,1983:419.

长的过程。这是不太合乎情理的事情。杜甫站在泰山之下，从清晨看到晚上，清晨看"青未了"，中午看"割昏晓"，傍晚看"归鸟"，然后悬想将来登岳一览众山小，这可能吗？不可能。凡到过泰山的人都知道，到了泰山不登山，却在山下徘徊一整天，这是很难想象的。萧先生说此诗是"杜诗中年代最早的一首"，那时诗人不过二十四五岁，正是"放荡齐赵间，裘马颇清狂"的壮游时期；从第一句"岱宗夫如何"看，他游泰山本是宿愿，泰山已在他心中产生了巨大的诱惑力，能说他到了泰山只在山脚下看一整天而不登上泰山吗？如果说这首诗写的是诗人登泰山所见情景，时间是从早到晚，还可说得过去。诗人登上泰山，一路观看泰山景色，于是就有了"青未了""钟神秀""割昏晓""生层云"之类的描写，看着看着就到了傍晚，由"决眦入归鸟"显示这一时间，那么登绝顶就没有时间了，这样才悬想将来。

总起来看，这首诗的起始两句从大处着笔写泰山，亦可说是放眼而望所见泰山形象。三、四句就是萧涤非先生所说的"近望"，具体地描写泰山的秀美及高峻。五、六句就是萧先生所说"细望"①，比较细致地描写泰山上所见动景。末联就是悬望了。与仇兆鳌讲的相一致，只是立足点不同。全诗就是这样由大到细，由概括到具体，由静景到动景，由实景到虚景，全面地描绘了泰山的整体形象，表达了诗人热爱祖国名山的深挚感情。

---

① 萧涤非等.唐诗鉴赏辞典［M］.上海：上海辞书出版社，1983：419.

漫说杜甫的《石壕吏》

石 壕 吏

暮投石壕村,有吏夜捉人。
老翁逾墙走,老妇出门看。
吏呼一何怒,妇啼一何苦。
听妇前致词,三男邺城戍。
一男附书至,二男新战死。
存者且偷生,死者长已矣。
室中更无人,惟有乳下孙。
有孙母未去,出入无完裙。
老妪力虽衰,请从吏夜归。
急应河阳役,犹得备晨炊。
夜久语声绝,如闻泣幽咽。
天明登前途,独与老翁别。

唐肃宗至德二年(757),唐军在平定安史之乱的战争中,收复了东京洛阳。这时,早已杀了老子安禄山的安庆绪退保邺城(今属河南安阳)。这是唐军的一次重大胜利。如指挥得当、乘胜追击,安庆绪等将有可能在邺城被歼。但肃宗不信任统兵元帅,"以子仪、光弼皆元勋,难相统属,故不置元帅,但以宦官开府仪同三司鱼朝恩为观军容宣慰处置使",监督诸将。总计共有九节度使、步骑六十万围邺城。但因诸军各自行事、号令不一,邺城久攻不下。肃宗乾元二年(759),叛军另一头目史思明自魏州率军救邺城,与唐军在安阳河北大战。结果,官军溃败,郭子仪退守河阳桥保洛阳。唐军的"战马万匹,惟存三千;甲仗十万,遗弃殆尽"[1]。东京(洛阳)人民因惊骇而逃奔山谷。杜甫有田园在东京。乾元元年(758)底他由华州到洛阳,此时因唐军之败,诗人也离开洛阳经潼关往华州。他沿途目睹了唐军战败后所带来的种种后果,写下了著名的诗篇《三吏》《三别》。《石壕吏》就是《三吏》中的一篇。

　　这首诗共有二十四句,可分为三个部分。第一部分四句,写诗人晚上投宿石壕村的时候所看到的一件事情。这件事就是官吏夜晚抓人。到了他投宿的这一家,老翁害怕被捉,越墙逃走了,老妇出门去应付官吏。"有吏夜捉人"是一篇的关键,不但以后的情节皆由这一句衍出,而且这一句本身就有丰富的内容。官吏为什么要捉人?又为什么要在夜晚捉人?从以下的情节我们知道,官吏捉人就是抓丁,抓丁就是补充兵员;从结末几句的"河阳役"我们又知道,官吏所抓的人丁是送往河阳的,就是黄河北岸东京对面的孟津(今河南孟州),这与史书记载郭子仪率领唐军退守河阳企图保卫洛阳的史实是一致的,可见诗人所写的是一桩真实的事情。从"夜捉人"三字我们还可以想到,正因为官吏四处抓丁,闹得各村鸡犬不宁,人们纷

---

[1] (宋)司马光. 资治通鉴:卷二百二十 [M]. 北京:中华书局,1976:7061.

纷躲避，于是官吏便选在夜晚百姓都要回家休息的时候突击抓人。总之，这一句话除了引发下面的情节之外，还从侧面概括了当时时代的特点，官吏的凶悍狡诈。当然，有一方捉人，必然会引起另一方的反应，这便是老翁的逃跑、老妇的出门探看。应该说这四句诗实际上已构成了一个场面。以捉人事件为中心，场面中有官吏抓人，有老翁逃跑，有老妇出门应付，还有在一旁目睹的诗人。场面的气氛也是十分紧张的，正如清人浦起龙在《读杜心解》中所说，"起有猛虎攫人之势"①。

　　第二部分有十六句，是诗的主体部分。如果说"有吏夜捉人"是一篇的大关键，那么官吏和老妇便是一篇的关键人物或曰主要人物。这一部分的开始，"吏"和"妇"对举，"呼"与"啼"对举，"怒"与"苦"并举；"一何"这个副词则是相同的，用在形容词"怒"和"苦"的前面，分别显示出吏怒妇苦的程度是很深很深的。由于两者的地位不同，具体情况各异，自然形成了强烈鲜明的对照，揭示出官吏的横暴、老妇的悲苦。这个"吏"就是那个捉人的吏，虽是"吏""妇"对举，但吏是主动者、压迫者，妇是被动者、受压迫者，因而妇的"苦"是由于吏的"怒"造成的，这个因果关系十分明显。因为吏捉人的气势凶猛如虎，所以妇才不得已向他诉说自己一家的遭遇，于是便引出以下十四句话。吏捉人就是抓丁，用以补充兵员的不足。因而妇向他求情说，她已经有三个儿子到邺城前线当兵打仗去了，这难道还不够？而且根据一个儿子捎来的

---

① 萧涤非等.唐诗鉴赏辞典［M］.上海：上海辞书出版社，1983：484.

信,两个儿子最近已经战死,这难道还不令人悲痛?"存者",指家中生存的人。主要劳动力都被征走了,家中的生活当然极为凄凉艰苦,所以说"偷生";而对于"死者",谁又能够去给他们奉献什么呢?所以说"长已矣"。应该说,这一家对唐王朝的贡献已经够多了,景况又是这样凄凉,官吏或许会向老妇表示敬意,至少会敛袖离去。如果是这样,老妇的话便会到此为止,诗的情节发展也会至此告终。其实不然,官吏却要追问家中还有无可供服兵役之人,显然没有丝毫的同情之心,完全没有考虑老妇的关于儿子的哭诉。于是老妇只得再解释说,家中再没有别的人了,只有一个吃奶的小孙孙,还有小孙孙的母亲,进出都没有完好的衣裙,不能见人。这四句话较之上面又进了一层。上面是关于儿子的情况,这里是儿子战死后所留下的孤儿寡母。儿子已经战死,儿媳或许就要离开;但这里却说"未去",是因为前面讲了,还有"乳下孙"。如果说男儿战死沙场是当时的普遍现象,那么他们留下的孤寡应该得到朝廷的照顾,至少会获得官吏的怜悯吧?何况他们的生活又极端艰苦,"出入无完裙"!如果是这样,老妇就不用再讲下去,官吏也可以离开了。其实又不然。老妪"请从吏夜归"四句,当是官吏坚持捉人,老妪为了保护孙母及老翁,便以衰老之身应河阳之役。不然,官吏捉人不得是不会轻易离开的。

　　第三部分四句写"有吏夜捉人"的结局。"夜久语声绝",是说入夜相当久之后人声才断绝。这说明官吏捉人与老妪求情以及老妪收拾行装应河阳役耽搁了很多时间。语声绝之后,似乎听到了低低的抽泣声,与"有孙母未去"相照应,说明捉人的结果抓走了老妪,又给这一家留下了新的悲伤。"天明登前途,独与老翁别"两句,照应前面的"老翁逾墙走";一个"独"字进一步点明前面老妪的话并不是说说而已,而是真的被官吏抓往河阳服役去了;夜里听到的抽泣声也就不是老妪,而是那个出入无完裙的"孙母"。

从以上关于《石壕吏》思想内容的简单分析中我们可以看出,这首诗的主题诚如霍松林先生所言,"是通过对'有吏夜捉人'的形象描绘揭露官吏的横暴、反映人民的苦难"①。

也有一些学者不完全同意这样的主题,提出了一些不同的见解。例如萧涤非先生在《杜甫诗选注》中说:"这首诗写老妇被抓应役,真实地揭露了封建王朝的残酷,是《新安吏》'天地终无情'一句的注脚。同时也深刻地反映了人民那种忍辱负重的爱国精神。"② 这种"精神",《杜甫诗选》一书讲得更具体一些:"老婆婆被写得富有献身精神,挺身应役,自然是渗透着作者的思想愿望,但也反映出广大人民在当时的历史条件下为平定安史叛乱而忍痛负重的高尚精神。"③ 这些论点的主要根据是"老妪力虽衰"四句,不然,她怎么能以衰老之身"请从吏夜归"呢?

我们认为,要正确地理解这个问题,不能孤立地只看这四句诗,就认为"请从"是老妇的自愿挺身应役;一定要从整体

---

① 霍松林. 其事何长, 何言其简——说杜甫石壕吏 [M] //唐诗鉴赏集. 北京: 人民文学出版社, 1981: 133.

② 萧涤非. 杜甫诗选注 [M]. 北京: 人民文学出版社, 1985: 116.

③ 山东大学中文系古典文学教研室. 杜甫诗选 [M]. 北京: 人民文学出版社, 1980: 114-115.

出发,将这几句诗放到全诗中细加分析,才会得出比较恰当的结论。

"请从吏夜归"是老妇对待"有吏夜捉人"所采取的态度,要弄清这种态度包含的实质,我们还得从头说起。诗的开头便说"有吏夜捉人";对待捉人的官吏,"老翁逾墙走,老妇出门看"。老翁越墙逃跑,老妇不加阻止,"出门看"实则是一种窥探和掩护——看看捉人的官吏是何等角色,并和官吏周旋,为老翁争取逃跑的时间,以免被官吏发觉和撵上。从中我们可以看出老妇对官吏的态度。"吏呼一何怒,妇啼一何苦",不但能看出他们各自的神态,而且更足以表明老妇与官吏之间的身份地位有着不可逾越的鸿沟,毫无共通之处,没有合作的可能。老妇致词一段,正如许多研究者所指出的那样,并不是一口气讲下去的,而是将家里的情况分作两起讲,希望得到官吏的同情和谅解,不要在她家抓人。第一起讲的是三个儿子的情况,表明她属烈士家庭,对朝廷贡献很大。老妇讲了这一起情况,官吏肯定有回话,我们也不必设想太具体,反正是不相信老妇讲的话,不同情她家所作出的巨大牺牲。这样她又介绍家中的第二起情况:只有一个吃奶的小孙子,虽然孙子的母亲还没有改嫁,但是家中非常贫穷,媳妇没有完好的衣服可穿,无法出见外人。这种状况从情节上讲是承上而来,是献出三个儿子后所带来的结果。意在证明自己所说都是事实,并向捉人官吏展示自家的苦痛,还是希望取得官吏的同情与谅解。官吏也还是不予理睬,坚持捉人,这才使得老妇人挺身而出,表示"请从吏夜归"。王嗣奭曰:"此老妇盖女中丈夫,至今无人识得……夜捉夜去,何其急也?此妇当仓猝之际……既全其夫,又安其孤幼。"① 老妇这样做实际上是一种急中生智的表现。《新婚别》诗中云："妇人在军中,兵气恐不扬。"② 妇人在军中,人们总认为是不好的,这是古代的习惯看法,新婚女子尚且知道这一点,何况老妇? 她于是主动表示"请从":马上去到河阳应征,还能赶上给当兵的做早饭。她这样做,既可以保护媳妇免于被抓,又可以替逾墙逃走的老翁打掩护,而且自己的请求也不一定被官吏所接受。当然,她最终还是被抓往河阳服役去了。从老妇对待官吏的态度以及"请从"所包括的实际内容来看,老妇备受官吏的迫害,被迫应征,其意在保护家人,并没有什么"忍辱负重的爱国主义精神"。

我们认为,全诗三个部分,几乎每一个部分都紧紧扣住了对官吏的揭发。开头部分自不必说,直书"捉人"。第二部分则是通过老妇与官吏的对比以及老妇的"致词",形象地暴露官吏的凶狠与残暴。第三部分以年迈力衰的老妇都不免于被捉这一真实事件,深入地揭露了唐朝官吏的残酷无情,反映了人民在战乱中所受的巨大苦难。

因此,无论从老妇还是从官吏一方,都很难找到有什么爱国精神;即或是"独与老翁别"的旅人(诗人),虽然非常客观地描写了这一捉人事件,但字里行间无不流露着对老妇一家的怜悯同情、对官吏的憎恨厌恶,唯其真实客观,对官吏的揭露才能入木三分,才能显示诗人同情人民的所谓"穷年忧黎元,叹息肠内热"的进步思想。

---

① (明)王嗣奭. 杜臆[M]. 上海:上海古籍出版社,1983:81.
② (清)仇兆鳌. 杜诗详注[M]. 北京:中华书局,1985:532.

《三吏》《三别》都写于邺城之役以后，反映的情况大体相同。如《新安吏》中就有"我军取相州，日夕望其平，岂意贼难料，归军星散营"等语；《新婚别》中有"君行虽不远，守边赴河阳"等语；《垂老别》中有"势异邺城下，纵死时犹宽"等语。尽管如此，主题却并不完全相同。如《潼关吏》，主要写相州败后，唐王朝的守军修筑潼关备战，诗人告诫守将应吸取三年前的哥舒翰失关的教训，坚守险要，切勿轻易出战。《新婚别》虽也客观地反映战争给人民带来的痛苦，但从"勿为新婚念，努力事戎行"等句看，才是反映了人民忍受痛苦、希望早日平叛的愿望。《垂老别》则是写一个老人出于激愤"投杖"出门从军的心理状态。《无家别》着重写战争给广大人民带来的痛苦生活。《新安吏》的情况同《石壕吏》一样，内容稍为复杂一些，而其主要内容也是揭露，所谓"况乃王师顺，抚养甚分明"只不过是安慰之词，尽管在一定程度上反映了现实以及诗人思想上的一些矛盾，但反映战争、兵役加给人民的苦难这一点却是诗人的安慰所无法冲淡的。

　　萧涤非先生在《杜甫诗选注》中对《三吏》《三别》的主旨作了扼要叙述，总的看来是正确的，但说"甚至老妪也毅然的献出了她的生命"[1]，则根据还不很充足。其实，六首诗反映的情况虽然相同，但侧重面并不一样，因而主题也不能按一个模子归纳，我们应该根据各首诗描写的生活内容细加分析，从而得出接近原诗面貌的主题。

---

[1] 萧涤非. 杜甫诗选注［M］. 北京：人民文学出版社，1985：112.

杜甫《蜀相》辨析

蜀　相

丞相祠堂何处寻，锦官城外柏森森。
映阶碧草自春色，隔叶黄鹂空好音。
三顾频烦天下计，两朝开济老臣心。
出师未捷身先死，长使英雄泪满襟！

唐肃宗乾元二年（759）秋天，杜甫丢弃华州司功参军的职位，举家西行，先后流寓秦州、同州，在路途中经历了约半年之久，年底才到达成都。一般皆认为这首《蜀相》诗写于刚到成都不久后寻访武侯祠时。说具体一点，约在肃宗上元元年（760）春天。

入川之前的几年间，杜甫生活穷困，很不安定，心情也很不好，"男儿生不成名身已老，三年饥走荒山道"，他在《同谷县作歌七首》中便已概括了自己这一时期的心情与生活。当然，入川以后生活初安，情况要稍好一些，但不能因此就说他心情畅快，是带着游赏古迹的心思去寻访武侯祠的，还不能这么看；倒是相反，国家艰危的时局，个人苦难的经历，总是或多或少地在寻访古迹的过程中流露出来。我们在分析全诗的时候，首先就不能忽视这一点。

诗题就很有意思，明明是瞻仰武侯祠，却偏要题作《蜀相》。这一点，周汝昌先生说得极好："题曰'蜀相'，而不曰'诸葛祠'，可知老杜此诗意在人而不在祠。"① 马茂元先生还就这个问题作了考辨。他说："此诗题目，韩愈《顺宗实录》卷五引作《题诸葛亮庙》，司马光《资治通鉴·唐纪》五十二引作'题诸葛亮祠堂'，但我们很难据此认为杜集原是如此，而有理由怀疑是韩愈、司马光根据原诗内容加上的标题。因为这所祠堂，无论在文献记录中抑或当地人民口头上，都称之为诸葛武侯祠；把诸葛武侯祠改为'诸葛亮庙'或'诸葛亮祠堂'，直呼其名，可能由于行文的需要，韩愈、司马光要向读者交代'出师未捷'两句诗，是杜甫为诸葛亮而发的。"② 马茂元先生自然认定诗题应作《蜀相》。他的考辨与周先生的意见结合起来，诗题为《蜀相》当是无可争议的事情。

周先生的话，我们还可以作一些阐发。杜甫的诗意当然在人——诸葛亮，而不在祠；但我们也应该看到，他却是通过祠写人，因为人不可亲见，祠堂却可瞻仰，见祠如见人也。全诗大抵是这么写的。

诗的首联开端二字，有作"丞相"者，有作"蜀相"者，讫无定论。喻守真说："直书丞相，有尊蜀为正统之意。"③ 中国社科院文学所编定的《唐诗选》说："蜀，一作丞，作'蜀'

---

① 萧涤非等.唐诗鉴赏辞典［M］.上海：上海辞书出版社，1983：507.

② 马茂元.漫谈杜诗《蜀相》［J］.江海学刊，1982（6）.

③ 喻守真.唐诗三百首详析［M］.北京：中华书局，1980：230.

字是。这诗用开端的两个字做题目。"① 李祖祯先生还补充说："我也取'蜀相'二字，并认为'蜀相'较'丞相'命笔更为明确。"② 马茂元先生讲得比较客观："在蜀言蜀，'丞相祠堂'的'丞相'，指的就是蜀汉的丞相。'丞相'和'蜀相'字面虽然不同，实际上是一回事。说'蜀相'，并不意味着对诸葛亮的贬低；说'丞相'，也谈不上有什么特别尊崇之意。不过'蜀相'、'丞相'同见一篇之中，这就产生了另一个值得探讨的问题。"马先生实际上作出了探讨的结论。不过他持审慎态度，又说："诗写谒武侯祠的怀古之情，而题作'蜀相'，当是取篇首二字标题，与《野老》《不见》等篇同例，但'蜀相'和'丞相'却有一字之差，令人困惑莫解。"他表示要"作进一步考核"。③ 博学专精者如马先生，虽似倾向"蜀相"二字，却未曾把话说断，我辈又岂可妄言？不过，话总是要人说的，砖也是要人抛的，我们就大胆地说几句。

开端二字作"丞相"好。这一点，马先生已说到一些。身在蜀地，寻访蜀相祠堂，表露敬重怀想的感情，不就自然站在蜀汉一边么？至于这感情还附着了多少时代的色彩，姑容后说，单就这一寻访拜望的行动，足以说明老杜并没有将诸葛亮摆在远而敬重的地位，而是摆在亲敬的位置上。讲"丞相"比讲"蜀相"亲近、亲切得多，虽然两者的含义是一样的。这里

---

① 中国社会科学院文学研究所. 唐诗选：上［M］. 北京：人民文学出版社，1980：276.

② 李祖祯.《蜀相》诗是壮歌还是悲泪［J］. 社会科学研究，1981（2）.

③ 马茂元. 漫谈杜诗《蜀相》［J］. 江海学刊，1982（6）.

不用担心老杜因此戴上了尊蜀汉为正统的帽子。老杜忠君爱国的思想极浓，凡有这种思想的，正统观念必定很强。在汉则汉为正统，在唐则唐为正统，在明则明为正统。在唐远望汉则汉为正统，在明即便做了遗民而正统还是明。蜀国号称"蜀汉"，而魏、吴二国则不如此，生在封建朝代的人们据此而认为蜀汉是正统，也并没有多少可供非议之处。不错，杜甫也曾赞扬曹操"英雄割据虽已矣"，说诸葛亮辅刘备创建蜀汉是"三分割据纡筹策"，但也并不能证明此处没有正统观念，因为天下三分本是隆中定策，也是事实。曹操被称为英雄，这是连他的对手孙、刘、诸葛亮等人也承认的（当然也曾骂他是汉贼），何况杜甫！

就这首诗的章法结构来看，一般皆认为前四句写景，后四句写人。头二句自为问答，交代祠堂之所在。看似写得极单纯，实则有其具体内容，特别是隐含着诗人对诸葛丞相的感情。这一点，马茂元先生分析得很好："杜甫对诸葛亮素怀景慕之心，一到成都，就想去瞻仰武侯祠，心情不难理解。但他是外乡人，初来蜀地，环境还不熟悉。这祠哪儿去寻找呢？自不免要向当地人询问。下句便是回答。他告诉杜甫，武侯祠就在'锦官城外'；祠前的标志是'柏森森'。这一问一答，不仅把武侯祠写得宛然在目，同时也表现了杜甫对祠堂的向往之情。"[①] 据说那森森的柏树，有两株为诸葛亮所手植，这传说自然不大可靠，但人们是这样辗转相传。于此，我们不是也可以说，远见高大茂密的柏树，不就可以想见诸葛丞相的高风亮

---

① 马茂元. 漫谈杜诗《蜀相》[J]. 江海学刊，1982（6）.

节么？这样讲，也不一定就是牵强附会，因为祠堂本属诸葛，"柏森森"是它的标记，而诗人对丞相的感情又是很明显的。

三、四两句当然是写景，写祠堂春日所呈现的景色。按照通常的理解，就是掩映着台阶的绿草展现了春色，隔着树叶的黄鹂唱着美妙的歌，可是这两句诗引起的分歧也最多。清人仇兆鳌在《杜诗详注》中说是"写祠庙荒凉，而感物思人之意即在言外"①。萧涤非先生不同意这样的看法，认为这是一种误解。他说："第一，从'碧草春色'、'黄鹂好音'的描写中，我们确实看不出有什么'荒凉'的意境，相反，倒是一幅春意盎然的景象。第二，古人常用草色来渲染春色之美……碧草就是碧草，不是蔓草、杂草、野草，更不是衰草，不能一看到'草'字，便和'荒凉'联系起来。"② 李祖祯先生的文章看上去更进了一步，他说："'草自春色'、'鹂空好音'是赞美祠堂的自然生态，喻诸葛亮庙的巍然存在，是跟大自然的心血运转相勾连的。这已是赞歌的开始，进入了神灵的境界。"③ 马茂元先生却提出了相反的意见，他指出："仇氏所谓'荒凉'，非关景物本身，指的是'祠庙荒凉'；而其所谓'祠庙荒凉'，是就环境气氛而言的，亦非谓颓垣断壁，残破不堪也。……碧草之色是'春色'，黄鹂之音是'好音'，诗里说得明明白白，不

---

① （清）仇兆鳌. 杜诗详注 [M]. 北京：中华书局，1985：736-737.

② 萧涤非. 出师未捷身先死，长使英雄泪满襟——杜甫《蜀相》赏析 [M] //唐诗鉴赏集. 北京：人民文学出版社，1981：152-153.

③ 李祖祯.《蜀相》诗是壮歌还是悲泪 [J]. 社会科学研究，1981 (2).

容产生误解。再说，诗写武侯祠内景，用'映阶碧草'、'隔叶黄鹂'构成一幅完整的画面，如说因为草有蔓草、杂草、野草、衰草，有可能产生误解，……那么，黄鹂又怎样和'荒凉'联系起来呢？萧先生所指出的仇氏的'误解'，事实上是不存在的。"①

造成这种情况的主要原因，是这两句之中各有"自"和"空"两个字。这两个字，诚如萧涤非先生所言，是互文对举，可以互训。无论是解释为"独自"或是"徒自"，它们都可以互换对调，这一点是不错的。然而，当这两个字进入诗句后，与没有这两字的诗句相比较，其含义大不一样。因此如何理解有"自""空"二字的诗句是至关重要的。萧涤非先生说："因为诗人的意图，正是要把祠堂的春景写得十分美好，然后再用'自''空'二字将这美好的春景如草色莺声等一齐抹倒，来加倍突出诗人对诸葛亮的敬仰之情。所以，春色越美，鸟音越好，就越有助于表现这种心情。如果理解为'荒凉'，便不能起到这种反衬作用。"② 按萧先生意见，诗人为了突出自己对诸葛亮的敬仰之情，就先将草色莺声写得很美，然后又用"自""空"二字将其否定，说明他对美好的景色无心赏玩，一心只追念蜀相诸葛亮，由写景过渡到写人。假如我们的理解不错的话，萧先生这一大段话讲的就是这个意思。李祖祯先生却另有一番意见，他说："'自'春色，喻无人干扰；'空'好音，喻空旷寂静之处始得悦耳之音，也喻无人干扰。如是则孔明不

---

① 马茂元. 漫谈杜诗《蜀相》[J]. 江海学刊，1982（6）.
② 萧涤非. 出师未捷身先死，长使英雄泪满襟——杜甫《蜀相》赏析［M］//唐诗鉴赏集. 北京：人民文学出版社，1981：152-153.

死，祠庙永存，历世可见。这才是很自然的。这种对大自然的欣赏，归乎自然，只有人才明白。只要不是'拜物教'的诗人，是不必理会碧草、黄莺管不管人事代谢，怀不怀吊诸葛亮这样的古人的。"① 李先生的话自己写明是针对《唐诗选》的。《唐诗选》是这样注释的："这两句写景，但已含有思人的意思在内。'自''空'两字一则表示草色莺声无人赏玩，见得祠宇荒寂；二则表示碧草黄莺都不管人事代谢，不解怀吊诸葛亮这样的古人。这样过渡到下文作者自己对诸葛亮的赞叹，非常自然。"② 对此，马茂元先生的文章亦有见解。他说："诸葛亮在蜀遗爱甚深，成都又是西蜀的首府，祠庙长存，岁时祭享，历久不衰。然而杜甫作此诗时，正当安史乱中。在那战火弥天，骚动不宁的年代里，凭吊古迹、游览名胜的人不会很多，可能他在祠内没有见到别的游客。碧草映阶，黄鹂隔叶，祠内的春景是美好的；春景虽美，而游赏无人，故曰'自'，曰'空'。因眼前祠宇的寂寞荒寥，缅怀其人之丰功伟绩，仇氏所谓'睹物思人'，意盖指此。"③ 马先生还有不与萧先生相同之意见："名胜古迹的自然风景，和游览者对前贤仰慕之心，两者并无矛盾。举例来说，到西湖瞻仰岳坟的人，对这位民族英雄——精忠报国的岳飞，谁都怀着发自内心的敬仰景慕之忱，然而这并不妨害对四周风景的观赏。如因怀念古人，而对秀丽的湖光

---

① 李祖祯.《蜀相》诗是壮歌还是悲泪［J］. 社会科学研究，1981（2）.

② 中国社会科学院文学研究所. 唐诗选：上［M］. 北京：人民文学出版社，1980：276.

③ 马茂元. 漫谈杜诗《蜀相》［J］. 江海学刊，1982（6）.

山色采取'否定的态度','一齐抹倒',不予理睬,这种特殊的心理状态,只能求之于入山朝圣的虔诚的宗教徒之中,寻访古迹的人是不会有的。"①

以上几种意见,不管分歧多大,有几点则是共同的。第一,都承认这两句所写的春景是美好的,并不能因"自""空"二字就说它们描写的春景不美。第二,因了"自""空"二字,这美丽的春景便有了一些另外的意义,如"游赏无人""寂寞荒寥""无人干扰""抹倒反衬"等。第三,这两个写景句其实都是为了写人,即写诸葛亮。有的叫"感物思人",有的叫突出诗人对诸葛亮的敬仰之情,有的说是以显示祠庙永存、孔明不死。最关键的是第二条。因"自""空"二字使人们对美好春景的理解各不相同。但这些理解又受到第三条的限制,即这两句应照应题目"蜀相",从作者总的意图看,也应是写蜀相。因此便尽量往写人方面拉扯,"睹物思人"说、"否定反衬"说、"无人干扰"说,全都受到这一条的制约;不然,这两句岂不是纯然地为写景而写景,游离于全诗题旨之外么?

以上各说的作者多系著名专家学者,绝不会对"自""空"二字有所错解;从全诗题旨的一致性来考虑也是对的,只是未能将时代的气氛、杜甫的经历和心情与他的怀古幽思恰当联系,故而众说纷纭。

这两句诗是写景,写春景,写美好的春景,这是毫无疑义的。碧草映阶、黄鹂隔叶怎么会是荒凉的景色呢?若是指的祠庙荒凉,那么怎样才能叫不荒凉呢?没有碧草、没有黄鹂,祠

---

① 马茂元. 漫谈杜诗《蜀相》[J]. 江海学刊,1982(6).

庙又会是怎样？杜甫看得真切、写得明白，一点儿没有错。春景优美，祠庙也因此显得美好。但碧草终究是"自春色"，黄鹂毕竟是"空好音"，这也明白地摆在那儿，写得很清楚。不过，硬要将"自""空"二字与春色紧密联系在一起，便说不明白、弄不清楚。应该说，碧草本自春色，黄鹂本自好音，"自""空"二字原是诗人对眼前景物的理解，涂上了他的感情色彩，这不是景物固有的。古代诗人抒情，无非是因景抒情或融情入景，杜甫采取的也正是这种方法，并无标新立异之处。他承认祠庙的春景是美好的；这美好，分别从碧草和黄鹂表现出来。可是在他看来，不过是"徒自春色""独自好音"，并不能令他发生多么大的兴趣，他心中想到的是人，他的目的是凭吊诸葛丞相。从这个意义上来看，萧先生说这两句是"加倍突出诗人对诸葛亮的敬仰之情"并没有什么错误，只是不能说诗人采取的是"一齐抹倒"的手法或否定的态度，不是这样的。他倒是很肯定祠庙的春景，他写得很真实，只不过他无心反复欣赏景色——并不是美景无人游赏。他为什么会这样？我们只要联系一下当时的国家政治局面、诗人所受的苦难，要理解这一点并不困难。试想，一个为逃避天灾人祸而辗转流徙西蜀的朝廷小官，经历了九死一生的厄难，初来乍到，有多少心思去欣赏春天的景色呢？换言之，如要赏景，那碧草黄鹂何用到武侯祠来寻找，成都近郊不随处可见么？所以诗人在描写春景的诗句中嵌入"自""空"二字也是很自然的。他的具体的内心感情到底如何，都可以从以下的四句诗中找到答案。

  应该说，"映阶"两句使用的是衬托的方法，而"三顾"两句则是正面写诸葛亮的功绩。

《三国志·诸葛亮传》记载了刘备造访诸葛亮的情形:"由是先主遂诣亮,凡三往,乃见。"当时刘备并不得意,向诸葛亮询问"信大义于天下"的计谋。诸葛亮畅谈天下形势,向刘备陈说了三分天下的构想:"将军……若跨有荆益,保其岩阻,西和诸戎,南抚夷越,外结好孙权,内修政理,天下有变,则命一上将将荆州之军以向宛、洛,将军身率益州之众出于秦川,百姓孰敢不箪食壶浆以迎将军者乎?诚如是,则霸业可成,汉室可兴矣。"①"三顾频烦天下计",七个字包容了这一段著名的历史。一方面写刘备对诸葛亮的倾心和信任,同时也写了诸葛亮的高瞻远瞩。"两朝"一句写诸葛亮在几十年的时光里,既帮助刘备开创蜀汉大业,又辅佐刘禅匡救危时,还对蜀汉人民有很大的贡献。一句诗概写了诸葛亮一生的主要功绩,描写出诸葛亮的赤胆忠心。当时安史乱发,国家处于灾难之中,杜甫多么希望像诸葛亮这样既怀济世之才又能忠心耿耿辅佐国君的良相出来挽救危亡啊。字里行间,洋溢着诗人的热忱赞美之情。

末后两句写诸葛亮功业未遂,常常使英雄人物感到痛心,因而泪满衣襟。"出师未捷"一句也是写历史事实。建兴十二年(234)诸葛亮第六次北伐曹魏,与魏将司马懿相持百余日,病死于渭南五丈原军中。死时"遗命葬汉中定军山,因山为坟,冢足容棺,敛以时服,不须器物"②。时年五十四岁。一代伟人怀抱未竟之志离开了人间。他为国、为君、为民,鞠躬尽瘁,死而后已,常使那些志在救国的英雄感慨嘘唏。"英雄"

---

①②(晋)陈寿. 三国志:卷三十五 [M]. 北京:中华书局,1982.

既是专指又是泛指，即包括了所有英雄以及仰慕英雄的人在内。人们常指宗泽临终之际诵此两句，王叔文失败时也"欷歔泣下"地吟这两句，而杜甫的"泪满襟"之说却是在他们之前。诗人在安史之乱爆发、玄宗入蜀后，抛下家室冒死千里寻君，同诸葛亮的品德有相似之处，此时却不能为国出力，置身武侯祠内，吊古伤今，怎不痛哭流涕呢！只此两句，充分显示了诗人的痛惜心情，表达了他的无限感慨。

李祖祯先生认为这是"一首光辉夺目赞赏英雄的壮歌"，这与上面的顺理成章的分析是不怎么相符的。须知"出师未捷身先死"，诸葛亮本身的事迹就可以令人"悲泪伤怀"，更何况杜甫又是在缅怀先贤的时候，发怀古之幽思，隐寓着个人和时代的隐痛呢！

从人物形象看白居易《长恨歌》的主题

长　恨　歌

汉皇重色思倾国，御宇多年求不得。
杨家有女初长成，养在深闺人未识。
天生丽质难自弃，一朝选在君王侧。
回眸一笑百媚生，六宫粉黛无颜色。
春寒赐浴华清池，温泉水滑洗凝脂。
侍儿扶起娇无力，始是新承恩泽时。
云鬓花颜金步摇，芙蓉帐暖度春宵。
春宵苦短日高起，从此君王不早朝。
承欢侍宴无闲暇，春从春游夜专夜。
后宫佳丽三千人，三千宠爱在一身。
金屋妆成娇侍夜，玉楼宴罢醉和春。
姊妹弟兄皆列土，可怜光彩生门户。
遂令天下父母心，不重生男重生女。
骊宫高处入青云，仙乐风飘处处闻。
缓歌慢舞凝丝竹，尽日君王看不足。
渔阳鼙鼓动地来，惊破霓裳羽衣曲。

九重城阙烟尘生,千乘万骑西南行。
翠华摇摇行复止,西出都门百余里。
六军不发无奈何,宛转娥眉马前死。
花钿委地无人收,翠翘金雀玉搔头。
君王掩面救不得,回看血泪相和流。
黄埃散漫风萧索,云栈萦纡登剑阁。
峨眉山下少人行,旌旗无光日色薄。
蜀江水碧蜀山青,圣主朝朝暮暮情。
行宫见月伤心色,夜雨闻铃肠断声。
天旋日转回龙驭,到此踌躇不能去。
马嵬坡下泥土中,不见玉颜空死处。
君臣相顾尽沾衣,东望都门信马归。
归来池苑皆依旧,太液芙蓉未央柳。
芙蓉如面柳如眉,对此如何不泪垂。
春风桃李花开夜,秋雨梧桐叶落时。
西宫南苑多秋草,宫叶满阶红不扫。
梨园弟子白发新,椒房阿监青娥老。
夕殿萤飞思悄然,孤灯挑尽未成眠。
迟迟钟鼓初长夜,耿耿星河欲曙天。
鸳鸯瓦冷霜华重,翡翠衾寒谁与共。
悠悠生死别经年,魂魄不曾来入梦。
临邛道士鸿都客,能以精诚致魂魄。
为感君王展转思,遂教方士殷勤觅。

排空驭气奔如电，升天入地求之遍。
上穷碧落下黄泉，两处茫茫皆不见。
忽闻海上有仙山，山在虚无缥缈间。
楼阁玲珑五云起，其中绰约多仙子。
中有一人字太真，雪肤花貌参差是。
金阙西厢叩玉扃，转教小玉报双成。
闻道汉家天子使，九华帐里梦魂惊。
揽衣推枕起徘徊，珠箔银屏迤逦开。
云鬓半偏新睡觉，花冠不整下堂来。
风吹仙袂飘飖举，犹似霓裳羽衣舞。
玉容寂寞泪阑干，梨花一枝春带雨。
含情凝睇谢君王，一别音容两渺茫。
昭阳殿里恩爱绝，蓬莱宫中日月长。
回头下望人寰处，不见长安见尘雾。
唯将旧物表深情，钿合金钗寄将去。
钗留一股合一扇，钗擘黄金合分钿。
但教心似金钿坚，天上人间会相见。
临别殷勤重寄词，词中有誓两心知。
七月七日长生殿，夜半无人私语时。
在天愿作比翼鸟，在地愿为连理枝。
天长地久有时尽，此恨绵绵无绝期！

白居易《长恨歌》自成诗之日起，即脍炙人口，不胫而走，传遍天下。清人赵翼说："盖其得名，在《长恨歌》一篇。其事本易传；以易传之事，为绝妙之词，有声有情，可歌可泣，文人学士既叹为不可及，妇人女子亦喜闻而乐诵之。"[①]然而《长恨歌》究竟表达的是怎样的主题，自来也众说纷纭，难以统一。有以历史及诗人的政治见解为据，说是讽谕玄宗并暴露唐帝国的腐朽；有以李、杨感情为据，说是纯为爱情而作；有以作品中所写安史乱发为界，说是前半讽刺揭露，后半同情其爱情的悲剧，是为"双重主题"说。以上三说，反复争讼，仅就近十年的统计，公开发表之文章有三十篇之多。文章虽多，但很少有专就李、杨人物形象进行全面论述者，有的刚有接触，随即收束；有的只将人物形象作为论证某一观点的证明。岂李、杨形象复杂而难以剖析乎？笔者不揣浅薄，拟专从人物形象入手，探讨《长恨歌》主题思想之所在。因为人的本质是"一切社会关系的总和"[②]，人总要受时代、环境等现实生活的影响，同时也由于人的活动而形成了某一时代所独具的特色。作家往往通过人物形象表达某种感情、反映某种思想，寄托爱憎。尽管作家有时是比较含蓄或不自觉的，只要我们能正确、全面、深入地把握住该作品的人物形象之特点，许多问题也许会得到较为合理的解答。

---

　　① （清）赵翼. 瓯北诗话［M］. 北京：人民文学出版社，1981：37.
　　② 马克思恩格斯选集：第一卷［M］. 北京：人民出版社，1995：56.

一

　　《长恨歌》中只有两个主要人物。一个是唐玄宗李隆基，一个是杨贵妃杨玉环。应该说作品的主要内容就是他们的爱情生活的波折，或曰私生活的风波。不过，他们的爱情生活也好，私生活也好，荒淫享乐也好，感情悲剧也好，全都离不开当时所处的历史环境，或者是环境影响他们，或者是他们影响环境。因此，了解历史上的真实的唐玄宗、真实的杨贵妃，对于理解这篇作品的内容是很重要的。许多研究者都指出，历史上的李、杨与《长恨歌》中的李、杨并不一样，那么我们就来看看《长恨歌》主要人物的原型究竟是怎样的。

　　先说唐玄宗。

　　历史学家们都公认，唐玄宗原本是一个励精图治的皇帝，他即位后，使国家出现了空前的繁荣。诗人杜甫甚至在他的诗《忆昔二首》中感慨地说："忆昔开元全盛日，小邑犹藏万家室。"关于这个问题我们不准备多花笔墨，因为《长恨歌》中的李隆基，不是政治上有为时期的玄宗，而是使朝廷濒于崩溃时期的皇帝；当然，我们也要讨论一下他的私生活，《长恨歌》中主要写的就是这个。后期的唐玄宗，下面几点是比较突出的。

　　第一，穷兵黩武，不断发动拓边战争。

　　如果说，玄宗前期发动的边境战争属保卫国家的自卫性质的话，那么到了后期这种战争便发展成拓边的战争。战争不但给边疆各少数民族地区的人民造成了严重恶果，而且也给国内人民带来深重灾难。如《资治通鉴》记玄宗天宝六载高仙芝破小勃律国事：

> （小勃律王）不意唐兵猝至，大惊，依山拒战。……（李）嗣业执一旗，引陌刀缘险先登力战，自辰至巳，大破之，斩首五千级，捕虏千余人，余皆逃溃。①

《旧唐书·玄宗本纪》：

> （天宝）十载夏四月剑南节度使鲜于仲通将兵六万讨云南，与云南王阁罗凤战于泸川，官军大败，死于泸水者不可胜数。②

类似这样的记载在玄宗后期的天宝年间是很多的。诗人杜甫在他的诗中更有形象的描写，如《兵车行》中说："边庭流血成海水，武皇开边意未已！"边境战争不但给各族人民带来许多痛苦，而且耗费巨大财力。《通鉴》总结说："开元之前，每岁供边兵衣粮，费不过二百万；天宝之后，边将奏益兵浸多，每岁用衣千二十万匹，粮百九十万斛，公私劳费，民始困

---

① （宋）司马光. 资治通鉴：卷二百一十五［M］. 北京：中华书局，1976.
② （后晋）刘昫等. 旧唐书：卷九［M］. 北京：中华书局，1987.

苦矣。"①

第二，任用非人，造成政治腐败。

玄宗前期任用姚崇、宋璟等贤相，革除弊政，取得了很大的成绩；后期任用李林甫、杨国忠为相，朝廷政局每况愈下。其中"口蜜腹剑"的李林甫当政时期最长，前后共十九年，直至天宝十一年死去时为止。虽特宠者如杨国忠也惧怕他的奸狡。特别是边境事务，多断送在他的手中。按唐朝旧制，"边帅皆用忠厚名臣，不久任，不遥领，不兼统，功名著者往往入为宰相。"② 至李林甫，"欲杜边帅入相之路，以胡人不知书……始用安禄山。至是，诸道节度使尽用胡人，精兵咸戍北边，天下之势偏重，卒使禄山倾复天下，皆出于林甫专宠固位之谋也。"③

第三，不惜财力，挥霍无度。

开元之治使国家财富大增，当时"西京、东都米斛直钱不满二百，绢匹亦如之。海内富安，行者虽万里不持寸兵。"④ 玄宗因此大肆挥霍，"是时州县殷富，仓库积粟帛，动以万计。……上以国用丰衍，故视金帛如粪壤，赏赐贵宠之家，无有限极。"⑤ "时诸贵戚竞以进食相尚，上命宦官姚思艺为检校进食

---

① （宋）司马光. 资治通鉴：卷二百一十五［M］. 北京：中华书局，1976.

②③⑤ （宋）司马光. 资治通鉴：卷二百一十六［M］. 北京：中华书局，1976.

④ （宋）司马光. 资治通鉴：卷二百一十四［M］. 北京：中华书局，1976.

使,水陆珍羞数千盘,一盘费中人十家之产。"①

第四,生活荒淫,宠爱杨氏。

玄宗为临淄王时,即宠赵丽妃、皇甫德仪、刘才人等,即位后宠武惠妃。惠妃生寿王瑁。开元二十五年十二月武惠妃死,此时玄宗年已五十三岁,"悼念不已,后宫数千,无当意者"②。这样,才有二十三岁的杨玉环出现——"或言寿王妃杨氏之美,绝世无双。上见而悦之,乃令妃自以其意乞为女官,号太真;更为寿王娶左卫郎将韦昭训女。潜内(纳)太真宫中。太真肌态丰艳,晓音律,性警颖,善承迎上意,不期岁,宠遇如惠妃,宫中号曰'娘子',凡仪体皆如皇后。"③ 因为宠爱杨妃,故听其所欲,专供贵妃院的织绣工人即有七百人之多,中外争献器服珍玩,不可胜数。杨妃喜食鲜荔枝,于是命岭南驰驿送至京城,即杜牧诗《过华清宫》所写"一骑红尘妃子笑,无人知是荔枝来"④。因为宠爱杨妃,恩泽及其全家:赠其父玄琰兵部尚书,以其叔父玄珪为光禄卿,从兄铦为殿中少监,锜为驸马都尉。以贵妃姊适崔氏者为韩国夫人,适裴氏者为虢国夫人,适柳氏者为秦国夫人。玄宗称她们为姨,出入宫禁,赐第京师,势倾天下。随后杨钊(国忠)亦以杨妃从兄的关系得到重用,官至宰相。如此宠贵赫然,以致当时民间歌唱说:"生男勿喜女勿悲,君今看女作门楣。"其中虢国夫人与

---

① (宋)司马光. 资治通鉴:卷二百一十六 [M]. 北京:中华书局,1976.

②③ (宋)司马光. 资治通鉴:卷二百一十五 [M]. 北京:中华书局,1976.

④ 缪钺. 杜牧诗选 [M]. 北京:人民文学出版社,1957:85.

杨国忠乱搞，又与玄宗有暧昧关系。连古板正派的杜甫也为此写诗一首，以《虢国夫人》为题："虢国夫人承主恩，平明上马入金门。却嫌脂粉涴颜色，淡扫蛾眉朝至尊。"

因为宠爱杨氏，致使杨氏干预朝政，败坏朝廷风气。《通鉴》卷二百一十六载：

> 三姊与铦、锜五家，凡有请托，府县承迎，峻于制敕；四方赂遗，辐凑其门，惟恐居后，朝夕如市。①

《旧唐书·后妃上·玄宗杨贵妃》：

> 玄宗每年十月幸华清宫，国忠姊妹五家扈从，每家为一队，著一色衣，五家合队，照映如百花之焕发，而遗钿坠舄，瑟瑟珠翠，璀璨芳馥于路。而国忠私于虢国而不避雄狐之刺，每入朝或联镳方驾，不施帷幔。②

以上情况，《通鉴》及新旧唐书等多有记载，至于乐史等人的《杨太真外传》《安禄山事迹》等，记载更为详细。总起来看，《长恨歌》中"汉皇"的原型李隆基，晚年政治上渐趋

---

① （宋）司马光. 资治通鉴：卷二百一十六 [M]. 北京：中华书局，1976.
② （后晋）刘昫等. 旧唐书：卷五十一 [M]. 北京：中华书局，1987.

腐败且不论，生活上也很腐朽，突出的事件便是抢夺亲生儿子的媳妇，并与三姨之类的"夫人"暧昧。而这并不包括他与杨妃的两性生活，因为既经抢夺过来，册立为贵妃，就已经合法化了。当然，抢占媳妇一事，则是乱伦，在封建社会的许多皇帝中也是很少见的。

这里附带讲一个问题，就是玄宗因何酿成安史之乱？不少人认为是宠爱杨妃这一"女祸"所致。其实主要的问题并不在这里。主要还是政治方面的原因导致了安史之乱。倒是《旧唐书·玄宗纪》"史臣曰"一段话颇有见地：

> 昔齐桓公行同禽兽，不失霸主之名；梁武帝静比桑门，竟被台城之酷。盖得管仲则淫不害霸，任朱异则善不救亡。开元之初，贤臣当国，四门俱穆，百度唯贞，而释、老之流颇以无为请见……俄而朝野怨咨，政刑纰缪，何哉？用人之失也。①

当然，我们并不否认杨氏得宠后所带来的破坏作用，但总应有主次之分。历史事实也正是这样。早在天宝三载杨氏册为贵妃之前，安禄山便已得宠。天宝元年即任安禄山为平卢节度使，天宝三载加任其为范阳节度使。这是由于李林甫等人对安大加称美的缘故，"由是禄山之宠益固不摇矣"②。这与杨妃、杨国忠又有什么必然的关系呢？天宝十一载年底李林甫死后杨

---

① （后晋）刘昫等. 旧唐书：卷九 [M]. 北京：中华书局，1987.
② （宋）司马光. 资治通鉴：卷二百一十五 [M]. 北京：中华书局，1976.

国忠才接宰相位，而天下之势已成，无人能够力挽狂澜，更何况杨国忠亦是轻躁无能之徒，这只能加速唐帝国的崩溃。《通鉴》虽然记载了许多杨氏不德不法之事，但在结论性的评语中也还坚持了史实：

> 上晚年自恃承平，以为天下无复可忧，遂深居禁中，专以声色自娱，悉委政事于林甫。林甫媚事左右，迎合上意，以固其宠；杜绝言路，掩蔽聪明，以成其奸；妒贤疾能，排抑胜己……凡在相位十九年，养成天下之乱，而上不之寤也。①

这就是《长恨歌》中李隆基原型的主要方面。下面我们再看看杨贵妃的原型。

她是玄宗的儿媳妇、寿王瑁的妃子，前已引述，这里不赘言。我们只着重讲两个问题，一是封建社会的所谓为妇的德行，一是为妇的贞操。按《旧唐书·后妃传·玄宗杨贵妃》记载，她曾两次"忤旨"，用今天的话讲，就是同玄宗闹矛盾。一次在天宝五载，《通鉴》卷二百一十五有记载：

> 至是，妃以妒悍不逊，上怒，命送归兄铦之第。是日，上不怿，比日中，犹未食，左右动不称旨，横被棰挞。高力士欲尝上意，请悉载院中储偫送贵妃，

---

① （宋）司马光. 资治通鉴：卷二百一十六［M］. 北京：中华书局，1976.

凡百余车；上自分御膳以赐之。及夜，力士伏奏请迎贵妃归院，遂开禁门而入。自是恩遇愈隆，后宫莫得进矣。①

一次在天宝九载，除新旧唐书外，《通鉴》卷二百一十六亦有记载：

杨贵妃复忤旨，送归私第。户部郎中吉温因宦官言于上曰："妇人识虑不远，违忤圣心，陛下何爱宫中一席之地，不使之就死，岂忍辱之于外舍耶？"上亦悔之，遣中使赐以御膳。妃对使者涕泣曰："妾罪当死，陛下幸不杀而归之。今当永离掖庭，金玉珍玩，皆陛下所赐，不足为献，惟发者父母所与，敢以荐诚。"乃剪发一缭而献之。上遽使高力士召还，宠待益深。②

至于贞操问题，《通鉴》卷二百一十六载云：

（安）禄山生日，上及贵妃赐衣服、宝器、酒馔甚厚。后三日，召禄山入禁中，贵妃以锦绣为大襁褓，裹禄山，使宫人以彩舆舁之。上闻后宫喧笑，问

---

① （宋）司马光. 资治通鉴：卷二百一十五［M］. 北京：中华书局，1976.
② （宋）司马光. 资治通鉴：卷二百一十六［M］. 北京：中华书局，1976.

其故，左右以贵妃三日洗禄儿对。上自往观之，喜，赐贵妃洗儿金银钱，复厚赐禄山，尽欢而罢。自是禄山出入宫掖不禁，或与贵妃对食，或通宵不出，颇有丑声闻于外，上亦不疑也。①

以上就是李隆基与杨贵妃原型的大概情况。有些具体事件后文还要讲到，这里暂不叙及。必须说明的是，上述只是原型的主要方面，有些次要方面我们也应该注意，不然在研究的过程中就会产生片面性。例如，李隆基虽是为了享乐而选中杨贵妃，但在十五年的生活中，毕竟建立了爱的情感，这一点从史书的记载中也可以看到。天宝十五载马嵬事件发生，当军士杀了杨国忠后，不肯散去，要求将杨妃"割恩正法"，玄宗有如下表现：

上曰："朕当自处之。"入门，倚杖倾首而立。久之，京兆司录韦谔前言曰："今众怒难犯，安危在晷刻，愿陛下速决！"因叩头流血。上曰："贵妃常居深宫，安知国忠反谋？"高力士曰："贵妃诚无罪，然将士已杀国忠，而贵妃在陛下左右，岂敢自安！愿陛下审思之，将士安则陛下安矣。"上乃命力士引贵妃于佛堂，缢杀之。②

---

① （宋）司马光. 资治通鉴：卷二百一十六 [M]. 北京：中华书局，1976.

② （宋）司马光. 资治通鉴：卷二百一十八 [M]. 北京：中华书局，1976.

这一段虽无一字写到玄宗的内心，但从他的行动语言却可以看出他的内心是非常痛苦的。

这方面的情况《旧唐书·后妃传·玄宗杨贵妃》更有记叙：

> 上皇自蜀还，令中使祭奠，诏令改葬。礼部侍郎李揆曰："龙武将士诛国忠，以其负国兆乱，今改葬故妃，恐将士疑惧，葬礼未可行。"乃止。上皇密令中使改葬于他所。初瘗时以紫褥裹之，肌肤已坏而香囊仍在，内官以献。上皇视之凄惋，乃令图其形于别殿，朝夕视之。①

这一条史实，难道不可以说明玄宗对杨妃的思念么？

二

现在，我们再来看看《长恨歌》中白居易所塑造的唐玄宗、杨贵妃是怎样的形象。

先说杨贵妃的形象。

这首诗的第一句至"不重生男重生女"，共二十六句，写唐玄宗与杨贵妃的欢爱生活。这一部分的中心是一个"色"

---

① （后晋）刘昫等. 旧唐书：卷五十一 [M]. 北京：中华书局，1987.

字。色，就是美色，指杨贵妃。诗中多介绍杨妃的出身和姿色，主要写姿色，承"重色"而来。"杨家有女初长成，养在深闺人未识"两句交代杨贵妃的出身，明确指出她侍奉玄宗时还是一位纯洁的处女。"天生丽质"从全身的角度正面评介杨妃的美丽。"回眸"两句以笑写杨妃的妩媚；又以"六宫粉黛"衬托她的美貌，是"天生丽质"的具体说明。"春寒"四句写她"承恩"时的娇态，其中"温泉水滑洗凝脂"也是在继续写她的天生丽质。"云鬓花颜金步摇"，描写她的容颜装饰，也还是天生丽质的具体化。"春宵苦短"等句写玄宗对她的迷恋宠爱，说明她的魅力；正是由于这种魅力，使玄宗对她的恩遇扩大到她的兄弟姊妹身上。马嵬事件写杨妃之死。在事件发生之前，描写他们极乐的爱情生活。所谓"仙乐"，所谓"缓歌慢舞"，恰恰说明她是一个能歌善舞的女子。马嵬事件发生，她被缢死，死时的状态是"宛转娥眉马前死"，显得那样的委婉随顺，令人无限同情。"花钿委地"四句诗本是描写杨妃死时的现场，但诗人回避了直接描写死亡的惨状，以杨妃平日所用的花钿等饰物"无人收"作侧面描写，同时也为后面的赠送"钿合金钗"安排了伏笔。诗的后面部分，将笔墨转向仙界，借临邛道士的法术使杨妃重现。"忽闻海上有仙山"六句，以明快的节奏描写海上仙山的环境——"虚无缥缈"写仙山呈现的状态，"楼阁玲珑"写建筑的精致与美妙，"绰约"写仙子的轻盈柔美。写环境是为了写人，其中以杨妃最为突出，是"雪肤花貌"。"闻道汉家天子使"四句写杨妃闻讯后的复杂内心活动。"梦魂惊"是感到突然，大出意料之外。"揽衣推枕起徘徊"，写惊喜之中不知所措的情状。"迤逦开"以珠箔银屏的接连打开状写出见的迅速。"云鬓半偏""花冠不整"写急于出见的样子。"风吹仙袂"两句写她的身姿仍然同当年跳霓裳羽衣舞一样轻盈。"玉容""梨花"两句,以形象的比喻描写仙界杨妃的悲怨美丽。"含情"四句是杨妃请道士捎话给玄宗,叙别后心情:两人音容远隔不见,昔日人间的恩爱已经断绝;仙宫虽好,但寂寞日月太长,而不尽的情思也像日月一样长久不绝。"回头下望人寰处"八句,叙杨妃远隔尘雾,不能见玄宗音容,只好将旧物寄去,以表深情。"钿合金钗"原是定情之夕玄宗的赠品,马嵬死时委地无人收,要令玄宗既忆起与她定情时的甜蜜,又记起马嵬驿被迫割舍时的痛苦,用心极深。特别是两物并不全寄,"钗留一股合一扇",以显示爱情的坚贞,寄托"天上人间会相见"的希望。"临别殷勤"六句强调两人的誓言,表示不管在天在地,遵守无违,以示自己的深情与坚定。

可以看出,诗中的杨妃虽然是"重色"的对象,但由于作者注入了自己的感情,读者不但感觉不到她是祸水,而且会认为她是纯洁、美丽而又聪明的女子;玄宗那样宠爱她,正是突出了她的优点;而她的非正常死亡,以及死时形象,却又能引起人们的许多怜悯。总起来看,诗人笔下的杨贵妃,安史之乱前侧重写纯洁美丽,蓬莱宫中的杨妃则是人物形象的升华。她虽已进入天界,但较之人间的杨妃更为动人,更能引起人们的同情。特别是诗人写她捎给玄宗的那几句话,入情入理,惋恻感人,细致深入地反映了她对玄宗始终不渝的深挚感情。这显示的是人生最美好的品质,即对爱情的执着与专一。由一个美貌的女子,发展成一个既多情又深情的女子。作者对她是极为赞美的。这与《长恨歌传》中的"惩尤物、窒乱阶、垂于将来者也"①的写作意图完全是两回事，表明白居易并没有把乱国的罪名加到一个美女身上。清人赵翼的一首题名为《马嵬坡》的诗可以作为白居易塑造杨妃这一人物形象时思想的注脚："宠极强藩已不臣，枉教红粉委荒尘。怜香不尽千词客，召乱何关一美人。"②

唐玄宗的形象乍看起来没有杨贵妃丰满，但细加推敲，玄宗形象所具有的特色更为单纯。开头部分，诗人写他是一个重色的君王。因为有了美色杨妃，竟至"春宵苦短日高起，从此君王不早朝"；因为杨妃的缘故，竟至让杨家亲属无功受禄，"姊妹弟兄皆列土"。粗看起来好像诗人是在谴责他荒淫误国，招致了"渔阳鼙鼓动地来"的战乱。随着情节的发展，马嵬事件中他被迫舍弃杨妃，诗人描写他"君王掩面救不得，回看血泪相和流"，表现了他的极度伤心和痛苦，这就在"重色"的基点上向前跨出了一大步，显示了内心的感情。杨妃死后，玄宗的心情是非常悲寂的。诗人利用入蜀路上以及入蜀后的景物加以渲染。"黄埃散漫风萧索"，景物萧条冷落，甚至旌旗无光，太阳的颜色也很淡薄。青山绿水也不能使他愉快，反而使他时时刻刻思念死去的杨妃，以致见月也伤心，闻铃也断肠。"天旋日转"四句写玄宗回京时路过杨妃死处时的悲痛情景。"踌躇"一词尤能包含悔恨、痛苦、想念等一系列复杂的内心

---

① （唐）陈鸿. 长恨歌传［M］//汪辟疆. 唐人小说. 上海：上海古籍出版社，1983：141.

② 胡忆肖. 赵翼诗选注［M］. 郑州：中州古籍出版社，1985：80.

活动。"归来池苑皆依旧"等十八句着重写玄宗回宫后对杨妃的相思。景物依旧而人事全非，引起玄宗不尽的伤情以致"泪垂"。"春风桃李"四句以季节的变化和西宫南内的荒芜映衬玄宗失去贵妃的凄凉心境。"梨园弟子"四句，或以人物的变化衰老写玄宗的伤感，或以"夕殿萤飞""孤灯挑尽"衬托他因孤独引起的愁思。以下数句，或以"迟迟钟鼓""星河欲曙"写玄宗因思念杨妃而长夜不眠，或以"鸳鸯瓦冷""翡翠衾寒"映衬玄宗的孤眠相思之苦。

上述描写表明，从马嵬驿到蜀中，从蜀中到京城，回京后从南内到西宫，唐玄宗无时无刻不在思念杨妃，在思念中体现了他的痛楚与深情。因之马嵬驿以后的唐玄宗再也不能以"重色"来衡量他，他已由重色转到"重情"了。后来他又派出临邛道士，上天入地寻求杨妃的魂魄，这些都是重情的表现。由于诗人使用了多种艺术手法描写玄宗失去杨妃后的种种情状，这就极大地冲淡了对他重色的轻微谴责；相反，重色与重情结合起来，在唐玄宗这个人物形象上是那样的谐和统一，表明了他在爱情上是专注忠诚、始终不渝的。这是诗中唐玄宗形象的主要的、突出的特点。

三

比较一下历史原型的唐玄宗杨贵妃和《长恨歌》中的唐玄宗杨贵妃是很有意义的。比较后我们就会发现，白居易回避或改变了原型中一些很重要的史实，或者在原有史实的基础上有所发挥。

第一个地方便是"杨家有女初长成,养在深闺人未识"等句。这样的叙写完全改变了杨氏曾作过寿王瑁妃子这一事实。这个事实对于李、杨二人来说并不是什么光彩的事,而对其形象的美丑来说,关系尤为重大。白居易完全了解这一事实,他有意改变了它,等于重新为他的人物制造了一段实际上并不存在的个人经历。白居易为什么要这样做?前人多有解释。如赵翼在《瓯北诗话》中说:"其叙杨妃入宫,与陈鸿所传选自寿邸者不同;非惟惧文字之祸,亦讳恶之义,本当如是也。"① 为君讳恶,或惧文字之祸,这些解释都没有说服力,不能令人信服。不是说《长恨歌》的主旨在于讽谕和揭露吗,那么又为什么要为君讳恶呢?暴露其丑恶不是可以更好地达到讽谕揭露的目的么?讳恶倒也罢了,然而"初长成""人未识",实在是在扬善,讳恶而扬善,哪里是在暴露批判呢!分明是在千方百计地美化。也就是说,诗人白居易不愿意让自己所创造的杨妃形象染上污点,他在诗歌的开头就很注意这一点。只能这样解释。

第二个地方是马嵬事件的描写:"六军不发无奈何,宛转娥眉马前死。花钿委地无人收,翠翘金雀玉搔头。君王掩面救不得,回看血泪相和流。"这里只有六句诗,反映的历史事实却十分复杂。《旧唐书·安禄山传》载:"十一月反于范阳,矫称奉恩命以兵讨逆贼杨国忠。"② 安禄山是杨妃的养子,又曾

---

① (清)赵翼. 瓯北诗话 [M]. 北京:人民文学出版社,1981:42.

② (后晋)刘昫等. 旧唐书:卷一百五十 [M]. 北京:中华书局,1987.

与杨国忠等约为兄弟，为什么要以讨杨国忠为名起来造反呢？答案很简单，就是杨国忠多次在玄宗面前揭发安禄山，说他要造反。《通鉴》卷二百一十六载：

> 及杨国忠为相，禄山视之蔑如也，由是有隙。国忠屡言禄山反状；上不听。①

不管杨国忠是多么腐败无能，也不管他是出于什么样的动机，他终究屡言禄山有反状，而且讲对了。安禄山也竟然将这个视之蔑如的人物，当作他起兵暴乱的唯一借口。唯一的原因，就是因为杨国忠是玄宗的宠臣，本是造玄宗的反，不好出口，就说是讨杨国忠。自从西汉吴王濞发明清君侧——"请诛晁错"的造反借口以来，许多篡权作乱者多喜欢沿用这一方法。安禄山也是如此。无独有偶，马嵬兵变时，陈玄礼等人也以讨杨国忠为名发动事变，并且真的杀了杨国忠，兼及杨贵妃以及杨氏一家。这又是为什么？实际上兵变的矛头还是对准玄宗，而中心问题也是一个"权"字。天宝十四载安禄山攻陷东京洛阳后，唐玄宗就提出了让太子"监国"的问题，遭到了杨国忠、杨贵妃等人的强烈反对。他们当然是出于自身的目的，并非为唐王朝的社稷着想。这样就如同惹怒安禄山一样，与太子派结下了仇怨。杨国忠因何被杀，杨贵妃因何而死，《旧唐书·后妃传·玄宗杨贵妃》中记得清清楚楚：

---

① （宋）司马光. 资治通鉴：卷二百一十六 [M]. 北京：中华书局，1976.

> 河北盗起，玄宗以皇太子为天下兵马元帅监抚军国事。国忠大惧，诸杨聚哭，贵妃衔土陈请，帝遂不行内禅。及潼关失守，从幸至马嵬，禁军大将陈玄礼密启太子，诛国忠父子，既而四军不散，玄宗遣力士宣问，对曰："贼本尚在。"盖指贵妃也。力士复奏，帝不获已，与妃诀，遂缢死于佛室。①

一个禁军将领，何曾有杀诸杨的胆量，原来是得到皇太子李亨的授意与支持！剪除了诸杨，不但自身的安全有了保障，同时也一出平日的怨气，在取得政权的道路上没有障碍了。对于这样重大的事件，《长恨歌》只有一句交代："六军不发无奈何"。诗人将他的主要笔墨集中在贵妃的死状以及玄宗的悲痛情状上面。这就是说，不只将这个事件的原委完全略去，而且连"上乃命力士引贵妃于佛堂，缢杀之"这样被迫所下的命令也完全回避，好像是"六军"杀了杨妃。这究竟为什么呢？难道是为了讽谕和批判吗？周天先生在《〈长恨歌〉笺说稿》一书中对这个问题看得很准，认为是替李、杨开脱："开脱，是一种剪裁，但是，还有另一种剪裁：完全略而不顾，就像世界上根本没有发生过这件事情一样。"② 周天先生所指略而不顾，就是诸杨乃是因政治斗争而被杀这一史事，白居易在《长恨歌》中只字不提。白居易为什么要为李、杨开脱？很明显，他

---

① （后晋）刘昫等. 旧唐书：卷五十一［M］. 北京：中华书局，1987.

② 周天. 《长恨歌》笺说稿［M］. 西安：陕西人民出版社，1983：80.

不愿意让龌龊的宫廷斗争损害作品中李、杨的形象；玄宗下令缢死贵妃这样的史实也无助于李、杨形象的完美，他完全是在摒其丑而取其美，去其实而成其情。难道不是这样吗？"宛转蛾眉马前死"，语义双关，岂不比"割恩正法"要美得多，而又能引起人们的深切怜悯。花钿等首饰委地无人收的侧面描写，岂不比正面缢杀的血淋淋的场面含蓄得多？其实，诗中不单是隐瞒史实，予以开脱，而且有的还就原有事实大加发挥。如据前引史书记载，贵妃死时玄宗是有一个短暂的抗拒保护过程的。如较长时间的"倚杖倾首而立"，说贵妃常居深宫不了解杨国忠的谋反等。白居易以此发挥，似乎是别人要杀贵妃，玄宗"掩面救不得"；而其内心活动，白居易"发挥"成"回看血泪相和流"。诗人这样做，也还是为了他的人物形象的缘故。他笔下的杨贵妃，在马嵬事件中不是像史书写的那样，同杨国忠等人有共同之处，因惑主乱政而该杀，而是死得不幸，造成千古遗恨。因而对玄宗来说，就应该描写他的痛苦，用以表现他对杨妃的深爱。不然，我们也无法解释诗人为什么只根据一点史实生发开去，从而展示玄宗内心的无比痛惜呢？同样的历史，在别的诗人笔下却又向另外一面"发挥"。如郑畋在《马嵬坡》一诗中写道："玄宗回马杨妃死，云雨难忘日月新。终是圣明天子事，景阳宫井又何人。"郑畋在诗中歌颂玄宗舍弃杨妃"割恩正法"做得好，史书上又并非完全是这样记载的，但这却可以比照出白居易据史发挥的用意。

　　第三个地方是描写玄宗对杨妃的思念。前面已经讲了，史书上所载只有正面叙写玄宗因见香囊而凄惋，并画下杨妃的形貌供于别殿，使他早晚都能看到。至于玄宗是怎样思念的，史书不载。从"黄埃散漫风萧索"起,直至"魂魄不曾来入梦",诗人用了整整三十二句写玄宗的悲痛与思念。或写路上荒凉的风景,或写玄宗触景生情,或正面写玄宗回马经过杨妃死处时的伤痛,或写他睹物思人的伤情,或写他思念杨妃时的孤寂心情,或写他因相思而彻夜难眠,这样全面深入而又细致地描写一个人内心悲痛无望的相思情状,不但在中国古典诗歌中少见,世界诗歌史上也是难得的。史实就那么一点,白居易却对这点史实作了许多制作改造,将时间拉得很远,距离拉得很远,过程写得很细腻,使一位皇帝对他舍弃的妃子的痛惜思念之情变得非常具体,非常形象,感人至深,谁又会想到他的皇帝的身份呢!皇帝失去了妃子,难道不可以随意补充一个吗?他虽然不在皇位,但对于"上皇"来讲,弄一个妃子陪伴他度过余年倒也无妨。但他似乎没有这样做。在白居易笔下,他是一心一意、随时随地在怀想失去的杨妃,孤寂痛苦之感也经常伴随着他。这难道还不能说明他爱情的专一吗?这也正是白居易改造史实所要达到的目的。

第四个地方是玄宗因思念贵妃不已,让临邛道士上天入地寻找爱妃,终于在蓬莱宫中找到了她。史书上不曾记载这件事,事实上也是不可能的。关于这个问题,清人赵翼从历史学家的角度作了精确的说明:

> 惟方士访至蓬莱,得妃密语,归报上皇一节,此盖时俗讹传,本非实事。明皇自蜀还长安,居兴庆宫,地近市廛,尚有外人进见之事。及上元元年,李辅国矫诏迁之于西内,元从之、陈元礼、高力士等,

皆流徙远方，左右近侍，悉另易人。宫禁严密，内外不通可知。且鸿《传》云：上皇得方士归奏，其年夏四月，即晏驾。则是宝应元年事也。其时肃宗卧病，辅国疑忌益深，关防必益密，岂有听方士出入之理！即方士能隐形入见，而金钗、钿盒，有物有质，又岂驭气者所能携带！此必无之事，特一时俚俗传闻，易于耸听；香山竟为诗以实之，遂成千古耳。①

　　方士在蓬莱仙宫觅得杨妃，又有许多话语，还有金钗等赠物，这当然是不可能的，古人不信，今人岂能相信。然而这却是诗人完成杨妃形象的极为重要的一环。尽管史书上找不到丝毫的根据，但是他却以"俚俗传闻"实之，竟成了千古的绝章。据一些研究者考证，似乎白居易写作此诗时便有了这样的民间传说，因为陈鸿《长恨歌传》说："鸿与琅玡王质夫家于是邑，暇日相携游仙游寺，话及此事，相与感叹。""此事"自然是包括了《长恨歌》所写的全部故事在内。钱锺书先生《管锥编》第二册中亦提及此事。所据董逌《广川画跋》卷一《书马嵬图》中转记《青城山录》，说是"上皇尝召广汉陈什邡行朝廷斋场，礼牲币，求神于溟漠"②。陈寅恪先生认为此一节颇受汉武李夫人故事影响。③陈先生意见不无道理。《汉

---

　　① （清）赵翼. 瓯北诗话［M］. 北京：人民文学出版社，1981：42-43.
　　② 钱锺书. 管锥编：第二册［M］. 北京：中华书局，1979：835.
　　③ 陈寅恪. 元白诗笺证稿［M］. 北京：生活·读书·新知三联书店，2015：13.

书·孝武李夫人传》载：

> 上思念李夫人不已，方士齐人少翁言能致其神。乃夜张灯烛，设帷帐，陈酒肉，而令上居他帐，遥望见好女如李夫人之貌，还幄坐而步。又不得就视，上愈益相思悲感，为作诗曰："是邪，非邪？立而望之，偏何姗姗其来迟！"①

白居易更有《新乐府·李夫人》诗一首，长达四十句，是明显地受孝武李夫人故事影响，其中又有与《长恨歌》有牵连者，其内容后文再讨论，这里只想证明白居易诗中确有汉武李夫人事迹的影响存在。不过，无论是民间传说，或是李夫人故事，对白居易只是一种启发，或者说白居易借用了它们的某些表现方法，主干还是白居易改造制作而成，已经成了白居易自己的东西，是《长恨歌》不可分割的整体。比如杨妃听说使者到来，骤然惊醒，揽衣起床的动作，匆忙出见的姿态，又是哪一个民间故事里面能有的？她美丽而又悲怨的容颜表情又怎能从汉武李夫人传中找到？她寄予玄宗的话语以及赠送之物又是任何民间传说或历史故事所不能代替的。还是陈寅恪先生讲得好："此故事既不限现实之人世，遂更延长而优美，然则增加太真死后天上一段故事之作者即是白陈诸人，洵为富于天才之文士矣。"② 这的确是白居易的创造。如果没有后面的这一节，

---

① （汉）班固. 汉书：卷九七上 [M]. 北京：中华书局，1987.
② 陈寅恪. 元白诗笺证稿 [M]. 北京：生活·读书·新知三联书店，2015：13.

没有蓬莱仙宫的杨贵妃，前面的故事将显得平庸无奇，前面的杨贵妃只有美丽的外表，却没有主宰身躯的灵魂。只有前后映合、互相补充，李、杨的爱情悲剧才能动人心扉，才能使两人的形象完善而富有情味。

《长恨歌》中有违于史实的地方当然不止上述四点，细小的地方还有很多。例如，诗中"七月七日长生殿，夜半无人私语时"，指的是玄宗与杨妃在骊山华清宫长生殿相誓，据陈寅恪先生考证，无论时间地点皆与史书不符。特别是时间，在一般情况下，玄宗每年十月幸华清宫，因为那里有温泉可以祛风除寒，至于说"避暑骊山宫"，那是一次也没有的事。① 诗人这么有意违背史实，主要还是想利用七月七日牛女相会的优美神话故事，使他的人物有更多的美丽动人的色彩。

现在我们可以看清楚了，《长恨歌》中的唐玄宗与杨贵妃本属历史上的真实人物，其原型的各个方面，都可以从史书中找到真实的记载，白居易正是依据了他们的原型来创作《长恨歌》的；但是诗人在描写这两个人物时，有些地方遵从了史实，有些地方却违背了史实，甚至添加了历史上所没有的东西。这种现象在历史上引起了一些非议，导致了主题思想的难以理解。不过，要是从今天的角度看，早在一千多年以前的白居易，就知道如何处理历史的真实与艺术的真实的关系。16世纪意大利作家钦提奥就曾经说过："历史家有义务，只写真正发生过的事迹，并且按照它们真正发生的样子去写；诗人写

---

① 陈寅恪. 元白诗笺证稿[M]. 北京：生活·读书·新知三联书店，2015：40-42.

事物，并不是按照它们实有的样子而是按照它们应当有的样子去写，以便教导读者了解生活。所以尽管诗人所用的材料是古时的，也要使这些古时材料适应现实的风俗习惯，要运用一些不符合古时实况而却符合现时实况的事物。"① 对照白居易的《长恨歌》，他就是这样做的。他之所以这样做，也还是为了塑造诗中的两个人物。运用的方法也就是我们常常提到的典型化的方法。所谓典型化的方法不外两种，一种就是鲁迅所指的"杂取种种人合成一个"，另一种就是以真人真事为基础进行创作加工。白居易属于后者。唐玄宗与杨贵妃生活的时代距白居易写作此诗的时间不过五六十年，这两个人物的原型就具有十分独特的代表性，因而形成了极大的典型性，能够概括巨大的社会内容。白居易选中他们，作了艰苦的艺术处理，渗入了自己的感情，使得李、杨两个人物形象更具有鲜明的时代色彩和长远的普遍意义。

四

　　白居易不是历史学家，他写的不是历史文献，而是文学作品；《长恨歌》中的人物不是历史的原型，而是艺术形象。关于这一点大约已经没有什么可以争论的了。不过也不能据此而得出主题思想的结论，因为争论者常常提出陈鸿的《长恨歌传》、元稹的《连昌宫词》以及白居易自己所写的《李夫人》

---

　　① 北京师范大学中文系文艺理论教研室. 文学理论学习参考资料：上［M］. 沈阳：春风文艺出版社，1981：747.

加以证明,说是《长恨歌》的主旨应该是讽谕的,这些作品不都和《长恨歌》一样是艺术作品么?陈寅恪先生就说:"长恨歌为具备众体体裁之唐代小说中之歌诗部分,与长恨歌传之为不可分离独立之作品,故必须合并读之,赏之,评之。"① 据此,首先比较一下《长恨歌》与《长恨歌传》是必不可少的工作。《长恨歌》已如前说,兹不赘;主要分析《长恨歌传》,以求两者之异同。

《长恨歌传》大约可以分为四个部分。第一部分主要写玄宗选美而得杨妃以及对杨妃的种种宠爱。第二部分主要写杨妃死于马嵬兵变,以及玄宗对她的思念。第三部分写方士上天入地为玄宗寻找杨妃以及天界杨妃对玄宗的情意。第四部分写《长恨歌》及《长恨歌传》的成因。从这一部分的"歌既成,使鸿传焉"可以看出,《长恨歌》写作在前,《传》在后,然属同一时期的作品。两相比较,我们不难发现,《歌》与《传》的故事情节乃至人物形象都大体相同;《传》与《歌》一样同属文艺作品,是在真人真事的基础之上的创造。过去的论者常常将《传》当作是"惩尤物、窒乱阶"的作品,是属于明显的讽谕批判型的,同《长恨歌》的含蓄难辨尚有不同,因为这些话都是陈鸿自己讲的。现在看来,这样的意见不够公平。难道"虽有三夫人、九嫔、二十七世妇、八十一御妻暨后宫才人、乐府妓女,使天子无顾盼意",这还不能说明杨妃的聪明美丽以及玄宗的专情么?难道"三载一意,其念不衰。求之梦魂,

---

① 陈寅恪. 元白诗笺证稿 [M]. 北京:生活·读书·新知三联书店,2015:45.

杳不能得"的玄宗,对杨妃的思念还不算深沉么?难道说,"复堕下界,且结后缘。或为天,或为人,决再相见,好合如旧"这样的肺腑之言,还不能说明贵妃对玄宗的深情吗?答案是肯定的。《传》中有些地方,例如方士寻到杨妃后杨妃的种种情态,比起《歌》来还要细致许多,有些是《歌》所不及的。① 怎么能说《传》主要不是表现李、杨的爱情而旨在揭露批判他们的荒淫生活呢?不错,"惩尤物、窒乱阶"的主旨出自陈鸿之口,明白地写着,很可能陈鸿是这样认识李、杨的关系,意图也是如此;但是创作出来的作品实际,却是与他的认识相矛盾。

恩格斯对巴尔扎克的评论有助于我们理解这个问题。他说:"巴尔扎克……他的全部同情都在注定要灭亡的那个阶级方面。但是,尽管如此,当他让他所深切同情的那些贵族男女行动的时候,他的嘲笑是空前尖刻的,他的讽刺是空前辛辣的。而他经常毫不掩饰地加以赞赏的人物,却正是他政治上的死对头……"② 作家们在创作实际中发生这类现象,当然不止巴尔扎克一人,例如列夫·托尔斯泰,在《安娜·卡列尼娜》的创作过程中,原本将安娜当作道德堕落的女人来写,但随着创作的深入,他改变了原来的意图,现在我们看到的安娜,就是一个托翁所肯定的、值得同情的人物。鲁迅谈到《阿Q正传》时,也认为大团圆的悲剧结局出于他的预料之外。通常认

---

① (唐)陈鸿. 长恨歌传 [M] // 汪辟疆. 唐人小说. 上海:上海古籍出版社,1983:139.

② 马克思恩格斯选集:第四卷 [M]. 北京:人民出版社,1972:463.

为这是所谓世界观与创作方法的矛盾。我们不必看那么深、那么死。实际上是历史原型中的人物其中的某一点，例如李、杨的爱情悲剧感动了作者，《传》中所谓"感其事"，就是为其事所感动，从这个基点写下去，人物就会有自身发展的逻辑，自然就会违背许多历史事实了。另外，作《歌》在先，成《传》在后，陈鸿当然要受到《歌》的制约，而《歌》的基调却是与他的认识相矛盾的。因此，我们现在看《长恨歌传》，就感到陈鸿所确定的"惩尤物、窒乱阶"的主旨像是贴在作品上的标签，不能跟作品描写的内容融为一。

白居易很可能也存在认识与创作实际的矛盾。不是有一些研究者将白居易《新乐府》中的《李夫人》《古冢狐》《八骏图》《胡旋舞》等篇的内容、主题与《长恨歌》相比较，从而得出《歌》的主旨是讽谕的结论么？甚至有学者更广泛地联系白居易的政治见解及诗歌理论来论证讽谕说的正确。例如在《策林·二》中认为国君应该节欲守度，要"宫室有制，服食有度，声色有节……不徇己情，不穷己欲"①。而其诗歌理论也明确标榜"为时为事"的创作主张。这样，在《长恨歌》里面，他自然是要讽谕了。对于这个问题，我们也能以"矛盾说"来回答，也能以作品的实际来论证，因为讽谕说对作品中的许多问题是难以解释清楚的。而且，白居易的政治见解与诗歌理论中，尚有促成他同情李、杨爱情的因素。例如在《策林·一》中就很推崇玄宗有为的一面："迨于太宗、（元）玄宗，抱圣神文武之姿，用房、杜、姚、宋之佐……德泽施

---

① （清）董诰等．全唐文［M］．北京：中华书局，1985：6824下．

行,不遗于物。"① 对于天宝年间的败政,他也没有完全归罪于"女祸":"洎天宝以降,政教浸微,寇既荐兴,兵亦继起。……财征由是而重,人力由是而罢。"② 在诗歌创作中他很强调"情"。例如在《与元九书》中说:"诗者,根情、苗言、华声、实义。"③ 在《策林·四》中说:"大凡人之感于事,则必动于情;然后兴于嗟叹,发于吟咏,而形于歌诗矣。"④ 正因为如此,诚如《长恨歌传》中所言,王质夫才把关于李、杨故实的"希代之事",托付给"深于诗、多于情"的白居易去"润色之"。从《长恨歌》的实际来看,这个"多于情"的诗人,正是以李、杨的爱情贯串全篇,同时也以他自己的同情、感情渗透于一篇之中。

话说回来,陈鸿的《长恨歌传》终究还是不及《长恨歌》。白居易尽量避开的寿王事,陈鸿公然写出:"诏高力士潜搜外宫,得弘农杨玄琰女于寿邸"⑤;并且在开头明白地将政治与声色联系起来:"玄宗在位岁久,倦于旰食宵衣,政无小大,始委于右丞相,深居游宴,以声色自娱。"⑥ 这样就大大地损害了李、杨两个人物形象的完美。从这一点看,说陈鸿的《长恨歌传》既有讽喻意义,又描写了李、杨之间坚贞不渝的爱情,是可以成立的。《传》所指实,《歌》所回避。如此,则

---

① (清)董诰等. 全唐文 [M]. 北京:中华书局,1985:6815上.
② (清)董诰等. 全唐文 [M]. 北京:中华书局,1985:6804上.
③ (清)董诰等. 全唐文 [M]. 北京:中华书局,1985:6888下.
④ (清)董诰等. 全唐文 [M]. 北京:中华书局,1985:6852下.
⑤⑥(唐)陈鸿. 长恨歌传 [M]//汪辟疆. 唐人小说. 上海:上海古籍出版社,1985:139.

《歌》与《传》的主旨又不能划一了。

我们再来看看元稹的《连昌宫词》。这篇长诗约九十句。诗人竟用了六十四句写连昌宫的今昔变化。自然是今不如昔。其中写昔日的繁华时，嵌以唐玄宗与杨贵妃的行乐以及杨氏诸姨的豪奢。安史乱后的连昌宫，当然是满目荒凉了，这是与从前的繁盛相比较而写出的。以六十四句写开元盛世时朝政的清平以及开元末天宝初杨妃干政造成的恶果。这篇作品，实际上是用诗歌的形式，描叙连昌宫的兴废过程，阐述开元天宝间国家政治变化的原因。诗中表达的的确是元稹的政治观点。那么，他所运用的材料一定完全符合历史的真实吗？既然是阐述政见，那当然还是运用确凿的史料为好，但元稹不是这样，他在很大程度上运用了艺术虚构的方法。据考证，连昌宫在东都洛阳，唐玄宗与杨贵妃从来没有去过那里，当然也没有上过望仙楼。他是将唐玄宗与杨贵妃等在长安及骊山华清宫的生活情景搬到连昌宫来，借连昌宫的兴废来表达他的政治见解。对于杨贵妃的认识，他在后半部二十六句作了非常明白的表述："开元之末姚宋死，朝廷渐渐由妃子。禄山宫里养作儿，虢国门前闹如市。弄权宰相不记名，依稀忆得杨与李。庙谟颠倒四海摇，五十年来作疮痏。""朝廷渐渐由妃子"，这讲的是"女祸"乱政，与封建社会某些人对女人（美女）的看法完全相同。这首诗的写作在元和十三年，与贞元年间写作《莺莺传》时的思想一脉相承。《莺莺传》中借张生之口云："大凡天之所命尤物也，不妖其身，必妖于人。使崔氏子遇合富贵，乘宠娇，不为云，为雨，则为蛟，为螭，吾不知其变化矣。昔殷之辛，周之幽，据百万之国，其势甚厚。然而一女子败之，溃其众,屠其身,至今为天下嗤笑。予之德不足以胜妖孽,是用忍情。"① 这是一段关于美女是祸水的绝妙解释。其实这个观点为许多公正的历史学家所不取,例如赵翼就是这样。需要说明的是,尽管元稹宣扬这种错误观点,但在《莺莺传》中,因为他进入了角色,笔下的崔莺莺却是一个美丽、热情、感情真挚的可爱少女,人们不会因为张生那一番诋毁的话对她有丝毫的厌恶。与《长恨歌》中杨妃相比较,莺莺同样是一个完美的艺术形象;而《连昌宫词》虽然有其特定的价值,却谈不上有什么完整的艺术形象,元稹不过是借玄宗和杨妃这样的历史人物发表自己的政治意见而已。由此可见,同样采用唐玄宗与杨贵妃的故事,同样是文学作品,由于作者的感情不一样,对人物采取的态度不一样,因此通过人物活动所流露的立场观点也很难一致。

现在再看白居易自己的作品《李夫人》。这是讽谕论者常常引作例证的作品。诗不长,节录如下:

> 伤心不独汉武帝,自古及今皆若斯。
> 君不见,穆王三日哭,重璧台前伤盛姬?
> 又不见,泰陵一掬泪,马嵬坡下念杨妃?
> 纵令妍姿艳质化为土,此恨长在无销期。
> 生亦惑,死亦惑,尤物惑人忘不得。
> 人非木石皆有情,不如不遇倾城色。

---

① (唐)元稹. 莺莺传[M]//汪辟疆. 唐人小说. 上海:上海古籍出版社,1983:167.

诗中直说玄宗("泰陵"为玄宗陵墓,以此代玄宗)与杨妃事。"生亦惑,死亦惑"可与《长恨歌》中玄宗对杨妃生时宠爱、死时思念相应;"此恨长在无销期"意思当与《长恨歌》中"此恨绵绵无绝期"同;"尤物惑人忘不得"与《长恨歌传》中"惩尤物、窒乱阶"有相似之处。故陈寅恪先生言:"故读长恨歌必须取此篇参读之,然后始能全解,盖此篇实可以长恨歌著者自撰之笺注视之也……盖此篇融合长恨歌及传为一体,俾史才诗笔议论俱汇集于一诗之中,已开元微之连昌宫词新体之先声矣。"[①] 学问精深者如陈寅恪先生有如此断然之意见,可见拿《李夫人》与《长恨歌》作一比较,是十分重要的。

《李夫人》为白居易《新乐府》中之一首。新乐府组诗共五十首,作于左拾遗谏官任上,时在元和四年。他在组诗序中还说:"总而言之,为君、为臣、为民、为物、为事而作,不为文而作也。"在每一首诗的前面均有一句话的"小序",说明该诗的功用。如《缭绫》诗便说:"念女工之劳也。"《李夫人》亦有一句:"鉴嬖惑也。"寅恪先生认为此诗是"陈谏于君上之词"[②],这是很对的。所谓"为君、为臣"等,说的是写作《新乐府》的总目的,其中心是"为君",是用形象的文字对君王尽劝谏之责,所以他规定"其言直而切,欲闻之者深诫也。其事核而实,使采之者传信也。其体顺而肆,可以播于乐章歌曲也。"也就是说,写作《新乐府》时白居易的创作意图很清

[①] 陈寅恪. 元白诗笺证稿 [M]. 北京:生活·读书·新知三联书店,2015:271.

[②] 陈寅恪. 元白诗笺证稿 [M]. 北京:生活·读书·新知三联书店,2015:272.

楚、很明确。他并且规定了诗中运用的事实材料要"核"——翔实正确。陈谏于君上的诗篇,材料如果不"核",那是要犯欺君之罪的。如《缭绫》,假若缭绫的织造与使用情况不像诗中描写的那样,欺君姑不论,采之者又怎么能够"传信"呢?《李夫人》亦如此,要求君上以从前国君的"嬖惑"为鉴,所写的自然是历史事实。题目曰《李夫人》,诗中主要以汉武帝宠李夫人为题材,所用均出自《汉书·孝武李夫人传》。① 汉武之前有周穆王宠盛姬,汉武之后有玄宗宠杨妃,这些都有事实可据。因此,"此恨"不单是玄宗的"恨",是包括了汉武帝、周穆王等许多惑于女色的君王的恨。这些都与《长恨歌》不同。

  《长恨歌》的写作目的是什么?《长恨歌传》中王质夫一段话有所阐明:唐玄宗与杨贵妃的事属"希代之事",如果没有"出世之才"润色之,则与时消没,不闻于世。那么王质夫是把白居易看作"出世之才"了,因为白氏不但"深于诗",而且"多于情",故此让他"试为歌之"。即就《传》中"惩尤物、窒乱阶"几句而言,前面还有"意者不但感其事";所谓"感其事",即为其事所感动也。不多情,不为其事所感动,怎么能够润色"希代之事"?从王、陈二人关于为什么要让白居易写作《长恨歌》的意见来看,尽管说到什么"惩尤物"的话,但绝没有要白居易将《长恨歌》写成一首劝谏君王的诗篇;白居易也绝没有要将《长恨歌》献给皇上以作鉴戒的打算。因此白居易自己评价《长恨歌》时,有时很得意,说是

---

 ① (汉)班固. 汉书:卷九七上 [M]. 北京:中华书局,1987.

"一篇《长恨》有风情，十首《秦吟》近正声"①。将描写"风情"的《长恨歌》与抒发正声的《秦中吟》相提并论，可见《长恨歌》在其心中的地位。有时候他又有点看不起《长恨歌》："今仆之诗，人所爱者，悉不过杂律诗与《长恨歌》已下耳。时之所重，仆之所轻。"② 这是不是评价中的矛盾？许多人认为这是矛盾的，但我们认为不是。这只是评价的角度不同而已。若是文情并茂，即所谓有"风情"，当首推《长恨歌》；若是要像《新乐府》那样"为君、为臣"，不为文，使闻之者深诫，那当然就轮不到《长恨歌》了。至于《长恨歌》中所叙之事，有与史实相距遥远甚或相异者，绝不似《李夫人》一诗中事事有所本那样，这一点前已叙及，兹不重复。

如果我们能稍稍比较一下两首诗的具体内容及写法，那就更有意思。《长恨歌》计一百二十句，其中绝少作者议论之处，其认识含蓄于形象的诗句之中；《李夫人》一诗约四十句，其大发议论之处竟有十四句之多！他的意见完全是对汉武李夫人故事的解释评论。尤可注意者，《长恨歌》自始至终集中笔墨描写李、杨两个人物形象，而《李夫人》诗中虽有人物故事，但没有什么人物形象，它的写作方法类似于元稹的《连昌宫词》，寅恪先生说是开元稹连昌宫词新体之先声，这话是完全正确的。至于说将《李夫人》当作著者自撰《长恨歌》之笺注看待，那便是历史学家的眼光了。不过我们对史学家的研究成果也还是很借重的。例如白居易在《新乐府》中为什么要将从

---

① （唐）白居易. 编集拙诗成一十五卷因题卷末戏赠元九李二十[M].//全唐诗. 北京：中华书局，1983：4895.

② （清）董诰等. 全唐文[M]. 北京：中华书局，1985：6888下.

前皇帝宠尤物的史实陈谏于君王之前？历史学家告诉我们宪宗朝有这样的事情：

> 宪宗懿安皇后郭氏，尚父子仪之孙，赠左仆射驸马都尉暧之女，母代宗长女升平公主。宪宗为广陵王时，纳后为妃，以母贵，父祖有大勋于王室，顺宗深宠异之。贞元十一年生穆宗皇帝。元和元年八月册为贵妃。八年十二月，百僚拜表请立贵妃为皇后，凡三上章，上以岁暮，来年有子午之忌，且止。帝后庭多私爱，以后门族华盛，虑正位之后，不容嬖幸，以是册拜后时。元和十五年正月，穆宗嗣位，闰正月，册为皇太后。①

这里，陈寅恪先生关于白氏写作《李夫人》之用意的结论便很正确了："今观上引诸史文，知宪宗亦多内宠，乐天新乐府既以'为君而作'为其要义之一，宜有此取远鉴于前朝覆辙近切合于当日情事之讽谏诗篇也。"② 这个结论，亦可作我们比较《长恨歌》与《李夫人》不同点之佐证——写作两诗的出发点确实不一样啊！写作《长恨歌》时白氏任周至县尉，写作《李夫人》时任左拾遗谏官，其身份以及所担负的任务也都各异呢！

---

① （后晋）刘昫等. 旧唐书：卷五十二 [M]. 北京：中华书局，1987.
② 陈寅恪. 元白诗笺证稿 [M]. 北京：生活·读书·新知三联书店，2015：273.

还有一点必须引起我们的注意,那就是白氏在编辑自己的诗文时,将《李夫人》诗归入讽谕一类,将《长恨歌》编入感伤一类。白居易在《与元九书》中说,何谓讽谕诗?"自拾遗来,凡所遇、所感,关于美刺兴比者;又自武德讫元和,因事立题,题为新乐府者,共一百五十首,谓之'讽谕诗'。"何谓感伤诗?"又有事物牵于外,情理动于内,随感遇而形于叹咏者一百首,谓之'感伤诗'。"① 看来,白氏"各以类分",并不是随意为之,而是订有明确的标准,像《长恨歌》这类诗如果确属讽谕的话,白氏是不会划入感伤一类的。

论诗者可能会问:这样看来,白居易的头脑中难道没有尤物惑人的观点?或者说在写作《长恨歌》时没有这种观点?回答是:白氏的思想中肯定有这个观点,有时表现还比较强烈,不但《李夫人》诗中很强调,在《古冢狐》这样的诗中说得更露骨:"女为狐媚害即深,日长月长溺人心。何况褒妲之色善蛊惑,能丧人家覆人国。"至于他在写作《长恨歌》时也很可能有这种思想,只是他一旦步入创作,其他的因素就可能发生作用,致使他的这种思想与作品实际很不协调,这一点前已论及。这里,我们应该从相反的一面理解白氏的归类——他有如此强烈的女色误国的思想,难道还感觉不到《长恨歌》的讽谕性质而要把它归入"感伤诗"一类?难道以长篇叙事诗《长恨歌》一篇,它的讽谕作用还不及短篇《李夫人》或《古冢狐》?对这些问题,讽谕论者是很难有周密的解释的。

这样说,并不是否定讽谕论者在研究《长恨歌》的主题时

---

① (清)董诰等. 全唐文 [M]. 北京:中华书局,1985:6888 下.

所作的巨大贡献；若是没有他们的探讨，《长恨歌》的研究很可能还处于初级阶段。因为，一般持讽谕说者，大多有深厚的学力基础，即如寅恪先生，他对史料熟悉的程度，对作品研讨的深度，皆为我辈所不及，常能使用"以史证诗"的方法，正确清晰地反映出该诗的各个历史侧面，便于人们更好更快地、比较准确地掌握诗的内容；即使是持相反意见的许多学者，也往往利用了这些材料，得力于这些材料的启发。我们这篇文章也是如此。

最后，文章还得回到《长恨歌》的人物形象上来。我们比较了诗中的人物与历史原型的异同，比较了诗人塑造人物时对史料的取舍；同时还分别从纵横两方面比较了与《长恨歌》题材相同或近似的作品，论述了它们的差别；因而排除了《长恨歌》主旨为讽谕的可能性。这样，诗中的两个人物形象究竟有什么样的特点也就比较清楚了。毫无疑问，从大的轮廓看，从作品的主干看，从人物的主要经历看，诗与史实是相一致的，它描写的自然是帝王后妃的所谓爱情生活，这也是持讽谕论者能够立足的根本原因。但比这更为重要的是，作者吸取了历史的、民间的养料，把真挚的感情灌注到他所塑造的人物身上，不仅改造了于人物形象至关重要的史实，而且运用浪漫主义手法虚构重要情节，歌颂了主要人物始终不渝的爱情。这一点，正是广大人民所赞美和企望的，因之他们的爱情又具有极大的普遍性。亚里士多德在确定了诗歌布局的重要特性以后说："诗人的职责不在于描述已发生的事，而在于描述已发生的事具有怎样的性质。……诗歌比历史更富于背景意味……有些悲剧只有一两个熟悉的名字，其余都是虚构的，……可是并不因此而不受欢迎。"① 正因为如此，所谓帝王后妃的爱情只不过是一件外衣，实质上展现的是一般人在爱情生活的领域中所具有的优美精神。而这件帝王后妃的外衣又是不可缺少的，它能使这种精神显得更加突出，更加具有永远难以消褪的时代色彩。

我们通过《长恨歌》中两个主要人物形象各个方面的比较分析，得出它的主旨是歌颂爱情的坚贞与专一，但并不因此排斥讽谕论者所坚持的合理成分，那就是它终究借助了历史事件的"布局"，使我们从这首诗中，看到了安史之乱前后唐王朝由盛到衰的一个完整的历史侧面。不重视这一点，许多问题也无法理清。

正因为《长恨歌》的主要人物有这么多复杂的却又引人注目的特色，使当时的许多诗歌无法与之相比，所以它被人广为传布，以致唐宣宗李忱也在其《吊白居易》诗中赞美说："童子解吟《长恨》曲，胡儿能唱《琵琶》篇。"

---

① 莱辛．汉堡剧评［M］．上海：上海译文出版社，1981：450-451.

晏殊《鹊踏枝》辨析

鹊　踏　枝

槛菊愁烟兰泣露，罗幕轻寒，燕子双飞去。明月不谙离恨苦，斜光到晓穿朱户。
昨夜西风凋碧树，独上高楼，望尽天涯路。欲寄彩笺兼尺素，山长水阔知何处。

这是一首写离愁别恨的词作。《鹊踏枝》又名《蝶恋花》。上片写词中主人公在清晨时面对眼前景物产生的感受，用以表达她离别的苦楚。起始句"槛菊愁烟兰泣露"是说栏干中的菊花在烟雾中像在发愁，沾着露珠的兰草也像在哭泣。看似写景，实则内容很丰富。其一，菊为秋花，既然槛中有菊，当是秋天无疑；其二，菊有烟雾笼罩、兰有露珠，应是早晨；其三，菊曰"槛菊"，表明菊、兰均在庭院长廊间；其四，菊烟曰"愁"，兰露称"泣"，说明此时主人公的心境是悲愁的，景物全部带上了她的感情色彩。只此七字，即把季节、时间、环境、人物情绪全都集中鲜明地写出来，可谓精练之至。"罗幕轻寒"一句则通过主人公对气候的感觉，进一步写秋天；而"罗幕"一词与"槛菊"相应，也是在逐步写主人公的居处、身份。"燕子双飞去"承轻寒。天寒燕去，本是自然现象，但词人让这种现象进入词中,意在表现主人公的孤寂,她有人不如燕之感。"明月"二句是回想,回想昨夜明亮的月光从夜到晓彻夜相照,使她倍加痛苦。于是她很埋怨,埋怨明月不了解她的心情,不理会她的"离别苦"而一个劲地照。这是借明月表现她整夜不眠的情形,明确说出她的苦是离别之苦。"朱户"与"罗幕""槛菊"相应,足以说明主人公是富贵人家的女子。

下片写主人公登上高楼,抒发深沉的相思之情。"昨夜西风凋碧树",紧承上片的回想。这一句把上片已经写到的秋天作了进一步描写——昨夜不但明月来照,且有西风使绿树凋落。西风即秋风。此处还在渲染环境气氛,为的是深入表现主人公的离愁别恨。在这样的气氛中,主人公"独上高楼,望尽天涯路",固然表现了她对离去之人的深切怀想,但同时却描绘出了一幅深邃阔远的境界。对这种境界王国维深为赞许。他在《人间词话》中谈到古今成大事业、大学问的人要经过三种境界,这三句话(指"昨夜西风凋碧树,独上高楼,望尽天涯路")所形成的境界为"第一境"。[①]"欲寄彩笺兼尺素",这一句非常明确地向怀想之人表达自己的心思。"彩笺""尺素",不论是题词或书信,都是在强调她想诉说衷肠的愿望。然而这种愿望是无法实现的,末一句即说"山长水阔知何处",原来眼前不但路尽天涯,且群山绵绵无尽、白水辽阔无边,不知怀想之人他在何处,书信又怎么寄呢?这一句反映了主人公无限惆怅的情怀,如山长、如水阔一样的相思,将她对念中人的情

---

① 王国维. 人间词话[M]. 北京:北京理工大学出版社,2010:37.

感、怀想推到了顶点；同时，补足了"望尽天涯路"所创造的境地，使之更加阔远而具体，可谓相得益彰。

关于这首词还有几个问题值得探讨。

第一个是时间问题。即作者写离情，或曰主人公抒发她的离别相思之情，在什么时候，有多长？我们所见到的大约有三种意见。

徐育民、赵慧文同志在《历代名家词赏析》中说："上阕从天明写到天黑，又由天黑写到拂晓，所写景物都是在室内所观，景景皆含伤感之情。""下阕写第二天的景与情。"[①]

沈祖棻教授在《宋词赏析》中说："这首词也是写离别相思之情的。时间是由夜到晓，地点是由室内、室外而楼上。"[②]

顾易生先生在《唐宋词鉴赏集》中说："明月的清辉，从晚到晓在屋内移转，含蓄地点出此中人的彻夜凝眸含睇未曾成眠。"他又说："但是夜来的西风，添人愁绪……这位夜不成眠的离人，一待天明，迅即独自登上高楼，放眼天涯海角，望尽迢迢征途。"[③]

以上三种意见，前两种讲得很明确，第三种比较含蓄。含蓄有含蓄的好处。因为解诗与解词，不过是陈一家之言，轻易地说孰是孰非，没有什么好处。诗词都是抒发感情的，特别是古典诗词，表达感情的方式往往十分微妙，很不容易弄清楚。

---

① 徐育民，赵慧文. 历代名家词赏析[M]. 北京：北京出版社，1982：42.
② 沈祖棻. 宋词赏析[M]. 上海：上海古籍出版社，1981：18.
③ 顾易生. 情致深沉　气象高华——晏殊《蝶恋花》赏析[M]//唐宋词鉴赏集. 北京：人民文学出版社，1983：135.

不过,我们将这三种意见放置于全词中加以比较,还是可以确定较为符合情理的一种意见。

就说第一种意见吧。按照这种意见,词中的主人公(不管是作者还是闺中人),抒发相思之情的时间很长,从天明到天黑,又从天黑到天明,其中至少有一个晚上"彻夜未眠"。如按词中时间脉络,根据这一意见,可以归纳为:"槛菊"一句写早晨;"明月"一句写夜晚;"到晓"的"晓"指早晨;"昨夜"的夜晚指"明月"相照之夜,兼指第二个早晨。

第二种意见是说抒发离情的时间就是一夜,从夜到晓。根据这种意见,词中的时间脉络应该是:"槛菊"一句写早晨;"明月"句回忆晚上情景,也是一夜未眠;"到晓"的"晓"因是回忆,指的就是"槛菊"一句所说的早晨。"昨夜"句有明显的回忆之意,紧承"明月",也是指的明月之夜。"独上高楼"接"昨夜",时间当在清晨,这是在见过"槛菊"之后,还欲纵目远望。

第三种意见虽则含蓄,但是我们不难看出,它接近第二种意见。

比较三种意见之后,我们认为第二种意见较合情理。因为时间的集中又能表现词中主人公抒情的集中,基调一致。同时,根据这一意见,词中那些表现时间的地方多能谐和自然地承接照应,没有割裂混乱的现象。

第二个问题是词中的主人公到底指谁。沈祖棻教授说:"上片写词人在清晨时对于室内、室外景物的感受,由此衬托出长夜相思之苦。""下片写这首词的主人公,也就是作者,经过一夜相思之苦以后，清晨走出卧房，登楼望远。"[1] 沈教授所讲的词人即作者，作者即词人，她很明确地将作者看作是词中主人公。这首词是晏殊所写，那么就是作者自己填词、自我抒情了。徐育民、赵慧文同志的看法与沈教授相似。他们说："'罗幕轻寒'……诗人在屋内微觉寒意……"，"词人的离情别绪也自然熔铸其中，加强了艺术感染力"。[2] 这些话都表明他们认为作者在词中写的是自己的事儿、自己的感情。顾易生在他的赏析文章中，认为本篇刻画的是闺中少妇对远人的凝想。他说："至于本篇的主人是男性还是女性，词中虽未明言，看来应属女性。"他还论证说："相传晏殊的儿子晏几道曾说：'先君平日小词虽多，未尝作妇人语也。'那是用封建观念回护其父尊严的饰辞，不足为凭。《珠玉词》具在，是否作妇人语，可以复按。其中《山亭柳·赠歌者》即是题目点明了内容的。描写男女之情而悱恻感人，正是《珠玉词》中的一种有价值的特色。"[3] 顾先生的话有一定的道理。岂只《山亭柳·赠歌者》，《破阵子》不也描写的是女子么？"巧笑东邻女伴"，总不能说词人自己将东邻的女子当作女伴！当然我们也不能绝对化，将《珠玉词》中所有写离愁别绪的词都当作词人代他人言，或拟为女子之声，不是这样。除了《珠玉词》所表现的总

---

[1] 沈祖棻. 宋词赏析 [M]. 上海：上海古籍出版社，1981：18-19.

[2] 徐育民，赵慧文. 历代名家词赏析 [M]. 北京：北京出版社，1982：41.

[3] 顾易生. 情致深沉　气象高华——晏殊《蝶恋花》赏析 [M] // 唐宋词鉴赏集. 北京：人民文学出版社，1983：137-138.

的倾向外，具体考察本词也是说明问题的一个重要方面。此词篇中有离人，自然会有思念的对象。若照顾易生先生的意见，她思念的对象很明确，就是远人或征人；若照徐、赵二同志的意见，词人思念的对象却不很明确，是情深意厚的朋友么？是萧娘一类的歌女么？当然，沈教授认为是"她"："她现在是否变了心呢？或者是嫁了人呢？"① 按照这种说法，词人怀念的当是情人。须知晏殊一生历居显宦要职，官至同中书门下平章事兼枢密使，富贵显达且不论，其道德学问颇受时人推崇，若说他在本词中如此忘情地反复思念情人或者一个萧娘之类的歌女，晏几道更不会同意；若说思念友人，也用不着想念得彻夜不眠，甚而直到天明还要登高悬望。再者，晏殊生活在北宋承平久安之时，不属乱离之世，怎么会找不到友人的地址寄出怀想的书信呢？凡此种种，都说明若把篇中的主人公当作词人自己，有一些疑点是难以解决的。不过，我们在这里也不打算过于肯定一方皆是、一方皆非。在古典诗词的领域里还是留有余地为好。沈教授的意见也是一家之言。只不过我们在赏析古典诗词的时候，多半都要求研究者将问题说得明晰一些，以便读者能更好地领会其中深意。

  第三个问题就是这首词的最后两句话。这个问题顾易生先生已在他的文章中提出了讨论。沈祖棻教授说："结两句承'望尽'句来。虽'望尽天涯路'，终不见天涯人，那么，相思之情，只有托之于书信了。然而，要写信，又恰恰没有信纸，怎么办呢？这里'彩笺'即是'尺素'。一个家有'槛菊'、

---

① 沈祖棻. 宋词赏析［M］. 上海：上海古籍出版社，1981：20.

'罗幕'、'朱户'、'高楼'的人,而竟'无尺素',这显然是他自己也不相信的、极为笨拙的托词。而其所以写出这种一望而知的托词,则又显然出于一种难言之隐。……所以接着又说,即使有尺素,可山这样连绵不尽,水这样广阔无边,人究竟在什么地方都不明白,又何从去寄呢?这两句极写诉说离情的困难和间阻,将许多难于说,或不愿说的情事,轻轻地推托于'无尺素',就获得了意在言外、有余不尽的艺术效果。"[①] 沈教授说得极透辟,种种情形都照顾到了;但顾先生仍对此提出了意见,他说:"一、这样推托……与全篇情景并不相称。二、如果欲寄书而无纸,则无书可寄,其责任在此方,下句何必再讲对方'山长水阔知何处'?由此而寻求的'言外之意'似乎难以体会。"顾先生认为,"本句的'无尺素'或即无从寄书之意",怀疑尺素"也许是指对方的来信",对方无信来,此方也自然无法寄出书信。他还举出晏殊《踏莎行》中"红笺小字凭谁附"、欧阳修《玉楼春》中"渐行渐远渐无书"、晏几道的《思远人》中"归鸿无信"等句为例,说明"都是说对方无音而无从寄书这类意思"。[②] 其实,有的本子将"无"写作"凭"。以"凭"字而论,顾先生的话就更有道理了。那就是说,主人公想寄彩笺(信)需要凭对方的来信;如今山长水阔不知远人在什么地方,哪里会有来信呢!因之,欲寄彩笺的愿望无从实现。这一句俞平伯先生解释说:"意谓欲寄彩笺,却

---

① 沈祖棻. 宋词赏析[M]. 上海:上海古籍出版社,1981:20.
② 顾易生. 情致深沉 气象高华——晏殊《蝶恋花》赏析[M]//唐宋词鉴赏集. 北京:人民文学出版社,1983:137.

不能如尺素之得附托鲤鱼也。"① 顾先生不同意这种说法:"但据俞说则这里不应说'无尺素'而应说'无鲤鱼'。如这不合词律,大词人当会选用更适当的词汇的。"② 不过俞先生的见解也不是没有道理的。他这样说,主要是指主人公想寄彩笺却无可附托。"鲤鱼"不过是一个代称。想寄书信却没有办法寄出,山绵长、水辽阔,又不知远人在何方,这样产生的悲痛是难以言喻的。

还有的本子将"无"字写作"兼"。据"兼"字各家的解释都易为读者接受。如徐、赵二同志说:"彩笺、尺素都指书信,中间用'兼'将书信重复地说,表示深深的怀念。"③ 沈教授说:"一本'无'作'兼',则是加重语气,说是寄了'彩笺',还要寄'尺素',以形容有许多话要说,义亦可通,但不如'无'字的用意那么曲折,深厚。"④ 顾先生对"兼"字持否定态度:"有的版本'无'作'兼',似乎于义不长,因为从色泽看,'尺素'不及'彩笺'浓郁。既用彩笺再加尺素,岂非无意义的重复?"⑤ 在这个问题上,徐、赵二同志与沈教授的见解应该肯定。"彩笺"与"尺素"虽然都可作书信的代称,

---

① 俞平伯. 唐宋词选释 [M]. 北京: 人民文学出版社, 1986: 73.

② 顾易生. 情致深沉 气象高华——晏殊《蝶恋花》赏析 [M] // 唐宋词鉴赏集. 北京: 人民文学出版社, 1983: 137-138.

③ 徐育民, 赵慧文. 历代名家词赏析 [M]. 北京: 北京出版社, 1982: 42.

④ 沈祖棻. 宋词赏析 [M]. 上海: 上海古籍出版社, 1981: 20.

⑤ 顾易生. 情致深沉 气象高华——晏殊《蝶恋花》赏析 [M] // 唐宋词鉴赏集. 北京: 人民文学出版社, 1983: 136.

但毕竟有所区分。彩笺上可以题词，也可以写信，而尺素一般只作写信用；区别虽然细微，但却可以说明问题——对于自己彻夜不眠所怀念的人，寄了彩笺还要寄尺素，有什么不可以呢？这只能说明感情的深远、怀念的深沉，这与全词的情景是协调的、相一致的。

小山词二首辨说

临 江 仙

梦后楼台高锁,酒醒帘幕低垂。去年春恨却来时,落花人独立,微雨燕双飞。

记得小蘋初见,两重心字罗衣,琵琶弦上说相思。当时明月在,曾照彩云归。

这首词是晏几道的代表作,叙相思之情。词中明确说到"小蘋",并非虚指。他在《小山词跋》中说"始时沈十二廉叔、陈十君宠家有莲、鸿、蘋、云,品清讴娱客。每得一解,即以草授诸儿,吾三人持酒听之,为一笑乐。已而君宠疾废于家,廉叔下世,昔之狂篇醉句,遂与两家歌儿酒使俱流转于人间。"[1] 由此可见,这首词为追思小蘋而作。

上片主要写词人的感触。什么时候的感触?梦后或酒醒时的感触。什么样的感触?冷寂凄清的感触。唐圭璋先生在《唐宋词简释》中说:"此首感旧怀人,精美绝伦。一起即写楼台高锁,帘幕低垂,其凄寂无人可知。而梦后酒醒,骤见此境,

---

① 胡云翼. 宋词选 [M]. 上海:上海古籍出版社,1982:49.

尤难为怀。盖昔日之歌舞豪华，一何欢乐，今则人去楼空，音尘断绝矣。"① 但是关于这两句的理解，词学研究者的意见并不一致。胡云翼对这两句的解释是："醒来时，醉梦中的欢情消失了，仍旧是人去楼空的凄凉景象。"② 沈祖棻先生说："上片以两个六言对句起头，写出梦回酒醒，很是孤凄，不由自主地怀念起久别的小蘋来，而揣想到当日胜游欢宴之地，如今一定是'楼台高锁'、'帘幕低垂'了。……这'梦后'与'酒醒'，所包含的时间很广，它从去年乍别之初直贯到今年作词之日。这'梦'，可以是真有所梦，也可以是指'浮生若梦'，或者双关，既可以认为是实写，也可以认为是虚写，或虚、实兼赅。总之是'楼台''帘幕'，当时经常往还之地，一梦之后，便成为咫尺天涯了。"③ 唐圭璋、潘君昭、曹济平的《唐宋词选注》说："起首两句，写梦后酒醒，但见楼锁帘垂，暗示去年此时楼台大开、帘幕高卷的热闹情景，为下面'春恨'作好伏笔。"④

几种解释牵涉到这样两个问题：一，关于"梦后"中的梦。胡云翼先生认为是"醉梦"；沈先生对梦作了多种推测，但是她承认——"当时经常往还之地，一梦之后，便成为咫尺天涯了。"这么理解是否也将梦看成"醉梦"？二，关于"楼

---

① 唐圭璋. 唐宋词简释［M］. 上海：上海古籍出版社，1981：80.
② 胡云翼. 宋词选［M］. 上海：上海古籍出版社，1982：48.
③ 沈祖棻. 宋词赏析［M］. 上海：上海古籍出版社，1981：55.
④ 唐圭璋，潘君昭，曹济平. 唐宋词选注［M］. 北京：北京出版社，1982：161.

台""帘幕"所包含的意思。胡先生说是"醉梦中的欢情消失了,仍旧是人去楼空的凄凉景象";沈先生说是"揣想到当日胜游欢宴之地,如今一定是'楼台高锁'、'帘幕低垂'了";《唐宋词选注》认为是"暗示去年此时楼台大开、帘幕高卷的热闹情景"。唐圭璋先生所指"昔日之歌舞豪华"与沈先生所指"当时"是否就是指"去年"呢?我们认为,"梦"就是胡云翼先生所指的"醉梦",词人是在醉梦中重温过去的生活。这两句词似乎可以这样讲:"梦后楼台依旧高锁,酒醒帘幕依然低垂。"词人是以具体景物表达自己的感触的。楼台被锁,意味着里面没有人活动;帘幕低垂,说明室内无人。两个六字对句旨在描绘环境的冷寂,都是从词人眼中写出。"梦后"与"酒醒"可以看作互文,"楼台高锁"与"帘幕低垂"亦可认为是一回事,只是"楼台""帘幕"可稍加区别。楼台,常是宴饮歌舞的地方,大约是词人与他朋友们饮酒听歌的场所,这与他在跋中所写的"持酒听之,为一笑乐"的情形相符。他在《蝶恋花》中有"醉别西楼醒不记"一句可作佐证。但因友人或疾废卧家,或离开人世,而歌女"流转于人间",因之楼台高锁。帘幕,是对居室而言。楼台宴饮歌舞之后,人们多应散回室内安歇。下片中的"彩云归"自然是回归女子的卧室,因为莲、鸿、蘋、云等人都是沈、陈二家蓄养的歌女。这样看来,词人所写的楼台高锁无人活动、帘幕低垂无人居住中的"人",当指下片中所说的歌女,兼指他的朋友。因此"梦后""酒醒"就有一定的含义。他在醉梦中也许正重温持酒听歌的笑乐生活,可是醒后见到的却是高锁的楼台、低垂的帘幕,两相比较,使他心里非常难受,于是勾起了他的许多心思。这就是"去年春恨却来时"——眼前的环境使得他的去年春天的恨别愁绪再次涌上心头。关于这一句,《唐宋词选注》认为"是回忆去年此时的欢乐,如今回想起来,空遗无限怅恨"。根据这一解释,"梦后"中的梦,当是重温去年此时的欢乐。胡云翼解释云:"去年春天离别的愁恨恰巧这时候又来到心头。"①词人醉梦中或曰回忆中的欢情不宜用确定的时间词"去年",还以"昔日""当日""过去"等泛指为好。再上心头的不是去年的欢情而是去年的离愁。当然这么一来,词人心中的悲愁较之梦后酒醒时又增添了许多。关于这一点,沈祖棻先生分析较好:"乍读起头两句,总以为是写当时醉梦之后顿成乖隔的痛苦心情,等读到第三句,才知道上文所写离别,已经是去年春天的事情。去年过去了的春天,今年又来到了人间,去年的春恨,自然也随着来到了人的心上。"② 如果就此为止,倒也罢了;而词人此时所面对的是暮春时节,落花纷飞,一片凋零景象;不止如此,他还一个人孤独地站在那里呢!偏又凑巧,在暮春微微的小雨中,竟有一对燕子朝他双双飞来,与他的独立形成鲜明的对比。燕儿如此,人何以堪!他的惆怅情怀更是无穷无尽了。

上片中的"落花"两句一向被人评为名句。谭献《谭评词辨》云:"落花两句,名句千古,不能有二。"③ 不过经细心人仔细查对,这两句出自五代翁宏《春残》诗:"又是春残也,

---

① 胡云翼. 宋词选 [M]. 上海:上海古籍出版社,1982:49-49.
② 沈祖棻. 宋词赏析 [M]. 上海:上海古籍出版社,1981:56.
③ 上彊村民. 宋词三百首笺注 [M]. 唐圭璋,笺注. 上海:上海古籍出版社,1979:41.

如何出翠帷？落花人独立，微雨燕双飞。寓目魂将断，经年梦亦非。那堪向愁夕，萧飒暮蝉辉。"① 小晏原封不动地将翁宏的两句诗抄入自己的词中。但是我们也可以看出，翁诗比较平庸，即使有这么一对佳句，也不能使它一登龙门。放在小晏的词中，却十分贴切，真实地表达了词人的感情，怎么也不能更换。

下片回忆与小蘋的相逢。"记得"两字明说追忆，下文皆从此生出。除了点小蘋名字外，还交代以下写的都是"初见"情形。据小晏的《小山词跋》，他与沈、陈二家歌女的交往颇为频繁，绝不止一次。这里是说初见时小蘋给他的印象最为深刻，所以写初见时的情形。先写她的服饰。可写的地方自然很多，但词人只拣一样来写，那便是绣有两重心字的罗衣。这是取"心心相印"之意。虽很含蓄，但就词人一方来讲，不能说没有心意。关于"心字罗衣"，据杨慎《词品》，还有另外两种解释：一种说是指用心字香薰过的罗衣，一种指罗衣领屈曲如心字。② 沈祖棻先生说："这些地方，无须烦琐考证，只要知道是一种式样很美或香气很浓因而使人难于忘怀的衣服就可以了。"③ 沈先生的意见值得考虑。但从全词所流露的感情以及"两重"二字来看，还是采用"两重心字"说为好。上句且不多说，接下来的一句就很明白："琵琶弦上说相思"。讲的是小蘋弹奏琵琶；不过没有像白居易的《琵琶行》那样描写演奏技艺，而是强调感情，就是"说相思"。看来，小蘋是个情意浓

---

① 沈祖棻. 宋词赏析 [M]. 上海：上海古籍出版社，1981：56.
② 胡云翼. 宋词选 [M]. 上海：上海古籍出版社，1982：49.
③ 沈祖棻. 宋词赏析 [M]. 上海：上海古籍出版社，1981：58.

重的歌女。小蘋的服饰、演奏给了词人很深的印象，加上她又是个美丽的女子，所以词人在结末两句中说："当时明月在，曾照彩云归。""彩云归"三字尤为巧妙。前面只写了小蘋的衣着演奏，并无一字提及她的长相身段，此处以彩云作喻，将小蘋的美丽轻盈总括于这一比喻中，又能将词人对这位歌女的美好印象寄托于比喻之中。特别是那时明月当空，如同彩云一般的小蘋飘然归去，不但体现了词人感情的纯洁，而且创造了一个令人思念不已的美好意境。

蝶　恋　花

醉别西楼醒不记。春梦秋云，聚散真容易。斜月半窗还少睡，画屏闲展吴山翠。

衣上酒痕诗里字，点点行行，总是凄凉意。红烛自怜无好计，夜寒空替人垂泪。

这也是一首叙离情别绪的词作。

上片的起句即叙离别。所称"醉别西楼"，实为醉别西楼中人。若只是"西楼"，当无醉别之说。"醒不记"尤其值得注意。唐圭璋先生说："一起写醒时景况，迷离惝恍，已撇去无限别时情事。"① 沈祖棻先生在《宋词赏析》中说："醉中一别，醒后全忘，难道是患了健忘症吗？也不过是极言当日情事

---

① 唐圭璋. 唐宋词简释［M］. 上海：上海古籍出版社，1981：83.

'如幻,如电,如昨梦、前尘',不可复得罢了。抚今追昔,浑如一梦,所以一概付之于'不记'。"① 两位先生的解释大体相同,都是说别时情事或曰当时情事一概不记了。这是把"不记"当作"记不得"或"记不清"解释。如此解释与全词的情景不符。要真是连"醉别"都不记,那么像"衣上酒痕"这样微不足道的小事又何必去提它呢!其实,所谓"不记"乃是不愿记忆、不堪回忆也,因为记忆时、回忆时离情难以承受,也就是常说的"不堪回首"。可是,不愿记忆、不堪回忆并不等于没有记忆,别时的记忆仍要顽固地从心中浮现。所以他颇有感慨地说:"春梦秋云,聚散真容易。""春梦秋云"化用白居易《花非花》中诗句,乍看说的是自然现象,实际上"聚散"二字即点明他说的是人生的聚散。他是说,现实的生活表明,人的一生中,或聚或散实在是很容易的事。这里的"聚散"是偏义词,偏于散,承起句"醉别"而来。更确切地说,他讲了人生的聚散,但主要讲的是离散,是离别,意思是人生说散就散,说离就离,于是在他心中产生了"真容易"的感叹。一个"真"字更可以看出他感叹的深切。小晏这么写,是有他的经历作依据的。他在《小山词跋》中,记叙他曾在沈廉叔、陈君宠家与莲、鸿、蘋、云几个歌女时常聚会,每有词作,即让她们演唱,"吾三人持酒听之,为一笑乐"。后来君宠疾废、廉叔离世,歌女便流散于他处了。为此,他感叹道:"考其篇中所记悲欢、离合之事,如幻、如电……但能掩卷怃然,感光阴之

---

① 沈祖棻. 宋词赏析[M]. 上海:上海古籍出版社,1981:49.

易迁，叹境缘之无实也。"① 这几句似可作"春梦秋云"的诠释；而"春梦秋云"亦可暗指莲、鸿、蘋、云等人，词人与她们的交往，确可称之为聚散无常。由于内心感慨不已，所以夜深了还不能入睡，"斜月半窗还少睡"便是说的这种情形。足见首句的"不记"应作"不堪记"解释。他怀念分别之人到了不眠的程度，怎能说"醉别"他记不清了呢！此处是以"斜月半窗"说明入夜之深，以"还"字交代少眠时间之长。"画屏闲展吴山翠"一句耐人寻味。斜月半窗人还没有入睡，该有多少离情愁绪涌上心头；可是那画屏上的吴山却不解人意，正在悠闲地展示它的青翠的山峰。这一方面衬托出了词人心中思绪的纷繁，同时却也表现了他独处一室，无人对语，只有吴山闲展的孤寂处境。

　　如果说上片只是概括自己"醉别"后的感受，下片便具体描写这种感受。这一具体描写是通过"醉别"时留下的痕迹来进行的。那便是下片首句所说的"衣上酒痕诗里字"。"酒痕"与"醉别"照应紧密，无疑是分别时在衣服上留下的痕迹，而"诗里字"当是用诗写成的告别语，也应是"醉别"时所作。"点点行行"两句便将这一问题交代清楚；同时也描写了醉别时的情态，以"凄凉意"总写一笔。以上三句都是睹物伤情，都是在回忆"醉别"时的情景。这里再次证明"醉别西楼醒不记"中的"不记"不能作记不清、记不得解释，若是如此，哪里还用得着回忆？只能理解作"不堪记"，因为回忆时是那么

---

① 　沈祖棻. 宋词赏析 [M]. 上海：上海古籍出版社，1981：48-49.

凄凉，使人极度伤心不堪忍受。回忆"醉别"时的情态是这样凄凉，那么，在整个寒冷的夜晚是否有好转的时候？"红烛"两句即对此作出了回答。他的心情没有一点儿好转，并且又没有好办法消除心中的伤情，回忆反而使他沉浸在更多的离愁之中。不过他没有直说，而是很自然地将笔墨转向蜡烛。本是自己无法脱离凄凉苦，却说红烛无好计；本是自己因别离而伤心，却说红烛替人垂泪。这种拟人化的方法，更能形象深入地表现词人因离别而形成的极为痛苦的心境。这两句从杜牧《赠别》诗化出。《赠别》诗云："蜡烛有心还惜别，替人垂泪到天明。"[①] 而化用后的"夜寒"二字巧妙点出了节令，增添了许多凄恻的气氛。

---

① 缪钺. 杜牧诗选 [M]. 北京：人民文学出版社，1957：23.

王观《卜算子》别解

卜算子·送鲍浩然之浙东

水是眼波横,山是眉峰聚。欲问行人去那边,眉眼盈盈处。

才始送春归,又送春归去。若到江南赶上春,千万和春住。

这是一首送别词。词题说得很清楚:"送鲍浩然之浙东"。关于这首词的上片,有几种不同的说法。

夏承焘、盛弢青《唐宋词选》说:"这首词语言流利,情景交融。写江水,也是写离人的心情;写送春,也是写惜别。"①

虢寿麓《历代名家词百首赏析》说:"上段写别地,从空间着眼,景里寓情。"②

人民文学出版社编辑部《唐宋词鉴赏集》对上片作了较详

---

① 夏承焘,盛弢青. 唐宋词选[M]. 北京:中国青年出版社,1981:55.
② 虢寿麓. 历代名家词百首赏析[M]. 长沙:湖南人民出版社,1985:45.

细的分析:"送行人望着行人,山一程、水一程地离去。这山和水,顿时化为愁山恨水,幻做泪眼颦眉。'欲问行人去那边,眉眼盈盈处',那不是一句平常的设问,一句老实的回答:行人往哪儿去?行人到那山青水秀的江南去。它是说:不论行人爬山涉水走到了哪里,那盈盈的眉眼,脉脉的友情,绵绵的别意,将一路伴随着他那寂寞的旅程。诗的语言正是如此传达情思的。"①

唐圭璋、潘君昭、曹济平《唐宋词选注》说:"上片以眼波和眉峰来形容水和山,显得十分灵动。这里正是以眉眼盈盈之处来显示浙东山水的清秀。"②

中国社科院文学所《唐宋词选》说:"这首词借送别友人写江南春景之佳,春日之长,表达了作者自己对江南的怀念。"③

五个本子五种意见,归纳起来实际上只是两种说法。前三个本子是一种说法,即认为上片写的是送别之地。夏承焘、盛弢青《唐宋词选》所说"写江水(疑为山水之误),也是写离人的心情",虽然说得比较含蓄,暗中指的仍是送别之地,在解释"欲问"两句时就讲得很明确:"是说行人从山水那边走

---

① 杨敏如.王观《卜算子·送鲍浩然之浙东》赏析[M]//唐宋词鉴赏集.北京:人民文学出版社,1983:169.
② 唐圭璋,潘君昭,曹济平.唐宋词选注[M].北京:北京出版社,1982:169.
③ 中国社会科学院文学研究所.唐宋词选[M].北京:人民文学出版社,1982:124.

过去。"① 后两个本子代表了另一种说法，即上片所写的是浙东山水，或曰"江南春景"。

究竟哪一种意见更接近于词中所描写的实际内容？我们认为是后一种意见。

上片起始两句即描写山和水。通常都是以水波、远山形容女子眉眼的秀丽，这里王观一反通常的说法，将女子的眉眼来比拟秀美的山水，显得很新颖。乍一看，词人不正是面对眼前的山水这样描写么？实际上不是。他在第三句里面就解释说是"那边"。这不是一个陈述句，是一个疑问句，属自问自答这一类，紧接着的"眉眼盈盈处"就是自答。"眉眼"与起始两句的"眼、眉"相照应，已经点明开始说的"眼、眉"是那边的"眉眼"，开始说的山水是那边的山水，而不是这边——送行之地的山水。"盈盈"照应了"眼波横""眉峰聚"。如果说开始是以女子的"眼、眉"比喻山水之美的话，那么这里便以"盈盈"二字直接描写山水的清秀了。可以这样讲：词人在上片中相当集中地描写了浙东山水。他分别采用比拟的方法和直接描写的方法，使浙东山水之美显得很调和，很具体，给人的印象也很鲜明。他这么写，跟题目也是吻合的，紧紧扣住了"浙东"两字。起笔看似突兀，但从整个上片看，恰恰显示了他对浙东山水的推崇与热爱，两句使用的是强调的笔法。因此，我们认为"欲问"两句是老实的回答。"行人"指的就是鲍浩然，只不过词人并没有要行人回答，而是自己设问自己回答。意思

---

① 夏承焘，盛弢青. 唐宋词选［M］. 北京：中国青年出版社，1981：55.

正是这样：行人往哪儿去？行人到那山青水秀的江南去。

　　词的下片也正是承"盈盈处"写出。"才始"一句点明送别的时间，当是暮春之时。"又送"句中的"君"与"行人"一致，"归去"与"那边"相呼应。"若到江南"（一本作"江东"）一句有推测的意思，我们很可以就这一句作一些研究。词人不用肯定的语气而用推测的语气，表明鲍浩然还要在路上走一段时间，待他到达江南时，春还在不在，那很难说。同时，句中明说"江南"（或"江东"），使我们对送别之地能够作一些猜测。据记载，王观是做过京官的，曾任大理寺丞；有的还说他做过翰林学士，因为应制作词，词中有些句子写到宋神宗的生活，高太后认为他"媟渎"皇上，就罢了他的职，被逐出朝廷，世称"王逐客"。[①] 这件事是否真实已很难考查，但王观留下的十几首词，确有《清平乐》一首，是应制之作。上片写君臣宴饮，有"劝得官家真个醉，进酒犹呼万岁"这样的句子；下片则写"折旋舞彻伊州，君恩与整搔头"，还有"一夜御前宣住，六宫多少人愁"。这样，实在是在讽刺宋神宗了，一个皇帝怎么能为舞姬亲整搔头呢！故有"媟渎"被逐之罚。我们讲了这么多，意思是说送别之地很可能在汴京。汴京虽处中原，但比起江南来，春天要来得迟些，去得也早些；反之，江南的春天来得早些，去得也迟些。王观是江苏人，他的"若到江南赶上春"的推测是有一定的根据的。这一句中的"江南"又与上片中的"盈盈处"相照应了。最后一句"千万和春住"自然是叮嘱之辞，希望鲍浩然能够同江南的春光住在

---

① 龙榆生．唐宋名家词选［M］．北京：中华书局，1962：174．

一起，不要轻易离开。说这一句是词人的最大祝愿，祝愿友人长在春光的抚慰下生活亦无不可。但在叮嘱友人或曰祝愿友人的同时，不也表现了词人对江南春光的向往与怀念么？词人在表达主观感情的同时，客观上不也表现了江南春天的美好么？这与上片所写的山水的清秀是相一致的。因此，下片的五句，既表达了词人送友的深情，又表现了词人对江南春光的怀念，还反映了江南春光的迷人；与上片的描写两相结合，说词人在这首词中着重写的是"江南春景之佳、春日之长"，是符合词中的本意的。

关于苏轼《念奴娇·赤壁怀古》
几个问题的再质疑

念奴娇·赤壁怀古

大江东去,浪淘尽、千古风流人物。故垒西边人道是,三国周郎赤壁。乱石穿空,惊涛拍岸,卷起千堆雪。江山如画,一时多少豪杰。

遥想公瑾当年,小乔初嫁了,雄姿英发。羽扇纶巾谈笑间,强虏灰飞烟灭。故国神游,多情应笑我,早生华发。人间如梦,一尊还酹江月。

这首词不但是苏轼的代表作,也是豪放词派的代表作,历来受到人们的推崇与肯定;其研究文章也为数颇多,只是见解多不相同,分歧迭出,甚有各执一端者。今不揣浅陋,略呈管见,以就正于方家。

一、"故垒西边"

"故垒",各本多解释为"旧时营垒";或曰"古时的军营四周所筑的墙壁","旧时驻军防守之营舍";有的指称比较具体,说是"旧时的营垒,指赤壁古战场"①,"当年周瑜建功立业的地方,如今只剩下废旧的营垒"②。沈祖棻先生更有解释:"其地(指黄州赤壁)虽非那一次大战的战场,但也发生过战争,尚有旧时营垒。"③

我们认为,"故垒",即是旧时营垒;结合这首词描写的内容来看,当是指三国时周瑜驻军的营垒,下边便说得很清楚:"人道是,三国周郎赤壁。"以上各种解释大体上都是正确的;只是不宜过分地强调"故垒"就是"战场",因为这与事实不那么相符。据《三国志·周瑜传》载,当时孙权"遣瑜及程普等与备并力逆曹公,遇于赤壁。时曹公军众已有疾病,初一交战,公军败退,引次江北"。赤壁之战的主要战场还是在大江之上,就是后世所说的"火烧赤壁"——"烧尽北船,延及岸边营柴"④。词中的"故垒西边"就是"西边故垒",与"周郎

---

① 喻朝刚等. 宋代文学作品选[M]. 长春:吉林人民出版社,1981:31.

② 张裕庚. "大江东去"和"晓风残月"[J]. 语文学习,1981(2).

③ 沈祖棻. 宋词赏析[M]. 上海:上海古籍出版社,1981:89.

④ (晋)陈寿. 三国志:吴书·周瑜传[M]. 北京:中华书局,1982:1262-1263.

赤壁"是一致的。但历来的注家都只注意到了"故垒",而没有注意"西边"。童勉之先生很细心,他在考察"故垒"时注意到了"西边"。即苏轼为什么要说"故垒西边",而不说"东边""南边""北边"?勉之先生经过考证,排除了"故垒"指黄州城的可能性(因为赤壁在今黄州城西北隅,不在西边),而确定指"黄州附近的邾城即女王城遗址"。女王城离赤壁矶不过五公里左右。他的结论是:"赤壁矶的位置在女王城西南,粗看似与'西边'不全吻合。但传说中的赤壁大战战场绝不可能限在赤壁矶下才十几米的水域上,以常理推想,一定是在以赤壁矶为标志的相当长的江面上,长江正在女王城的'西边'。"① 我们认为,苏轼本来就没有把赤壁矶当作真正的"周郎赤壁",只不过假定它是真赤壁罢了。因之"故垒"也不必一定要落实在什么地方,可能是邾城,也可能不是邾城,只要有类似故垒的遗迹就成。倒是"西边"却是要认真对待的。这不是随便指示的方向。这个方向是根据当时的战争形势确定的。当时曹操占领荆州之后,几十万大军水陆俱下,直指江东,扬言要与孙权"会猎于吴";从方向上看,曹军是由西往东进军,孙刘联军是由东往西迎战。在周瑜等人眼中,曹军是从西边来的;《三国志·武帝纪》只记载"公至赤壁",没有说"公过赤壁",那么联军迎战曹操的地方自然就在赤壁的西边了。若是过了赤壁,就是东边。所以说"故垒西边"是符合当年赤壁之战的实际情形的。如果不从这个大的方面去考虑,只

---

① 童勉之.关于苏轼《念奴娇·赤壁怀古》几个问题的质疑[J].文学评论,1983(6).

说"故垒"在某处或不在某处,都无法解释词人何以只说"西边"而不说其他方位。

二、"人道是"

诚如童勉之先生所言,"人道是,三国周郎赤壁"一句,历来有两种说法。一种说,苏轼弄错了。勉之先生所举张裕庚先生的一段话还不能说张先生肯定苏轼弄错了。张先生说:"苏轼把自己所游的地方当作真正的赤壁。"这里的"当作"一词,是否可以说将假的当作真的呢?我看是可以这样解释的。前人认为苏轼弄错了的不乏其例。如胡珽《赤壁考》云:"苏子瞻适齐安时所游,乃黄州城外赤鼻矶,当时误以为周郎赤壁耳!"[①] 今人认为苏轼弄错了的几乎没有。试举数例:

沈祖棻先生云:"用'人道是'三字,以表示认为这里是'三国周郎赤壁'者,不过是传闻而已。"[②]

胡云翼先生云:"这里说'人道是',显然是根据人云亦云的意思把这个地方作为古战场,藉以怀古。"[③]

刘永济先生云:"黄州有赤鼻矶,世人讹传为破曹军之赤壁山。东坡在黄州作《赤壁赋》及此词,亦沿俗传说以为即赤

---

① 卢弼. 三国志集解:武帝纪[M]. 北京:中华书局,1982:37.
② 沈祖棻. 宋词赏析[M]. 上海:上海古籍出版社,1981:69.
③ 胡云翼. 宋词选[M]. 上海:上海古籍出版社,1982:76.

壁山，故曰'人道是，三国周郎赤壁。'"①

唐圭璋、潘君昭、曹济平云："他本是借眼前之景，抒怀古之情，不必实指其地。本词上片'人道是，三国周郎赤壁'一语，就表明是虚指。"②

其实，前人之见解与今人相同者亦有之。如葛立方《韵语阳秋》云："黄州亦有赤壁，但非周瑜所战之地。东坡……故作长短句云：'人道是，三国周郎赤壁'。谓之'人道是'，则心知其非矣。"③

如上所言，关于"人道是"一句，注家们多解释作"人们传说是……"，并不认为是苏轼弄错了地点。这个意见是完全正确的。苏轼博学多闻，他怎么会不知道曹操的军队从来没有到过黄州赤鼻矶呢！他心里面是很清楚的。至于他为什么要这样做，勉之先生倒是说得极好："清人朱日浚在他的《赤壁怀古》诗中说：'赤壁何须问何处，东坡本是借山川'，东坡不过是'借山川'来抒怀罢了，周郎赤壁到底在不在黄州，无关紧要。"不过，勉之先生在论证这个问题时所说的几点理由我们则不敢苟同。

勉之先生的第一点理由是：

---

① 刘永济. 唐五代两宋词简析 [M]. 上海：上海古籍出版社，1981：48.

② 唐圭璋，潘君昭，曹济平. 唐宋词选注 [M]. 北京：北京出版社，1983：202.

③ (宋)葛立方. 韵语阳秋 [M]. 上海：上海古籍出版社，1984：165.

苏轼在与《赤壁怀古》同一时期写的《前赤壁赋》也写了由黄州赤壁联想到"曹孟德之困于周郎",却没有用"人道是"之类的字眼来声明是传说,赋的容量比词大得多,为什么在五百多字的赋中不声明,而在才一百字的词中竟用了三个字来声明?

苏轼虽然没有在前后《赤壁赋》中就这个问题加以声明,但在元丰六年,在《后赤壁赋》尾后自书云:"黄州少西山麓斗入江中,石色如丹,传云曹公败处,所谓赤壁者。"[①]"传云……所谓……",不就与本词中的"人道是"意思相同么?此外,他在《东坡志林·赤壁洞穴》中说得更为明确:"黄州守居之数百步为赤壁,或言即周瑜破曹公处,不知果是否?"[②]"不知果是否",于是就用了"人道是",这是再清楚不过了。

勉之先生的第二点理由是:

> 再从词的艺术构思看,全词是怀古抒情。……对公瑾的赞叹仰慕是以"周郎赤壁"为前提,……深沉感慨的抒发也是以"周郎赤壁"为前提;如果"人道是"的作用只是声明这不是历史上的周郎赤壁,那么以上这些诗句岂不都成了建筑在沙滩上的楼阁,词的艺术力量岂不大大减弱了?

---

① (宋)苏轼. 经进东坡文集事略:上[M]. 北京:文学古籍刊行社,1957.

② (宋)苏轼. 东坡志林[M]//钦定四库全书·子部小说家类:卷九. 1792(清乾隆五十七年).

从有此词之日起直至现在,绝大多数读者都知道苏轼词中的黄州赤壁不是昔日的周郎赤壁,更不要说专门研究古典诗词的人,但是谁也不会认为词中的词句像是建筑在沙滩上的楼阁,谁也不会感到因此就削弱了词的艺术力量。如今,每年有许多人去黄州赤壁游览,其中有的人同苏轼一样要发怀古之幽思,但他们心里也同苏轼一样清楚:黄州赤壁不是"周郎赤壁"。

勉之先生的第三点理由是:

> 文学作品用事灵活,只要有某种依傍(如同名"赤壁"同在江边),不拘泥于真人真事。不是历史上的真人真事入诗也用不着说明。曾在黄州游历过的陆游,他在一篇文章中表明自己不相信黄州赤壁是周郎赤壁,可是他的《黄州》诗中却写道:"君看赤壁终陈迹,生子当如孙仲谋",明明是把黄州赤壁又当作周郎赤壁了。为什么陆游在同一时期写的诗文竟如此矛盾?这就因为《黄州》诗是文学作品,不是历史著作。既是文学,所以陆游没有另费笔墨声明自己写的是传说。

文学作品不必拘泥于真人真事,勉之先生这个意见大家都很同意。勉之先生举陆游为例,是想说明文学作品中的"赤壁"在何处是无须考虑的,陆游不也没有考虑么!陆游心知黄州赤壁不是"周郎赤壁"却偏要作赤壁诗,不正是这一情况的表现么?其实,陆游也同坡公一样,是借山川抒怀,同时他也指出这里不是"周郎赤壁",《黄州》这一诗题不是将这一点说得非常明白吗!当然,我们不是说在每一篇"借山川"抒怀的文学作品中都要声明一番,声明自己是"借山川",这是用不着的;但最好在自己的作品中或作品以外,让人家知道自己是在"借山川"。还是勉之先生在同一篇文章中讲得好:"文学作品尽管用事灵活,但也得要有点传说的遗址作为基础。"如果文学家只强调文学作品的特征,把南京当作北京来写,而又不作某种声明,固然遵从了文学创作的规律,但却造成了历史文化的混乱;稍加点拨,使人家知道自己是借用,不是两方面都照顾到了,有什么不好呢?

因此,"人道是"一句,勉之先生释为"人们至今还传诵着这是周瑜破曹的地方"。我们认为,只须将"传诵"改为"传说"就行了。一字的更改,可以说明我们上面那些要说的意见,不另赘笔。

附带说明一点,苏轼之所以采用"借山川"抒怀的办法,有他那时的客观原因,盖不得已而为之。"乌台诗案"了结时,他被遣送到黄州安置,担任一个"团练副使"的小官,明令他不得书签公事,不得擅离贬所。他的行动是不那么自由的。言论也不自由。经常担心有人将他的言行报告朝廷,构成所谓"罪证"。这时候他不可能到真正的"周郎赤壁"去亲历游览,恰值"赤鼻矶"亦有赤壁之称,还有关于赤壁之战的种种传说,于是便借其抒怀。如此而已。

三、"公瑾当年"

"公瑾当年"的"当年",诚如童勉之先生所言,一般并无分歧和争议,就是指赤壁大战那个时候。勉之先生经过钻研,认为这样解释有两个矛盾不好解决。一是小乔初嫁之年与赤壁大战之年相隔十年,怎么可以说是"那个时候"?二是《艇斋诗话》记载,说是"三国周郎赤壁"的"三国",东坡已改为"当日"。如"当年"作"那个时候"解释,则与"当日"重复。因之,勉之先生认为要解决这两个矛盾,"当年"应作"少壮之时"解释。他为自己的见解作了论证。如高诱训"当年"为"当其丁壮之年",周汝昌先生认为是"年力正富"之意,等等。

勉之先生提出的第一个矛盾,我们在后面还要讲,这里不论。第二个矛盾,勉之先生自己就解释了:"苏轼怎么可能将'三国'改为'当日'呢?"《艇斋诗话》的记载不那么可靠。至于说"当年"可作"少壮之时"解释,从训诂的角度讲,并没有什么不妥之处。问题是:这样训解跟苏轼在全词中所要表达的意图是否相称?勉之先生认为是相称的——"这样,也才和'雄姿英发'扣得紧,也才和下面的'多情应笑我,早生华发'形成强烈对照,从而抒发词人谪居黄州,功名未就而白发频添的感慨。"我们认为像勉之先生那样训解与词人的意图是不相合的。这首词的题目说得很清楚:"赤壁怀古"。根据题目,他要写的是赤壁之战,特别是参与赤壁之战的那些"豪杰",其中突出的当然是周瑜。写周瑜,不是写二十岁的周瑜,不是写二十四岁的周瑜，也不是写三十岁的周瑜，而是写赤壁之战时的周瑜。这是题目所规定的。试想，赤壁怀古不怀赤壁大战之"古"，还能怀什么时候的"古"？赤壁除了跟赤壁之战以及赤壁之战这一时期有联系的人物之外，还能跟别的什么有联系呢？题目如此，内容也确是这样写的。下片从"遥想公瑾当年"开始直至"强虏灰飞烟灭"，写的就是周公瑾（或说还有诸葛亮）在赤壁大战时的神态、表现和功绩。这些都不可能移植于周瑜的其他生活时期。如按照勉之先生的"少壮之时"解释，就显得很笼统。"少壮之时"是一个很宽泛的概念，可以从二十岁一直算到四十岁。赤壁之战只占周瑜一生的很短很短的一段时期，尽管是非常重要的时期，却不可能包括十年、十几年的时间。如果说，"少壮之时"就是指赤壁之战这个时候的周瑜，那么和"那个时候""那个年头"这样的解释有什么区别呢？像勉之先生这么解释反而把问题弄复杂了，因为稍有历史知识的人，绝不会将赤壁之战时的周瑜看作暮年时的周瑜，只会把他当成盛壮有为的周瑜看待；这和勉之先生的"少壮之时"并没有什么矛盾。

四、"小乔初嫁了"

"小乔初嫁了"与当年指挥赤壁之战的周瑜就时间来讲是不相符的。小乔嫁周瑜是在汉献帝建安三年，其时周瑜二十四岁。赤壁之战是在建安十三年，周瑜三十四岁。其间相隔十年，怎么能叫"初嫁"？因之，一些词学研究者专就此事进行了解释。有的说："词中特写'小乔初嫁了'，是为更好地表现周瑜的少年英俊。"① 有的说："赤壁之战在建安十三年,说'初嫁',是用以渲染英雄美人的佳话而为全词增色。"② 也有的说："'小乔'两句,写其婚姻。由于美人的衬托,显得英雄格外出色,少年英俊,奋发有为。"③ 但是"初嫁"与嫁了十年毕竟是一个矛盾,于是有些词学专家便对这几句词作了反复研究,大多在"了"字上做文章。主要有三种意见。

一种是洪静渊先生的意见。他认为应作"遥想公谨当年,小乔初嫁,正雄姿英发"。他的根据是明天启壬戌版梅庆生注《苏东坡全集》所载;并举元人萨都剌《念奴娇·石头城用东坡赤壁韵》是"六、四、五"句式为证:"寂寞避暑离宫,东风辇路,芳草年年发。"而按"小乔初嫁了"三句则是"六、五、四"句式,显然不合词的格调,只有改成梅注苏集所载那样,才正合"六、四、五"句式。叶圣陶先生对此颇为赞赏。他说:"东坡赤壁怀古词作,'小乔初嫁了,雄姿英发'。不仅高中课本为然,不少选本亦复如此。而此处我亦一向怀疑。一则不合'六、四、五'句式,二则上说公瑾当年,下说小乔嫁了公瑾,文意别扭。今足下得见明刻苏集,作'正雄姿英发',则句式与文意俱顺适。"④

---

① 徐育民,赵慧文. 历代名家词赏析[M]. 北京:北京出版社,1982:87.
② 唐圭璋,潘君昭,曹济平. 唐宋词选注[M]. 北京:北京出版社,1983:202.
③ 沈祖棻. 宋词赏析[M]. 上海:上海古籍出版社,1981:71.
④ 童勉之. 关于苏轼《念奴娇·赤壁怀古》几个问题的质疑[J]. 文学评论,1983(6).

一种是周汝昌先生的意见。他认为应作"遥想公瑾当年，小乔初嫁，了雄姿英发"。他说："'了'，全然，'了雄姿英发'，犹言'全然一派……气度气象'；'了'字此种正面用法，六朝唐宋之后，至明人尚偶一见之，后唯反面句如'了无意味''了不可辨'之类用之，正面句用法遂不为人知，将'了'字归于上句'初嫁'之下，正缘此故。试思'初嫁'，谓容光焕发时也；'初嫁了'是何语？只一寻思，便知东坡绝无如此造句造语法矣。"①

　　一种是郭沫若先生的意见。他认为"了"字应为"与"字，即应作"遥想公瑾当年，小乔初嫁与，雄姿英发"。他说："此中'了'字，王闿运校改为'与'字，至确。二字草书，形极相近。……'羽扇纶巾'自即诸葛亮。"他还说："向巨源所见山谷书原词没有提到这个字，可见在南宋时字还未错。传世有《至宝斋法帖》及《雪堂石刻》载有东坡醉笔《赤壁怀古》已书作'小乔初嫁了'，毫无疑问是后人假造的。帖中多败笔，如'游'字'如'字'梦'字'还'字转折不合法度，断非东坡手书。故不能据此以证'了'之与非'与'。"②

　　洪静渊先生的意见，童勉之先生作了辩驳。他以黄州石刻"东坡醉笔"作"了"字，以证明版《东坡全集》中的"了"作"正"是明人妄加改篡的，不足为据。又以万树《词律》所载念奴娇的三种体式，苏轼《念奴娇·赤壁怀古》用的是"六、五、四"的"别格"，以证不能据"六、四、五"一种体

---

① 孙正刚. 词学新探[M]. 天津：天津人民出版社，1980：2.
② 郭沫若. 读书札记四则[J]. 文艺报，1982（11）.

式定"了"字是"正"字的误写和倒植。并指出萨都剌只是"用东坡赤壁韵",没有说连体式都用。

周汝昌先生的意见,童勉之先生也作了辨识。他先引万树《词律》中的见解以证"了"属下句之非:"更谓'小乔'句,必宜四字,截'了'字属下乃合,则宋人此处用上五下四者尤多,不可枚举,岂可谓之不合乎?""梅边二句(指陈允平《念奴娇》词)可用平平平仄仄,平仄平平,此可证前'小乔'二句,不妨上五下四也。"接着从词性看"了"作"全然"讲根本不通。因为"了"释为"全然"则看作"表范围的副词",副词修饰"雄姿"是不能成立的。

以上童勉之先生对洪、周两先生意见的辨识大多可取,且不论;只对郭沫若先生的意见略作分析。郭老只说"了"换为"与"是王闿运的"校改","二字草书,形极相近",没有可靠的旁证。至于说,"向巨源所见山谷书原词没有提到这个字,可见在南宋时字还未错",以此证明"了"为后人所改,也经不起推敲。既然没有提到这个字,怎么知道就是"与"字,难道不能是"了"字么?再者,说因"与"字误为"了"字,致使本指诸葛亮的"羽扇纶巾"成了指周瑜,更属不妥。且不说"羽扇纶巾"到底指谁还有争议,单就"小乔初嫁了"与"小乔初嫁与"看,并无明显的区别,"嫁与"就是"嫁给了"。"嫁与"和"嫁了"的对象都是周瑜,跟"羽扇纶巾"指谁并没有必然联系。

我们认为,小乔初嫁与赤壁之战的时间相差十年,很可能是苏轼的误记。因为年月日同周郎赤壁在何处这样的明显的问题不同,往往容易错记。前代此类事甚多,且不去说;单就讨论这首词时所出现的例子,即可证明这一点。夏承焘先生在《关于苏轼〈念奴娇〉词"羽扇纶巾"之疑问》① 一文中曾说:"建安十三年赤壁之战,周瑜年二十四,固明见三国志吴志……"后经钱仲联先生指出"建安十三年赤壁之战时(周瑜)当为年三十四岁",夏先生即在钱文后"附识":"拙文记周瑜年龄,由检通鉴时,误以建安三年孙策迎瑜事连属建安十三年赤壁之战,当时未详检三国志,致相差十年,并非排印或抄写偶误。承钱先生指出,近朱章王锡兰等先生亦有稿指出,自愧荒率,统此志谢。"② 郭老亦有赤壁之战时周瑜年二十四之说:"赤壁之战的当时,周瑜年二十四岁,诸葛亮年二十七岁。……"郭老这话无疑是错误的。词学大师如夏承焘,博学多能如郭老,专门研究这一问题时,于年龄一项尚有错记,何况苏轼当日只是作词呢?

另外,我们认为"初嫁了"的"初"不仅有"刚"和"开始"之意,而且有"从前"的意思。"小乔初嫁了"可释作"小乔早嫁了"。已经结婚十年,当然可以说"早嫁了"。为什么早嫁了还要写上一笔、强调一下?因二乔事《三国志·周瑜传》有明文记载:"时得桥公两女皆国色也。策自纳大桥,瑜纳小桥。"可见此事在当时有很大影响。且美人常用以渲染英

---

① 夏承焘. 关于苏轼《念奴娇》词"羽扇纶巾"之疑问[M]//华东师范大学中文系. 语文教学. 上海:新知识出版社,1957(二月号).

② 钱仲联. 关于"羽扇纶巾"问题的讨论——致夏承焘先生信[M]//华东师范大学中文系. 语文教学. 上海:新知识出版社,1957(五月号).

雄业绩，映衬英雄风姿，这在中国古典文学作品中并不少见。如辛弃疾《水龙吟·登建康赏心亭》末尾即写道："倩何人，唤取红巾翠袖，揾英雄泪。"①

五、"英发"

"英发"解释多有不同。《唐五代两宋词简析》说是"英才焕发也"②，《唐宋词选注》说是"英俊勃发"③，《唐宋词选》（中国青年出版社）说是"言论见解卓越不凡"④，《唐宋词选》（人民文学出版社）说是"英气勃发。形容周瑜的言论精彩、透辟"⑤，《宋代文学作品选》说是"英气奋发、卓越不凡"⑥。

要正确理解"英发"在这首词中所包含的意思，就得找到它的出处及含义。此词在《三国志·吴书·吕蒙传》中记孙权评论吕蒙时曾有出现："子明……及身长大，学问开益，筹略

---

① 邓广铭. 稼轩词编年笺注[M]. 上海：上海古籍出版社，1978：31.

② 刘永济. 唐五代两宋词简析[M]. 上海：上海古籍出版社，1981：48.

③ 唐圭璋，潘君昭，曹济平. 唐宋词选注[M]. 北京：北京出版社，1983：202.

④ 夏承焘，盛弢青. 唐宋词选[M]. 北京：中国青年出版社，1981：67.

⑤ 中国社会科学院文学研究所. 唐宋词选：上[M]. 北京：人民文学出版社，1982：139.

⑥ 喻朝刚等. 宋代文学作品选[M]. 长春：吉林人民出版社，1981：31.

奇至，可以次于公瑾，但言议英发不及之耳。"① 苏轼《送欧阳推官赴华州监酒》诗亦有句云："知音如周郎，议论亦英发。"② 这三次（包括《念奴娇·赤壁怀古》）出现的"英发"，有两次跟"言议"联系在一起（言议即是议论），可见它跟一个人的言论很有关系；但这言论不是别的言论，"英发"本身就是这言论的说明。换言之，言论表现了"英发"，"英发"则规定了言论的范围、性质。那么，什么是"英发"呢？按照词义，英者，才能出众也；发者，焕发或显现也。"英发"就是"英才焕发"，也就是我们通常所说的才华横溢。但是这里的"英发"却不是某种行动的表现，而是"言议英发"，"议论亦英发"，也就是说，从一个人的言谈中展现了他的过人的卓越的才华。因之，本词中的"雄姿英发"，说的是两回事而不是一回事。"雄姿"乃是形容身姿相貌的威武英俊，"英发"则是形容言谈中所展现的才华。两者合起来，既写了周瑜的英武风姿，又写了他才华焕发的言论，这是符合赤壁之战的实际情形的。《周瑜传》记载当时"群下"皆劝孙权"不如迎之"（指向曹操投降），独周瑜不以为然，精辟准确地分析了敌我双方的形势，力主抗曹。孙权听了他的一席话后，十分赞赏，说："君言当击，甚与孤合，此天以君授孤也。"③

---

① （晋）陈寿. 三国志·吴书·吕蒙传［M］. 北京：中华书局，1982：1281.
② （清）王文诰. 苏轼诗集［M］. 北京：中华书局，1982：1806.
③ （晋）陈寿. 三国志·吴书·周瑜传［M］. 北京：中华书局，1982：1261-1262.

六、"羽扇纶巾"

关于这个问题的争论由来已久,早在 1954 年第 3 期《语文学习》上就已开始。该刊《问题解答》一文不长,转抄如下:

《渊鉴类函》引《汉书》说,"大将军梁高归第,宴日,著纶巾,乘紫辎车"。这样看来,"纶巾"是三国之前就有的装束。《晋书》上说,"谢万著白纶巾,披鹤氅裘";又说,顾荣和陈敏交战,顾荣以羽扇指挥三军,陈敏的士兵纷纷溃散。梁简文帝有诗一首,说:"可怜白羽扇,却暑复来氛;终无顾庶子,谁为一挥军?"可见从三国到六朝,"羽扇纶巾"是所谓儒将的一般装束。①

其后,唐圭璋先生有不同的意见。他认为把"羽扇纶巾"说成指诸葛亮是有根据、有理由的。他的根据和理由概括起来有四点。第一,《太平御览》卷三百七十引东晋裴启《语林》载,诸葛亮与司马懿在渭滨对阵的时候,是"著葛巾、持毛扇、指挥三军"的。第二,有"羽扇纶巾"装束的,梁高有《汉书》为证(《汉书》中查不到大将军梁高之名,可能是《后

---

① 人民教育出版社中学语文编辑室. 问题解答[J]. 语文学习,1954(3).

汉书》"大将军梁商"之误。不过，梁商是低调大臣，无"宴日着纶巾、乘紫辎车"之事），谢万和顾荣有《晋书》为证，周瑜则无书可证。因此，不能单凭苏轼词认定周瑜有这种装束。"羽扇纶巾"三句，"正是苏轼根据《语林》所记载的传说入词，赞美诸葛亮的'名士'风度的。宋人傅干注苏轼词，也把'羽扇纶巾'说成是诸葛亮的装束。"第三，题目虽是《赤壁怀古》，而怀念周瑜和诸葛亮这两个主要人物也是符合历史事实的，因为赤壁之战是孙刘联合抵御曹操的战争，周瑜和诸葛亮正是孙刘两方的主要人物。上片"一时多少豪杰"，引起下片周瑜和诸葛亮两个豪杰，这也是词中常有的做法。"遥想"二字贯注到周瑜和诸葛亮两个人，他既遥想公瑾当年"雄姿英发"的英雄气概，又遥想诸葛亮当年"羽扇纶巾"的名士风度。第四，从史籍记载的事实看，实际作战，主要是周瑜的功劳；定计破曹，主要是诸葛亮的功劳。[1] 夏承焘先生同意唐先生的观点，认为"今定此词兼指瑜、亮二人，实亦符此词主题"[2]。

随后，钱仲联先生亦举出四点根据和理由，不同意唐先生之说，而认为"羽扇纶巾"指周瑜。第一，"东坡词意，赤壁怀古，似专属周郎，故于前半即点清'故垒西边，人道是，三国周郎赤壁。'此与东坡《前赤壁赋》所云'西望夏口，东望

---

[1] 唐圭璋. 论苏轼《念奴娇》词里的"羽扇纶巾"[M]//华东师范大学中文系. 语文教学. 上海：新知识出版社，1956（十二月号）.

[2] 夏承焘. 关于苏轼《念奴娇》词"羽扇纶巾"之疑问[M]//华东师范大学中文系. 语文教学. 上海：新知识出版社，1957（二月号）.

武昌，山川相缪，郁乎苍苍，此非孟德之困于周郎者乎？'点明眉目，用意相同。"至于"一时多少豪杰"，钱先生亦认为不专指周郎，亦不专指周郎与诸葛二人；凡与赤壁之战有关的各方面人物，都应包括在内。这一句明明是对赤壁江山而言，"由周郎而联想到同时豪俊，作为上片的结束语"。第二，"遥想"二字并不能贯注到周瑜和诸葛亮两个人。因为，"上片提出周郎后，尚未谈到周郎在赤壁之功业，而仅联想到'一时多少豪杰'为止。所以以'遥想公瑾当年'一语，点清主脑，领起下片"。钱先生认为"英雄气概""名士风度"都不是怀想的主要方面，怀想的主要方面应该是赤壁之战的功业。"周郎以'小乔初嫁'、'雄姿英发'之年，而建立起'羽扇纶巾'、谈笑灭虏之英雄事业，乃是怀念的用意所在。以此与下'多情应笑我，早生华发'作对照，而引出作者本人贬谪黄州，自伤功业未建白发已生之感。此才是借怀古题目，以抒发自己感情；填此词之主要用意也应在此处。"第三，赤壁之战，周瑜不但有实际作战之功，而且也有定计破曹之功。"建计破曹首先是（周）瑜"。第四，"既然诸葛亮、梁高、谢万、顾荣等不少人有此装束，就足以证明此装束不是诸葛亮所独有，而是一时儒将风度。"[①]

几十年来，关于"羽扇纶巾"究竟是指谁的问题，争论一直没有停止过，尽管争论中有一些新的材料，但从大的方面看，并没有超出唐、钱等先生讨论的范围。如郭沫若先生

---

① 钱仲联. 关于"羽扇纶巾"问题的讨论——致夏承焘先生信[M]//华东师范大学中文系. 语文教学. 上海：新知识出版社，1957（五月号）.

1982年在读书札记中说:"'羽扇纶巾'自即诸葛亮。或言指周瑜,那是因此'与'字误为了'了'字的原故,使'多少豪杰'成为了一个'周郎'。"① 要改一个字才能说是指诸葛亮,这不一定能行得通,如同前面所言"小乔初嫁了"的"了"字一样。若不改字,自是指周郎了。当然,争论的双方补充的一些新材料也不可忽视。如有人指出辛弃疾《满江红》和《阮郎归》两词中的"白羽风生""挥羽扇""整纶巾"等句均指诸葛亮,以此证苏轼词中"羽扇纶巾"亦指诸葛亮。也有学者举出苏轼诗《犍为王氏书楼》《闻乔太博换左藏知钦州,以诗招饮》《送将官梁左藏赴莫州》《与欧育等六人饮酒》等诗,其中"葛巾羽扇挥三军""羽扇斜挥白葛巾""葛巾羽扇红尘静""苦战知君便白羽"等句均指诸葛亮,以此证"羽扇纶巾"指的是诸葛亮。其实,两宋词人中,既有以"羽扇纶巾"指诸葛亮者,亦有以指周瑜者。张孝祥《水调歌头·汪德邵无尽藏》云:"欲乘风,凌万顷,泛扁舟。山高月小,霜露既降,凛凛不能留。一吊周郎羽扇,尚想曹公横槊,兴废两悠悠。此意无尽藏,分付水东流。"这里的"羽扇"指周瑜不是很明白吗?赵以夫《汉宫春·次方时父元夕见寄》云:"珠帘尽卷,看娉婷水上行云。应自笑周郎少日,风流羽扇纶巾。"这里的"羽扇纶巾"明确说是"周郎少日"。因此,以宋词中所出现之"羽扇纶巾"判定指周瑜或诸葛亮都是不怎么恰当的。

现在我们再来看看苏轼那几首诗中"葛巾羽扇"等所指为谁。《犍为王氏书楼》云:"书生古亦有战阵,葛巾羽扇挥三

---

① 郭沫若. 读书札记四则 [J]. 文艺报, 1982 (11).

军。"冯应榴注:"《世语》:诸葛武侯独乘素舆,葛巾毛扇,指麾三军。"① 这里的"葛巾毛扇"是以诸葛为喻,说是指诸葛殆无问题。《闻乔太博换左藏知钦州,以诗招饮》云:"阵云冷压黄茅瘴,羽扇斜挥白葛巾。"② 乔太博以文官改左藏武职,"羽扇"句形容其儒将装束而已,非必以诸葛为喻也。《送将官梁左藏赴莫州》云:"葛巾羽扇红尘静,投壶雅歌清燕开。"③亦是形容梁左藏之儒雅风度,与《念奴娇》中描绘形容周瑜装束风度意思相同,亦无以诸葛为喻之意。《与欧育等六人饮酒》云:"苦战知君便白羽,卷游怜我忆黄封。"程缜注曰:"用诸葛亮羽扇指挥事。"赵次公曰:"《家语》:子路云:赤羽若日,白羽若月,盖言羽箭也。故不惮苦战则便之,非谓白羽扇也。"④ 以上四例,只一例以诸葛为喻,一例指羽箭,两例乃泛言儒将之装束、风度,正与《赤壁怀古》词同。有人认为谢万、顾荣是晋时人,在三国之后,学诸葛装束,那么梁高呢?且陆机《羽扇赋》云:"昔楚襄王会于章台之上,山西与河右诸侯在焉,大夫宋玉、唐勒侍,皆操白鹤之羽以为扇。"⑤ 可见纶巾、羽扇在诸葛亮之前已有之。诸葛着之,谢万、顾荣复

---

① (清)王文诰. 苏轼诗集[M]. 北京:中华书局,1982:7-8.
② (清)王文诰. 苏轼诗集[M]. 北京:中华书局,1982:682-683.
③ (清)王文诰. 苏轼诗集[M]. 北京:中华书局,1982:846-847.
④ (清)王文诰. 苏轼诗集[M]. 北京:中华书局,1982:1339-1340.
⑤ (清)严可均. 全上古三代秦汉三国六朝文[M]. 北京:中华书局,1987:2014-2015.

着之,可见其为三国至六朝之儒将一般装束,其为武将者未必不着此等装束。苏轼前诗《送将官梁左藏赴莫州》即有此意。当然,史无周瑜着"羽扇纶巾"之记载,这确是一难;但诸葛亮"葛巾毛扇"之记载,即或《语林》所记是真①,也是在刘禅主西蜀之时,去赤壁之战已远。在赤壁之战前后,如刘备三顾之时,奉命求救于孙权之日,诸葛亮着何种服装,皆不得而知。若说赤壁之战时便已是"羽扇纶巾",亦缺乏明确记载。苏轼在词中,也只是因三国魏晋或其前后名将有用"羽扇纶巾"装束者,遂以为用,形容周郎气度,非必肯定其在严冬之时,以"羽扇纶巾"出场指挥。我们只要看一看以上所引苏轼四诗,即或都是讲的诸葛装束,但是又有哪一个人真的是葛巾羽扇的装束呢?不过形容而已!正好与《念奴娇》词作一比较。

我们认为,钱仲联先生所言极是,"羽扇纶巾"当指周瑜。词虽是文学作品,自身有独立之价值,但也须附丽于一定的史实;从大的方面讲,是不能违背历史的。前代词人于此尤为注意。赤壁之战是中国古代以少胜多的典型战例,没有孙、刘的联合,是无法战胜实力强大的曹操的。刘备、诸葛亮在这次大战中都有功劳。如诸葛亮前去柴桑向孙权分析形势、说服孙权抗操,于是"权大悦,即遣周瑜、程普、鲁肃等水军三万随亮诣先主并力拒曹公"。但是,赤壁之战前的刘备毕竟是战败者,诸葛亮也说"事急矣,请奉命求救于孙将军"。诸葛亮所言

---

① 参见唐圭璋. 论苏轼《念奴娇》词里的"羽扇纶巾"[M]//华东师范大学中文系. 语文教学. 上海:新知识出版社,1956(十二月号).

"精甲万人……亦不下万人"①，不能说没有虚饰的成分。抵抗曹军的主力部队是孙吴军，刘备为次，这样分析是符合当时的实情的。至于谁先定计破曹，钱仲联先生所引典籍无误。按《通鉴》当是鲁肃首先提出"同心一意、共治曹操"的主张。②按《三国志·吴书·周瑜传》，周瑜向孙权陈说曹军可乘之处，使孙权下定决心御曹，事在诸葛亮见孙权之前。两人的见解大体相同，比较而言，周瑜的见解要更全面一些。而且火烧赤壁其计又是周瑜部将黄盖所献，说是周瑜指挥亦符合情理。使曹军"灰飞烟灭"的主要人物是周瑜，而不是诸葛亮。苏轼也正是这样看的。《前赤壁赋》便说："西望夏口，东望武昌，山川相缪，郁乎苍苍，此非孟德之困于周郎者乎？"

从全词所写的内容来看，"羽扇纶巾"也是指周瑜。"遥想"一句总提，承"一时"而来。因词的形式不可能写许多豪杰，故以周瑜为主。"当年"，当年怎么样？先说婚姻并及风姿言谈，这只是描写渲染他的风度；但这终究是表象，还没有回答出"当年怎么样"的全部内容。若到此为止，不仅不切合题目《赤壁怀古》，而且不符合史实。正如钱仲联先生所言，怀想的主要方面应该是赤壁之战的功业。若"羽扇纶巾"指诸葛，岂不是周瑜的功业都让给了诸葛亮一人，火烧赤壁使敌军"灰飞烟灭"的主要指挥者不就成了诸葛亮？而"当年"的周

---

① （晋）陈寿. 三国志·蜀书·诸葛亮传［M］. 北京：中华书局，1986：915.

② （宋）司马光. 资治通鉴：卷六十五［M］. 北京：中华书局，1976.

瑜便只有供人欣赏的风姿了！这是无论如何说不过去的。这里的六句词，构成一个完整的统一体，全是写周瑜的。"羽扇纶巾"前承"英发"，周瑜言议中展现的才华在以下三句中得到了落实。也就是说，英俊威武、才华出众的周郎，在赤壁之战中从容地运用了他的才能，打败了比孙吴强大得多的敌人，为此后三分鼎立的政治局面奠定了基础。"羽扇纶巾"一句，只不过是运用服饰表现周郎从容不迫破敌之态度，与"谈笑间"互为作用；亦是词人用以描写、表现人物的一种手法，与前引苏轼四诗中"葛巾羽扇"等的作用类似，并无其他难以理解的深奥内容。

唐圭璋先生发表在《语文教学》上的文章距今已久。近日阅读他 1981 年出版之《唐宋词简释》，其《念奴娇·赤壁怀古》后简释云："'遥想'四句，记公瑾当年之雄姿。'故国'以下平出。"[①] 这与他当年的意见似有不同。但"遥想"以下，"故国"之前，按唐先生断句有五句；若言四、五句写诸葛，先生却略去。再看他与潘君昭、曹济平二先生撰写的《唐宋词选注》，于"纶巾"一条云："这句是写周瑜穿便服指挥作战，与下句'谈笑间'起配合作用。"[②] 于此，即可见这位词学大师于此种问题亦时在思考之中。

---

① 唐圭璋. 唐宋词简释 [M]. 上海：上海古籍出版社，1981：98.
② 唐圭璋，潘君昭，曹济平. 唐宋词选注 [M]. 北京：北京出版社，1983：202.

七、"强虏"

"谈笑间,强虏灰飞烟灭"一句中的"强虏",历来有几种异文,除"强虏"外,尚有"狂虏""樯橹"。究竟哪一种较为正确?自宋以来即多有争议。王楙《野客丛书·东坡水调》云:"淮东将领王智夫言,尝见东坡亲染所制水调词,其间谓羽扇纶巾,谈笑处,樯橹灰飞烟灭。知后人讹为强虏。仆考周瑜传,黄盖烧曹公船,时风猛,悉延烧岸上营落,烟焰涨天,知樯橹为信然。"① 这个问题唐圭璋先生多年前即有所考证:

> 宋洪迈《容斋续笔》卷八"诗词改字"一则里说,黄庭坚所写苏轼《念奴娇》与今本不同,如"拍岸"作"掠岸","多情应笑我早生华发"作"多情应是笑我生华发","人生如梦"作"人生如寄",但它并未说"强虏"作"樯橹"。

> 检南宋花庵词客(黄升)之《花庵绝妙词选》卷二,录这首词作"狂虏"。②《元刊东坡乐府》作"强

---

① (宋)王楙. 野客丛书:卷二十四[M]. 北京:中华书局,1987.

② (宋)花庵词客. 花庵绝妙词选:卷二[M]. 上海:扫叶山房,1925(民国十四年).

虏"。① 龙榆生《唐宋名家词选》作"强虏"。俞陛云在《唐五代两宋词选释》中作"强虏"。而俞平伯虽与俞陛云为父子关系,其在《唐宋词选释》中却另有见解。其录作"樯橹",并有注明:"樯橹"句"说火烧战船。李白《赤壁歌》:'赤壁楼船扫地空。'一本作'强虏',恐非。"

可见由宋至元直至今日,学者对于"强虏"句也是有疑义的。如清万树《词录》、清《历代诗余》、清张宗橚《词林纪事》录这首词都作"樯橹"。可见古来对于这首词,同意"樯橹"的居多。②

同一组讨论文章中金勤昌还提出了证据,说他家有家藏的苏东坡手书《大江东去》拓本,上书"樯艣"。

在此之前,即在《语文教学》1957年3月号上,赵秋帆即提出应是"樯橹"。他说:"记得在黄庭坚书《念奴娇》条屏上的拓片上是写着'谈笑间樯橹灰飞烟灭',从苏黄二人的关系及年代上看,总是可靠性大些。"并指出:"'狂虏'这个字眼显然是站在'兴汉灭曹'的立场上说话的。替孙刘撑腰。作者是大可不必的。"还举出苏轼的《前赤壁赋》为证,说明苏

---

① (宋)苏轼. 元刊东坡乐府[M]. 影印. 北京:中国书店, 2021:28.

② 唐圭璋,金勤昌. 是"樯橹"不应是"狂虏"或"强虏"[M]//华东师范大学中文系. 语文教学. 上海:新知识出版社,1957(五月号).

轼在赋中将曹操写得很威风,"当不至于在《念奴娇》里粗暴地以'狂虏'目曹吧。"①

此后,一些宋词的选本,也逐渐改成"樯橹",而且道理讲得愈来愈完整:"强虏指曹操,有明显的贬意。而这首词前片的'千古风流人物'和'一时多少豪杰'应该是包括赤壁交战双方,即也包括曹操等在内。词中指名周瑜,应该是把赤壁之战时以弱胜强的青年主帅周瑜作为一代(甚至是历代)风流人物的代表,而并不是要借此扬周瑜而贬曹操。……是不会也无须在此斥曹操为'虏'的。"②

尽管如此,在一些比较严谨的宋词选本中,仍写作"强虏"。如夏承焘、盛弢青的《唐宋词选》,俞陛云的《唐五代两宋词选释》,刘永济的《唐五代两宋词简析》,龙榆生的《唐宋名家词选》等均作"强虏"。唐圭璋先生的《唐宋词简释》也作"强虏"。

这种现象是值得我们深思的。关于版本问题,唐圭璋先生已经说得很清楚了(见前《语文教学》1957年五月号上唐先生言"同意'樯橹'的居多")。元延祐七年(1320年)叶曾云间南阜草堂刻本《东坡乐府》是现存苏词最早的刻本,作"强虏";明毛晋所刻东坡词,录此词作"强虏";而元至正辛卯(1351年)陈氏刊刻宋何士信所编《增修笺注妙选草堂诗余》后集上,录此词则作"樯橹",并有说明。因之想从版本

---

① 赵秋帆."狂虏"还是"樯橹"[M]//华东师范大学中文系.语文教学.上海:新知识出版社,1957(三月号).

② 楚庄.《赤壁怀古》异文浅解[J].河北师院学报(哲学社会科学版),1983(3).

上断定是"强虏"还是"樯橹",相当困难。版本既带来了考订的困难,那么就要看旁证。黄鲁直书东坡词《念奴娇》应该是一个有力的旁证,如前所说,苏黄的关系不同寻常;但正如唐圭璋先生所言,洪迈《容斋随笔·诗词改字》记载黄书苏词《念奴娇》一事,并未说"强虏"作"樯橹"。何况,"今案黄山谷所书殆是东坡初稿,后经改易,故有所不同"①。苏轼的手迹有无改易应该是最可靠的了,可惜世传东坡"手书"或"醉书",往往系后人伪托,非经反复鉴定,难以确定其真伪。这一点,郭老在他的文章中也有提及:"传世有《至宝堂法帖》及《雪堂石刻》载有东坡醉笔《赤壁怀古》……毫无疑问是后人假造的……"这样,靠黄书苏词及东坡"醉笔"之类来断定"强虏"或"樯橹"也很难办到。而《野客丛书·东坡水调》一条虽有一定可靠性,但因"强虏""狂虏""樯橹"的多次改易,又有元延祐刻本在,缺乏真实有力的材料印证,也只能作一条旁证材料存在。

我们认为,"狂虏""强虏""樯橹"在这首词的书写流传过程中都是存在的,都有一定的依据。以"狂虏"而言,当时曹军水陆俱下,曹操不但横槊赋诗,而且给孙权下书,口气显得非常骄狂:"近者奉辞伐罪,旌麾南指,刘琮束手。今治水军八十万众,方与将军会猎于吴。"② 以"强虏"而言,同样有依据。曹操自称八十万大军,就按周瑜用以安慰孙权的折算,也"不过十五六万";这一降低了的军队数量,是孙吴军

---

① 郭沫若. 读书札记四则 [J]. 文艺报,1982 (11).
② (宋) 司马光. 资治通鉴:卷六十五 [M]. 北京:中华书局,1976.

三万人的五倍,当然可以称为"强虏"了。这里需要补充说明一下,"虏"并不单是当时对少数民族的蔑称,它还有"敌人"的含义。如曹丕《至广陵于马上作诗》"不战屈敌虏","敌虏"就是"敌人"之意(含有对敌人蔑称的意思)。"狂虏"就是骄狂的敌人,"强虏"就是强大的敌人。至于"樯橹",曹操的水军被消灭,楼船"扫地空",便是它的有力根据。

　　从版本上无法考订三者孰是,又无真实可信的材料去辨识它们,那么就只有结合全词及苏轼的有关诗文作出判断了。正如唐圭璋先生文中说到的,目前也是"同意'樯橹'的居多"。其原因,主要是碍于曹操这个英雄人物。认为一说到"虏",就是站到孙刘联军一方去了,就是对曹操的否定,而苏轼是没有这个思想的,《前赤壁赋》就说曹操是"一世之雄也",更何况"一时多少豪杰"就包括了曹操呢!前面我们说过,"虏"不一定就是对曹操的轻蔑态度;而苏轼既然要将周瑜当作主要人物歌颂(包括诸葛亮也一样),那么周瑜的敌人为曹操这是明摆着的事实,谁也否认不了;反之,周瑜或诸葛亮也是曹操的敌人。词中写周瑜时说曹操是他的敌人,这并不意味着否定曹操,也并不因此就算排除了曹操是"一时豪杰"。《前赤壁赋》不也说曹操"困于周郎"么?这个"困"当然是"兵困",兵困不就是把曹操当作敌人么?因此我们认为说曹操或曹军是"强虏"还是可以的。

　　同时,我们还认为用"强虏"优于"樯橹"。主要理由有两点。第一,《说文解字》上只有"橹"而无"檣","檣"字后出,一般很少用,多用"橹"字。为什么苏轼偏要用比较生僻的"檣"字,摆着现成的人们常用的"橹"字不用?我们只要浏览一下苏轼的诗集和词集,就可以发现他很少用僻字。因此"樯"字的真实性值得怀疑。第二,"谈笑间,樯橹灰飞烟灭",将周瑜的破敌写得太简单、太容易了。尽管"樯橹"代表了曹操的水军,但毕竟是以"樯橹"出现,谈笑间"楼船"也就"扫地空"了!破敌该是何等容易,曹军又是怎样的不堪一击!并且,曹军"灰飞烟灭"的不只是"樯橹"(楼船)。按《江表传》载,"烧尽北船,延及岸边营柴"。《周瑜传》也说:"延烧岸上营落,顷之烟炎涨天。"① 也就是说,曹操被击败的是水陆大军,不单是"樯橹"——水军。"樯橹"不足以代表曹军全体。"强虏"则不然。强大的敌人,强劲的敌人,曹军当时的确是以这样的面貌出现的。"强虏"能包括曹操的水军和陆军。同时,更为重要的是,周瑜(或诸葛亮)面对如此强大的敌人,却能从容不迫地指挥战斗,使敌方"灰飞烟灭",不正是表现了他的英雄气概、表现了他的杰出的军事才能么?这里的"灰飞烟灭"乃是形容曹军被击败的状态,不是单指"樯橹"(楼船)被烧光的情景。

据此,我们认为用"樯橹"是不适合的,用"强虏"于事于理于历史人物都是相宜的;"狂虏"则不及"强虏",因为有明显的贬义,尽管曹操在破荆州、下江陵之时确实相当骄狂,但其含意不及"强虏"平允、完整、全面。

---

① (晋)陈寿. 三国志:吴书·周瑜传[M]. 北京:中华书局,1982:1262-1263.

八、"故国神游"

"故国神游,多情应笑我,早生华发。"这三句,历来也多分歧。比较有影响的几个选本解释如下:

胡云翼《宋词选》:"故国神游——神游于故国(三国)的战地。""多情应笑我两句——应该笑自己多情善感,头发都变成花白了。"①

人民文学出版社编辑部《唐宋词鉴赏集》:"他笑自己不该多愁善感,为古代的往事陈迹而感叹,以致头发早已花白。"②

中国社科院文学所《唐宋词选》:"故国:这里是旧地的意思。指古战场赤壁。神游:在感觉中好像曾前往游览。"③

夏承焘等《唐宋词选》:"故国神游:就是神游故国,神往于赤壁这个历史上有名的地方。""多情两句:意思是应笑我怀古虽多豪情,但自己的头发早已变成花白,不能有所作为了。"④

唐圭璋等《唐宋词选注》:"这句说周瑜神游于三国时的

---

① 胡云翼. 宋词选 [M]. 上海:上海古籍出版社,1982:77.
② 陈祥耀. 谈苏轼的《念奴娇·赤壁怀古》[M]//人民文学出版社编辑部. 唐宋词鉴赏集. 北京:人民文学出版社,1983:186.
③ 中国社会科学院文学研究所. 唐宋词选:上 [M]. 北京:人民文学出版社,1982:139.
④ 夏承焘,盛弢青. 唐宋词选 [M]. 北京:中国青年出版社,1981:67.

战场。"①

刘永济《唐五代两宋词简析》："又设想周瑜、诸葛亮之英灵如于此时来游故国，必笑我头白无成。"②

依以上各本的解释，"故国神游"主要有两种理解：一是苏轼神游于赤壁古战场，一是周瑜神游于三国时的战场。另有一种解释比较含混，只说神游于三国战地，不说是谁，怎样理解都可以。"多情应笑我，早生华发"，据以上各本，也有两种解释：一种是苏轼自己笑自己多情，一种是周瑜（或诸葛亮等）笑自己多情。另外，还有一种，就是郭沫若先生在《读书札记四则》中的解释"'多情'即指小乔。……小乔笑他（苏轼）有了白头发。"

关于"故国"一词的解释颇多，有"旧国""祖国""故乡""过去的朝代"等等。这里的"故国"应该是最后一种，即指赤壁大战的年代。引申为赤壁古战场亦无不可，只是面窄了一些。说赤壁大战的年代，包括的范围更广一些。像孙权、刘备、小乔等并未亲临赤壁战场，但与赤壁之战都有关系，说"年代"不仅符合词义，而且可以将他们都包含进去。说"三国时代"是不确的，说"三国时战场"也不确，因"三国时代"的划分应以曹丕称帝那一年（220年）为标志。"故国"既然指的是赤壁大战的年代，或者赤壁古战场，那么周瑜可不可以"神游"，诸葛亮、小乔等可不可以神游？我们说他们不

---

① 唐圭璋，潘君昭，曹济平. 唐宋词选注［M］. 北京：北京出版社，1983：203.

② 刘永济. 唐五代两宋词简析［M］. 上海：上海古籍出版社，1981：48.

可以"神游",因为他们都在"故国",用不着"神游"。这里的"神游"不能指古人神魂来游,只能指苏轼足迹不去而魂魄精神往游。神游者只能是苏轼,不能是别人。说"神往于赤壁这个历史上有名的地方",也不对。因为他本来就假定自己已在赤壁了,哪里还用得着神往那个地方呢!江山本不变,人事皆已非。他神往的是赤壁大战那个时候,神魂置身于古人之中,领略当时"二龙争战分雌雄"的战地风貌。"故国神游"前承"遥想公瑾当年"而来,他说得很清楚,是"遥想""当年"。他在想象,想象当年周瑜的英姿,想象当年周瑜在那里从容镇定的指挥,想象曹军败溃的情景……一切出自"遥想"之中,也就是在"神游"了。"故国神游"轻轻一结,从古人转到自己,结构层次也是再清楚不过的。

"多情应笑我,早生华发",若按郭老的理解"多情"指小乔,那么这两句应释为"小乔应笑我早生华发",或"小乔应是笑我早生华发"。为什么小乔会笑苏轼?郭老的意见是:苏轼加入一群古人之中,小乔最年轻,苏轼最年老,所以小乔笑他有了白发。这样解释不够全面。既加入一群古人之中,那么周瑜对他怎么样?诸葛亮对他怎么样?"多情应笑我",是"应笑我多情"的倒文。谁笑"我"多情?既然不是周瑜神游故国而是词人自己神游故国,就是周瑜等人笑他多情。怎样理解"多情"的含义是一个很重要的问题。我们现在见到的解释,或曰"多情善感",或曰"多愁善感",或曰"怀古虽多豪情";有的说是"用嘲弄的口吻写的","多情"是"对功名富贵的追求之心",是"通过对周瑜的英雄气概和丰功伟绩的描述,表示了自己对功名的渴望"。① 我们说,既然"多情"不宜指小乔,是周瑜等笑他多情,这种"多情"就不能按通常的富于感情或"多愁善感"解释,应是"多情多感"——既多情又多感慨。苏轼是一个"奋励有当世志"②的人,游赤壁古战场,自然会引起他对周瑜等人功业的追想与羡慕,这种思想,在"遥想"五句中已是溢于言表。可是,这种追想与羡慕跟他写作此词的处境又大相径庭。这时他被贬黄州,不但官小职卑,而且身不自由,完全不能参与公事。这样他对古人也就徒有羡慕而已。更何况相比之下,周瑜当时年仅三十四岁,就做出了惊天动地的事业,而自己年近半百,却一事无成,前途渺茫,这怎能不引起他的许多感慨呢!于是就只好借古人来笑自己了:笑自己半生蹉跎,却还空怀壮志。因此,"多情应笑我"应概括两方面的内容:其一是对古人的追慕,反映了他平素的志向;其二是遭受厄难,年事已老,而壮怀不酬,由此而感慨系之。在现实与理想的矛盾中,在追慕古人与比较自己的感慨中,致使词人早生华发,同时也引出了"人间如梦"的慨叹。

综上所述,这首词写的是苏轼对古人的追慕以及由此引起的感慨。

词的开头大笔挥洒:"大江东去",立即造成宽广的背景和阔大的气势。一泻千里的滔滔江水,从古至今,日夜奔腾,无穷无尽。面对着"逝者如斯夫"的壮阔景象,不禁想起古代的

---

① 刘大伟. 也谈谁"多情"[J]. 教学通讯(文科版),1982(5).
② (宋)苏辙. 东坡先生墓志铭[M]//苏轼. 东坡乐府笺. 北京:人民文学出版社,2018:1.

许多杰出人物,正如《前赤壁赋》中所写的,"一世之雄也,而今安在哉?""浪海尽、千古风流人物",原来他们被像江水一样流逝的时间洗得踪迹全无。这是历史发展的不可抗拒的规律,"浪海尽"三字非常形象地概括了这一点。很明显,起始三句给全词增添了沉郁苍凉的情调。乍看是矛盾的,实则正是词人手法高明之处。他把眼前的景物与历史人物作了极为巧妙的安排。滔滔长江是眼前所见。历史人物的活动看不见了,但长江自古就像眼前这样奔流不息,它是那些历史事件、历史人物的见证。那些杰出的英雄人物,曾经做出过轰轰烈烈的事业,令人仰慕;但随着时光的流逝,他们也消逝了,使人慨叹。消逝了的历史人物与永无穷尽的大江就是这样融合在一起,不但展现了词人对古之风流人物的怀想,同时也流露出了他的惆怅心情。

"故垒"两句紧接"千古风流人物"而来。挑明他要写的不是别的,是火烧赤壁这一历史事件,杰出人物便是周瑜。自赤壁之战以后,周郎与赤壁、赤壁与周郎尽人皆知,几乎成了不可分割的整体;周郎赤壁与"故垒"相应,自然就不是纯写景物,而是追写周瑜和他导演的赤壁大战。这两句与上面两句贯穿在一起,把时代、地点、人物、事件都交代出来了。"人道是"三字尤其值得注意,表明苏轼真正的用意不是考察赤壁本身,只不过"借地抒情"罢了。

尽管词人的本意不是专写赤壁,但赤壁是历史人物活动的场所,还必须加以描写:"乱石穿空,惊涛拍岸,卷起千堆雪。"这三句又承"周郎赤壁"而来。三句话写几种不同的景物:杂乱不平的石壁高陡异常,好像穿插在天空一样。这是从仰观的角度写石壁耸立的形象。巨浪拍岸，发出令人惊骇的声音。这是从音响的角度写波涛的气势。浪涛拍岸受到阻碍，无数浪花纷卷，就像是数不清的雪堆。这是从颜色的角度写波浪卷起的情景。乱石、天空、惊涛、江岸、卷浪，相互衬托，构成一幅雄浑的赤壁山水图。历史人物就活动在这样一幅图画中，因之他们的功业就显得更加雄伟，他们的风姿就显得更加豪壮。正面描写赤壁的壮丽景物，仍是为了表现历史人物。

"江山如画"一句是承上总说，是前几句的结语。"一时多少豪杰"照应"千古风流人物"，又有开启下句的作用。"千古风流人物"当然不是一人，但接下来却偏要写"三国周郎赤壁"；"一时多少豪杰"也说明就是在赤壁之战的时候英雄豪杰也不止一人，但接着的下片却偏要专写周瑜。因此就发生了以上所说"羽扇纶巾"是指周瑜还是指诸葛亮的争论。实际上，"千古风流人物"也好，"一时多少豪杰"也好，其中既有周瑜也有诸葛亮，还有那酾酒临江的曹孟德，喜怒不形于色的刘玄德，以及承父兄基业、雄踞江东的孙仲谋，他们哪一个又不是英雄呢！从整体来看，从几十年间的三国时代来看，无论是诸葛亮、曹操，或是孙权、刘备，他们的功业和影响都比周瑜大；但是赤壁一战奠定了三国分立的基础，开创了一个新时代，而指挥这一战的主要人物却是周瑜。从这一点来看，周瑜的功业具有划时代的意义和作用；何况，他当时只有三十四岁！如此年轻就立下了这样伟大的战功，确定了孙刘的存亡及前途，这就使得许多历史学家叹服不已。苏轼也是十分钦佩的。然而历史人物也是互相制约、互相衬托的。没有曹操"破荆州、下江陵，顺流而东"的强大军力，不足以显示周瑜的杰出才能；没有孙权的信任、刘备诸葛亮的赞助，也不可能赢得赤壁之战的辉煌战果。以"千古""一时"等概括性语句写这些英雄人物，正是为了突出周瑜；周瑜写好了，这些历史人物的作用也会大大加强。从这个意义上来讲，赤壁怀古不是怀的周瑜一人，而是追怀赤壁之战的一批英雄人物；但词人所要强调的却是周瑜，这是毫无疑问的。

"遥想公瑾当年"三句紧接"一时多少豪杰"。"遥想"是明显的想象之词。词人采用的是衬托法，以美人衬英雄。

"羽扇纶巾"三句又紧承"雄姿英发"，也可以说是"雄姿英发"的具体化。"羽扇纶巾"写周瑜的服饰，"谈笑间"写从容潇洒的风度，"强虏灰飞烟灭"写他指挥作战的结果。"灰飞烟灭"自然是形容夸张的说法。曹操的水陆大军绝不可能在周瑜谈笑之间便如灰飞、如烟灭，但曹军确实被周瑜击败了，夸张之中还有写实。尤其值得一提的是，周瑜破曹使用的是火攻法，"灰飞烟灭"即是写火攻败敌情景。

"故国神游"几句，乃是词人在追写古人之后，转笔写自己，便于发表感慨。"故国神游"是总结追述之词，前承"遥想"。"遥想"就是在神游。词人的怀想也并非一般的想象追写，而是神游——他似乎忘却了自己的形骸，全部身心化作神魂重新经历了赤壁之战的现场，也就是如郭老所说，他参加进去了，置身于"火烈风猛、往船如箭……烧尽北船"、"雷鼓大进"（《江表传》）的激烈战斗之中。如此怀古的情状是很特殊的。这说明，词人建立功业的抱负不能在现实中实现，他只好神游历史，去领略前人建功立业的风采，聊以抚慰自己。"多情应笑我"是在现实与历史的比较中得出的结论。词人此次神游,头发花白而功业却未建立,远不及周瑜等古人,就只能痴情地缅怀古人,寄情于古人,这样,或许要受到古代英雄好心的嘲笑。这几句饱含着词人宦途失意的无限感慨,隐含着对现实的强烈不满。

"人间如梦"两句是失意感慨的进一步发挥,反映了词人的消极情绪。从结构上讲,这两句照应开头。"人间如梦"应"浪淘尽","江月"应"大江东去",勾画出"白露横江、水光接天"的江上景色,让自己远怀古人的激情暂时平息,回归到身处黄州贬所的境遇中来,从而表达了积于心头的沉郁忧愤的感情。

东坡词三首浅说

幽人有恨无人省

元丰五年（1082），苏轼写有《卜算子·黄州定惠院寓居作》一词，当是贬居黄州时的作品。词云：

缺月挂疏桐，漏断人初静。谁见幽人独往来，缥缈孤鸿影。
惊起却回头，有恨无人省。拣尽寒枝不肯栖，寂寞沙洲冷。

关于这首词，历来有一些不同的说法。《词苑丛谈》引《野客丛书》云："乃东坡在惠州白鹤观所作。惠有温都监女，颇有姿色，年十六而不肯聘人，闻坡至相邻，温谓人曰：此吾婿也。一夜，坡吟咏间，其女徘徊窗外，坡觉而推窗，则女踰墙而去。坡物色得其详，正呼王说为媒，适有过海之事，此议遂寝。其女不久卒，葬于沙汀之侧。坡回，为之怅然，故为此词也。"① 这个说法许多人都不赞成。鲖阳居士评此词时说："缺月,刺明微也。漏断,暗时也。幽人,不得志也。独往来,无助也。惊鸿,贤人不安也。回首,爱君不忘也。无人省,君不察也。拣尽寒枝,不偷安于高位也。寂寞吴江冷,非所安也。与考槃诗相似。"② 居士的话过于坐实,遭到了王士禛(王阮亭)的反对,称他是"村夫子强作解事,令人欲呕"③。也有学者并不完全否定。如近人俞陛云说："居士之评如是,此词当有寄托,但寓意何在,览者当能辨之。"④ 他这话说得比较客观。吴曾说："东坡谪居黄州,作《卜算子》词云云,其属意盖为王氏女子也,读者不能解。"⑤《历代诗余》引《古今词话》说："按词为咏雁,当别有寄托,何得以俗情傅会也。"⑥《蓼园诗选》也说："此东坡自写在黄州之寂寞耳。初从人说起,言如孤鸿之冷落;下专就鸿说。语语双关,格奇而语隽,斯为超诣神品。"⑦

今人关于此词的解释,语亦不多。夏承焘、盛弢青说:

---

① (清)徐釚. 词苑丛谈 [M]. 上海:上海古籍出版社,1983:228.

②③(清)徐釚. 词苑丛谈 [M]. 上海:上海古籍出版社,1983:52.

④ 俞陛云. 唐五代两宋词选释 [M]. 上海:上海古籍出版社,1985:206.

⑤ 龙榆生. 唐宋名家词选 [M]. 北京:中华书局,1962:119.

⑥ 上彊村民. 宋词三百首笺注 [M]. 唐圭璋,笺注. 上海:上海古籍出版社,1979:57-58.

⑦ 上彊村民. 宋词三百首笺注 [M]. 唐圭璋,笺注. 上海:上海古籍出版社,1979:59.

"这词是作者谪官黄州时作的。拿孤鸿来比自己在忧患中的寂寞惊惧心情。"① 胡云翼说:"作者是以孤鸿为喻,表示孤高自赏、不愿与世俗同流的生活态度,实际上是反映在政治上失意的孤独和寂寞。"② 中国社科院文学所的《唐宋词选》说:"词内生动地描绘了孤鸿的形象,它的傲岸和自甘寂寞,正是作者自己的性格和心情的反映。"③ 唐圭璋等的《唐宋词选注》说:"本词亦是元丰五年秋所作。先写(幽人)在月夜人静之际独自徘徊,犹如翩翩鸿影。接着刻划孤鸿形象,这也是作者的内心自白,'惊起'两句,既写孤鸿神态,又诉述了无人理解自己的苦衷。'拣尽'句表达了不肯随俗浮沉的高洁品格。词意含蓄而语气坚定。"④

以上,无论古人的意见还是今人的见解,都承认这首词有所寄托。只是关于如何表达寄托还有一些分歧。例如夏承焘、盛弢青、胡云翼以及中国社科院文学所的《唐宋词选》等,或说"拿孤鸿来比自己",或说以"孤鸿为喻",或说"描绘了孤鸿的形象",——大约是指全词都是写的孤鸿形象。中国社科院文学所的《唐宋词选》在解释"幽人"时说:"幽居之人,这里是形容孤雁。"这样解释,与书中的结论——"生动地描

---

① 夏承焘,盛弢青. 唐宋词选 [M]. 北京:中国青年出版社,1981:69.
② 胡云翼. 宋词选 [M]. 上海:上海古籍出版社,1982:82.
③ 中国社会科学院文学研究所. 唐宋词选 [M]. 北京:人民文学出版社,1982:142-143.
④ 唐圭璋,潘君昭,曹济平. 唐宋词选注 [M]. 北京:北京出版社,1983:205.

绘了孤鸿的形象"是一致的。也就是说，这首词的上片、下片描绘的都是孤鸿形象，连"幽人"也是用来形容孤雁的。①

关于这个问题，黄蓼园的意见值得考虑，即所说"初从人说起……下专就鸿说"。唐圭璋等的《唐宋词选注》的意见与黄氏的看法相仿，说得比较清楚。唐圭璋先生在《唐宋词简释》中有一段精彩的评论："此首为东坡在黄州之作。起两句，写静夜之境。'谁见'两句，自为呼应，谓此际无人见幽人独往独来，唯有孤鸿缥缈，亦如人之临夜徘徊耳，此言鸿见人。下片，则言人见鸿，说鸿即以说人，语语双关，高妙已极。山谷谓'似非吃烟火食人语'，良然。"②

这首词的起头二句的确写的是"静夜之境"。怎样的静夜之境？作者先从天上写起。天上是"缺月"，与"圆月"相对，月光不会那么明亮，或许只能以"朦胧"二字来形容。缺月，还挂在稀疏的梧桐的上空，这就更进了一层，点明一个"秋"字。而时间恰值"漏断人初静"。两句说明这是一个秋天的深夜，人们安静入睡了，只有朦胧的缺月悬挂在疏桐上。这个夜境就显得相当寂静。下面两句就写幽人、写孤鸿了。"谁见幽人独往来"一句，有的本子作"惟见"，有的作"时见"，很不统一。作"惟见"者，是说只看见幽人独自往来；作"时见"者，谓时时可以看见幽人独自往来。都可以讲通。但"惟见"或"时见"似乎都有客观之人从旁看见幽人，不然，何以说

---

① 中国社会科学院文学研究所. 唐宋词选 [M]. 北京：人民文学出版社，1982：142.

② 唐圭璋. 唐宋词简释 [M]. 上海：上海古籍出版社，1981：94.

"时见""惟见"呢!这样就容易将幽人看作是形容孤鸿的;如同幽人一样,看见幽人的自然是作者了。唯有"谁见",不能说有客观之人,而幽人只能是作者自己,这是一个隐居避世的人。根据作者当时的处境和心情,他很可能将自己看作幽人的,他不是说"小舟从此逝,江海寄余生"吗?"幽人独往来"像什么?像那缥缈的孤鸿的身影。这说明,幽人看见了孤鸿,想到自己在缺月悬空的秋夜这么独来独往地徘徊,不是像那身影缥缈的孤鸿么?同时也说明,孤鸿看见了幽人,它看见幽人独自往来。不然,只强调一方,下片"专就鸿说"就没法写了。这两句,就是唐圭璋先生说的"自为呼应"。

下片真的专写孤鸿了。它因幽人而"惊起","惊起却回头"。在作者看来,它就像幽人一样,"有恨无人省",心中有无限怨恨,但却无人了解。作者当时在黄州的情况正是这样。这里的"无人",自然指的不是一般人,指的是朝廷。朝廷无人了解他。假如朝廷(皇上和大臣)稍稍了解他的情况的话,怎么会让他在黄州贬所一住就是好几年呢!他的怨恨是有所指的。尽管他怨恨无人理解自己,但是他绝不愿采取攀高结贵的方式或随波逐流的态度处世,用以改变他的处境,他绝不会这样做;而宁愿在寂寞的贬所清苦地生活,取"无禁"之清风,用"不竭"之明月(见《前赤壁赋》)。这里,他正是借孤鸿"拣尽寒枝不肯栖,寂寞沙洲冷"的择地而栖的动态,表达了自己不肯与世俗周旋的孤高性格,同时也反映了安于寂寞生活的心境。

"拣尽寒枝不肯栖"历来也有不同的理解。一般来说,鸿雁不会栖息于树林中,湖滩、沙洲、苇丛倒是它们歇息的场所。所以胡仔在《苕溪渔隐丛话》中说："'拣尽寒枝不肯栖'之句，或云鸿雁未尝栖宿树枝，唯在田野苇丛间，此亦语病也。"① 知识渊博的苏轼又何尝不知道这一点，他正是利用鸿雁不栖树枝这一生活习性来表达自己的情怀。他是说：鸿雁选尽了寒冷的树枝都不肯栖息，宁愿在寂寞寒冷的沙洲上停留。词人对这个问题分辨得很清楚。假如他说别的什么鸟，例如乌鸦，不肯栖息于树枝，而要飞到沙洲上去歇，那倒真是"语病"了。这末两句，既没有违反生活的常识，还顺应了鸿雁的习性，同时更重要的是能够达到以鸿雁喻志的目的。

最后一句"寂寞沙洲冷"，旧本常作"枫落吴江冷"。《耆旧续闻》记载，赵右史家有顾禧、景蕃补注东坡长短句真迹云："余顷于郑公实处见东坡亲迹书'卜算子'断句云'寂寞沙汀冷'，今本作枫落吴江冷，词意全不相属。"② "枫落吴江冷"为唐人崔信明诗句。崔写了很多诗，唯有这一句有点名气，流传下来。问题不在于是否引用崔诗，在于引用过后词意不连贯；且"吴江"属特有地名，与苏轼贬地黄州所临之江不符。

曲笔写胸臆

元丰五年三月七日，苏轼写有《定风波》词一首，词前有小序：

---

① 龙榆生. 唐宋名家词选［M］. 北京：中华书局，1962：119.
② 上彊村民. 宋词三百首笺注［M］. 唐圭璋，笺注. 上海：上海古籍出版社，1979：58.

> 三月七日，沙湖道中遇雨。雨具先去，同行皆狼狈，余独不觉。已而遂晴，故作此词。
>
> 莫听穿林打叶声，何妨吟啸且徐行。竹杖芒鞋轻胜马，谁怕？一蓑烟雨任平生。
> 料峭春风吹酒醒，微冷，山头斜照却相迎。回首向来萧瑟处，归去，也无风雨也无晴。

关于这首词的研究和分析到目前为止还做得不够，尤其是一些比较关键的地方，大多语焉不详。现将几种主要的意见记录如下。

郑文焯《手批东坡乐府》："此足徵是翁坦荡之怀，任天而动。琢句亦瘦逸，能道眼前景。以曲笔直写胸臆，倚声能事尽之矣。"①

夏承焘、盛弢青《唐宋词选》："这首词，作者借在风雨中不怕风雨的心情，来表达人生虽有挫折也不必畏缩、灰心的意思。在旁人都狼狈的情况下，表现了他的倔强和乐观。其时作者在贬谪中，他觉得：政治场合的晴雨表是升沉不定的，不如

---

① 上彊村民. 宋词三百首笺注 [M]. 唐圭璋，笺注. 上海：上海古籍出版社，1979：61.

归去，作一个老百姓，不切实际地幻想'也无风雨也无晴'。"①

胡云翼《宋词选》："这首词写途中遇雨一件小事。写的虽然只是极平常的生活细节，却反映了作者胸怀开朗的一面。'一蓑烟雨任平生'是一种不避风雨、听任自然的生活态度。作者这时在贬谪中，在他看来，政治上的晴雨表也是升沉不定的。词里似也含有不计较地位得失、经得起挫折的暗示。"②

徐荣街、朱宏恢《唐宋词选译》："从有双关意义的'一蓑烟雨任平生'中，我们可以看出，作者虽然在政治斗争中暂遭失败，但精神状态仍是乐观昂扬的。"③

唐圭璋等《唐宋词选注》："雨打竹叶，春风料峭，作者却吟啸徐行、坦然处之。这不仅是对待大自然变化，也是对待人生、特别是对待贬谪生活的态度。所谓'一蓑烟雨任平生'，也即此意。雨后放晴，山头夕照相迎，'也无风雨也无晴'，又写出他心头平静的境地。"④

人民文学出版社编辑部《唐宋词鉴赏集》："作品紧紧扣着道中遇雨这样一件生活中的小事，来写自己当时的内心感受，

---

① 夏承焘，盛弢青. 唐宋词选［M］. 北京：中国青年出版社，1981：65.
② 胡云翼. 宋词选［M］. 上海：上海古籍出版社，1982：72.
③ 徐荣街，朱宏恢. 唐宋词选译［M］. 南京：江苏人民出版社，1982：117-118.
④ 唐圭璋，潘君昭，曹济平. 唐宋词选注［M］. 北京：北京出版社，1982：197.

从而展示了作者豪迈的胸襟和达观洒脱的性格。"[1]

现在我们试着对这首词进行一些必要的分析。在分析的过程中，逐步对以上意见作出一些判断。

上片的起始两句分别写了自然界和人两个方面，说具体一点，就是写了自然界的风雨和苏轼本人对待风雨的态度这两个方面。他以"穿林打叶"形容风雨的急骤，描写出了风雨如狂的严峻场面。说"十分壮观"是谈不上的。试想，人们在道中遇上了大风雨，又没有雨具，谁会认为眼前风雨的突然袭击是一种"壮观"呢？苏轼也不这样看。他在句前冠以"莫听"二字，足见风雨的气势是很凶暴的。所谓"莫听"，就是词人对待使"同行皆狼狈"的风雨置若罔闻，这是主观思想对客观现实的一种抵抗。不但如此，他还认为"吟啸且徐行"是没有什么妨碍的。"莫听"与"何妨"表达了词人对待风雨的无所谓的态度。这样看来，首二句所描写的两个方面，风雨本来是主，人是客；但因词人所采取的态度，风雨反成了客，人成了主，乃是反客为主了——风雨受到了人的主观制约。"竹杖"一句，描写词人与同行者在风雨泥泞中行走，本来很艰难，但他却看得很轻松。所谓"轻胜马"，并非真的竹杖芒鞋比马好，而是同样反映了词人主观上对待风雨泥泞的轻视态度。果然，"谁怕"二字就表现了他无所畏惧的精神。"一蓑烟雨任平生"，韩兆琦先生的意见有可取之处。他说："是作品前四句的小结，也是作者一生处世态度的总括。这可以说是'豪放'，也可以

---

[1] 韩兆琦．一蓑烟雨任平生——读苏轼《定风波》[M]//人民文学出版社编辑部．唐宋词鉴赏集．北京：人民文学出版社，1983：205.

说是对自然、对社会的一种戏弄,洒脱中略带一点玩世不恭。"①

我们应该注意到,词人在小序中说"遇雨",因没有雨具,"同行皆狼狈",而"余独不觉"。可是上片中关于所遇之雨只有"穿林打叶"四字,而且还受了"莫听"的限制,其他几句或写词人的行动,或写词人的态度、感想,这样,我们就不能不想到他是有所寄托的。就上片来说,说反映了他的"坦荡之怀"也可以,说他借不怕风雨表达不畏缩、不灰心的意志也可以,说他此时的精神状态是昂扬乐观也不错,说表现了他的倔强和乐观也是对的。不过,我们还想强调几句,那便是:苏轼此时过的是窜逐生活,风雨就是这种生活的曲折反映;他对风雨的无所畏惧的态度也就反映了他对贬斥的态度。"一蓑烟雨任平生"是这种态度的总写照。

"料峭春风"三句,一些研究者认为是写景,这是不错的;但一般都没有注意到"吹酒醒"三字。这三个字是必须注意的。它说明,上片词人写遇雨时,他还带着醉意。古人酒醉抒豪情的例子甚多,李白、杜甫都这样做过。苏轼带着醉意抒发豪放胸怀,于是就写下了上片五句流传千古的文字。应该说,酒虽未醒,但心中还是清楚的,因此词句的逻辑联系也没有一点儿混乱的地方。不过我们也应该看到,那毕竟是在酒未醒的情况下写的。"已而遂晴",经寒冷的春风一吹,酒醒了,感觉到微冷,对面山头又照来斜阳,感情跟遇雨时还有些不同。末

---

① 韩兆琦. 一蓑烟雨任平生——读苏轼《定风波》[M]//人民文学出版社编辑部. 唐宋词鉴赏集. 北京:人民文学出版社,1983:206.

尾三句就表现得比较明显了。关于这三句所寄托的意思,一些研究者作了某些阐述,但究竟如何解释,都说得不很清楚。韩兆琦同志注意到了这一点。他说:"好极了,说理警辟,气力圆足,写的是眼前景,说的是人生哲理,既有诗情画意,又似乎带一点禅味。"① 他进了一步,可是这三句词是怎样写眼前景的,仍然没有讲清楚。这三句中,如何理解"回首"一句是个关键。关于萧瑟处,各本的解释都是不错的,或说"指刚才遇雨时经过的木叶萧索作响的所在",或说"指遇雨的处所",或说"萧萧瑟瑟落雨的地方",大同而小异,都解释是上片描写的遇雨的地方。回首遇雨的地方现在怎么样?得不到答案了。还在萧萧瑟瑟地下雨吗?不对。小序中说"已而遂晴",而且"萧瑟处"的前面有"向来"二字,指的是他刚才遇雨的处所,而不是回首所见那儿还在"萧瑟"。那么刚才的萧瑟处现在是什么样子呢?他回首看到的又是什么呢?前面是斜照相迎,后面呢?词人绝不会不写的。他写了,就是最后那一句"也无风雨也无晴"。也许有人说,不对吧,这是写的眼前的景色,或者说是想象归去以后的气候,不然,那"归去"同前后两句之间的关系怎么解释安排呢?可以这样解释和安排:"他回头看那刚才遇着萧瑟风雨的地方,那儿也没有风雨也说不上晴。我们回去吧!"这样的解释符合下片景物描写的层次。"料峭"三句写的是眼前景:春风扑面,感觉微冷,山头夕阳迎面照来。这是"已而遂晴"的景象。前面晴了,后面怎么样?以

---

① 韩兆琦.一蓑烟雨任平生——读苏轼《定风波》[M]//人民文学出版社编辑部.唐宋词鉴赏集.北京:人民文学出版社,1983:206.

下三句写的是后面的景色，就是"向来萧瑟处"的景色。那儿也没有风雨了，但也说不上天晴。前后的景色都写到了，于是一行人就"归去"。不能说前面的景色"无晴"，那样就跟山头斜照相矛盾了。同时，后面"回首"是远承上片的"穿林打叶"，既然小序中说"遂晴"，后面也应有个交代。不然，内容就显得零乱割裂。从寄托的角度讲，这样的解释倒是能更好地说明问题。不是说上片通过他遇风雨时的情形反映了他不怕挫折的精神，反映了他的"倔强和乐观"吗？还可以看出他的坦荡胸怀么？如果说"也无风雨也无晴"是一语双关，既写了眼前景又反映了他幻想将来过"也无风雨也无晴"的老百姓生活，那么，他岂不是害怕风雨、害怕挫折？乐观倔强又到什么地方去了？胸怀还能说是坦荡么？不能。实际上，他描写了萧瑟处回首所见景色之后，流露了这样的情绪：穿林打叶的风雨终归要过去，人生的困难也就那么回事，事后跟那也无风雨也无晴的天气一样，没有什么值得耿耿牵挂的。这与"一蓑烟雨任平生"的处世态度是一致的。从这样的基点出发，说他通过遇雨而后放晴这件小事感到"政治上的晴雨表也是升沉不定的"就很有道理。刚才还是雨骤风狂的地方，不一会就变成了"也无风雨也无晴"，这岂不是和政治上的变化相仿佛么？如果穿林打叶的地方没有这个显著的变化，那么政治上晴雨表的升沉之说也就很难成立。

　　清人郑文焯说这首词"以曲笔直写胸臆"，很值得我们考虑。我们不但要看到上片的曲笔写胸臆，也要找出下片的曲笔寄意之所在；而且上下片的曲笔都应是对整首词而言，不能各不相干，甚或有相矛盾的地方。

刘永济先生关于这词有一段话。他说："上半阕可见作者修养有素，履险如夷，不为忧患所摇动之精神。下半阕则显示其对于人生经验之深刻体会，而表现出忧、乐两忘之胸怀。"① 根据这一段话，"穿林打叶"之风雨也许就是令人担忧的情景，而斜照相迎也许就是令人高兴的境地；不过词人对两者都无所谓，就是结句所说的"也无风雨也无晴"吧！这样的见解也是很有道理的。

不即不离话伤情

苏轼《水龙吟·次韵章质夫杨花词》云：

> 似花还似非花，也无人惜从教坠。抛家傍路，思量却是，无情有思。萦损柔肠，困酣娇眼，欲开还闭。梦随风万里，寻郎去处，又还被、莺呼起。
>
> 不恨此花飞尽，恨西园、落红难缀。晓来雨过，遗踪何在，一池萍碎。春色三分，二分尘土，一分流水。细看来，不是杨花点点，是离人泪。

---

① 刘永济. 唐五代两宋词简析[M]. 上海：上海古籍出版社，1981：49.

这首词，大多数研究者认为通过咏杨花刻画了一个思妇的形象，表达了她的伤春之情。

看来，咏杨花是这首词应该抓住的中心，而赋予杨花以生命、使之具有思妇的感情却是这首词要达到的主要目的。所以开篇就抓住杨花的特点："似花还似非花，也无人惜从教坠。"杨花的确是花，但是一般人并没有认真地将它当作一种花，因为它没有鲜艳的色彩，没有芬芳的气味，不大引人注意，自然也无人惜它。起始两句可以说确切地抓住了杨花的特征，概括了大多数人对杨花的态度。此后的叙写均从此生发开去。刘熙载在《艺概》中说得极好："东坡《水龙吟》起云'似花还似非花'，此句可作全词评语。盖不即不离也。"① 所谓不即，就是不过于局限于杨花本身，只是停留在对杨花的描写上；不离，就是不离开杨花太远，因为词题说得很清楚，就是"次韵章质夫杨花词"。以下三句，"抛家傍路"从"无人惜从教坠"写出，仍然没有离开杨花飘坠的特点；但"思量却是，无情有思"又是"不即"了，这已不是杨花本身所有，而是作者赋予它的，像是无情却有思想感情；甚至连带了"抛家"也像有了人的影子。"萦损柔肠"三句是颇费斟酌的。对于"柔肠"，研究者都认为指柳枝；对于"娇眼"，都认为是指柳叶。这没有什么分歧。问题是怎样解释这三句。有人说："这三句是双关地说杨花和看花的人。这个人就是'梦随风万里'去'寻郎'

---

① 上彊村民.宋词三百首笺注［M］.唐圭璋，笺注.上海：上海古籍出版社，1979：54.

的女子。萦，回绕。古人用'九转回肠'来比辗转思量，所以这里用'萦'来指愁肠。萦损柔肠，表示极度愁苦。困酣，困倦得很。欲开还闭，是倦得睁不开眼。"① 有学者说，"萦损柔肠"是"思恋之情愁坏了肠肚"，"困酣娇眼"是用美人倦极时欲开还闭的娇眼形容柳叶飘扬飞舞的娇态。② 有的本子讲，"这句是说辗转思念愁坏了柔肠"，困酣"两句说困倦得眼睛想睁开又闭上了"。③ 还有的本子概括地说："以上三句表面上以拟人化的手法写杨柳，实际上却是暗写一个女子的愁苦和困倦。"④ 这些分析从意思上看倒很不错，说到了三句词实在的含义。问题是：谁"萦损柔肠"？谁"困酣娇眼"？按以上各种分析，说的是一个女子；或者说是以拟人化的手法写杨柳，暗地里还是写一个女子。在这里我们还是用得着刘熙载的"不即不离"说。上面的分析符合"不即"，但却说不上"不离"。从词的意思看，前面说杨花"有思"，"萦损"三句上承"有思"，使"有思"具体化。从语言的角度看，"萦损"三句的主语也只能是杨花。比较全面的解释应该是：杨花的愁思萦绕损坏了它的柔肠（柳枝）；杨花非常困倦，娇眼（柳叶）想睁开又闭上了。三句词还是从杨花写出，紧承了上面的意思。所以唐圭

---

① 夏承焘，盛弢青. 唐宋词选 [M]. 北京：中国青年出版社，1981：70.
② 胡云翼. 宋词选 [M]. 上海：上海古籍出版社，1982：86.
③ 唐圭璋，潘君昭，曹济平. 唐宋词选注 [M]. 北京：北京出版社，1982：209.
④ 中国社会科学院文学研究所. 唐宋词选：上 [M]. 北京：人民文学出版社，1982：147.

璋先生说:"'萦损'三句,摹写杨花之神,惜其忽飞忽坠也。"① 这是从杨花一面来讲,也就是"不离"。但这里毕竟采用拟人化的手法,是以杨花写思妇,上面各种意见都已提到,此不赘言。这就是"不即",不呆板的一味写杨花本身,而是通过杨花写思妇,写思妇的极度愁苦和困倦。"梦随风"三句同样存在着"不即不离"问题。有的本子讲:"以上三句暗写女子对离家万里的爱人的怀念。金昌绪《春怨》诗说,'打起黄莺儿,莫叫枝上啼。啼时惊妾梦,不得到辽西。'这里是化用其意。"② 明确指出"暗写",这就对了;与"暗写"相对应的是"明写"。是否可以将"暗写"理解成"不即"、将"明写"理解成"不离"?我看是可以的。这三句仍然没有离开杨花,不是说"梦随风万里"么!主语还是杨花。又是唐圭璋先生说得好:"'梦随风'三句,摄出杨花之魂,惜其忽往忽还也。"但也的确是在写思妇。与前面所描写的愁苦、困倦相照应——此处又梦中寻夫,从思想到行动完成了对一个思妇形象的刻画。这些,又都是通过杨花来进行的。从杨花一面讲,它常常随风飘荡,忽往忽还,忽起忽落;而在它这么随风飘荡的时候,黄莺儿正在杨柳枝条间飞着叫着呢!

换片以后,作者采用的手法有所变化。如果说上片的开头他是着意描写杨花的话,那么下片的开头便是借杨花抒发看花人的伤春之情了。"不恨此花飞尽,恨西园、落红难缀。"杨花

---

① 唐圭璋. 唐宋词简释[M]. 上海:上海古籍出版社,1981:90.

② 中国社会科学院文学研究所. 唐宋词选:上[M]. 北京:人民文学出版社,1982:147.

飞尽也不怨恨,是因为它似花非花,它的坠落也无人惋惜。这里照应了开头。但不恨中又有恨——偏偏杨花坠落之时也是百花凋谢之日,这样园中的落花就难以与枝条缀接了,不禁产生了伤春的怨恨情绪。不管是杨花飞尽还是落红难缀,全都表明春天已经走了。"晓来"三句还是写杨花,承"此花飞尽"写出。本来说杨花飞尽也不恨,这里怎么又追寻它的遗踪呢?还是因伤春而追寻。杨花飞过,也带来了落红无数。是伤春之情促使看花人在早晨下过雨后,追寻杨花的遗踪。终于在池塘里面找到了它,全都成碎萍了!这么说也是惋惜之词。但真正的惋惜还在后面,就是春色三分全都没有了。词人说得很形象:两分变成了泥土,与"抛家傍路"相应;一分变成了流水,紧承"雨过"。这么一来,"春色"就成了杨花的同义语。它的去向,虽然词人使用了形象的说法,但仍然写的是平日观察的结果。杨花除了坠落地上与随水漂流之外,还能到哪里落脚呢?最后三句将伤春之情推到了顶点。追寻遗踪是寻看,三分春色的去向也是寻看。因为春去了而伤心到极点,于是杨花似乎成了离人的点点滴滴的眼泪。这样的判断好像比较突然,实则相当自然。这几句与上片所刻画的思妇形象遥相呼应。思妇愁思困苦,梦中寻郎不着;而春天的消逝只会带给她更多的伤情,她寻春,她叹春,寻郎不着又伤春,难道这些还不足以令她潸然泪下吗?应该说,整个下片,词人所表达的伤春之情与思妇(离人)的离愁别绪是一致的,他既是通过写杨花的飞尽表现思妇的感情,也是明写杨花暗写思妇因春的离去而倍加伤痛。同上片一样,下片也同样没有离开"不即不离"的原则。

全词咏物拟人,明写暗写,起合照应,全都自然绵密,生动婉转,文笔优美细致。难怪王国维在《人间词话》中赞赏说:"咏物之词,自以东坡《水龙吟》为最工。"[1]

附:章质夫《水龙吟》咏杨花词

燕忙莺懒花芳残,正堤上、柳花飘坠。轻飞乱舞,点画青林,全无才思。闲趁游丝,静临深院,日长门闭。傍珠帘散漫,垂垂欲下,依前被,风扶起。

兰帐玉人睡觉,怪春衣、雪沾琼缀。绣床渐满,香球无数,才圆却碎。时见蜂儿,仰粘轻粉,鱼吞池水。望章台路杳,金鞍游荡,有盈盈泪。

---

[1] 王国维.人间词话[M].北京:北京理工大学出版社,2010:52.

秦观词三首考释

满 庭 芳

山抹微云,天连衰草,画角声断谯门。暂停征棹,聊共引离尊。多少蓬莱旧事,空回首、烟霭纷纷。斜阳外,寒鸦万点,流水绕孤村。

销魂。当此际,香囊暗解,罗带轻分。谩赢得、青楼薄幸名存。此去何时见也,襟袖上、空惹啼痕。伤情处,高城望断,灯火已黄昏。

关于这首词的写作时间及地点,有两种不同的意见。沈祖棻先生说:"接着,作者写这位旅客,也就是自己,在将要离开此时所在地汴京的时候,不由自主地回想起在这里生活的一段时期中所发生的'多少''旧事'来。'蓬莱'本是海中仙岛,东汉人习惯用来指在洛阳的国家图书馆——东观。秦观曾在汴京的秘阁供职。秘阁则是宋代的国家图书馆,所以也可称为蓬莱。'蓬莱旧事'即指在京城的一段生活而言。"而时间则在哲宗绍圣元年,"新党重新得势,旧党全部倒台。秦观也于此时外调杭州通判。这首词,可能就是作于此时。"① 徐培均先生《淮海居士长短句》本词笺注(一):《苕溪渔隐丛话后集》卷三十三言"故知此词作于元丰二年岁暮"。地点在会稽,即此词写于会稽(今浙江绍兴)。② 清秦瀛重编《淮海先生年谱》(嘉庆二年刻本)云:"元丰二年己未先生年三十一。正月……作五百罗汉记,将如越省大父承议公及叔父定于会稽。……东游鉴湖谒禹庙憩蓬莱阁,是时……程公辟领越州,先生相得甚欢。……案先生客会稽作满庭芳词即山抹微云之篇,苏公极赏此词,戏呼为山抹微云君。"③《艺苑雌黄》云:"程公辟守会稽,少游客焉,馆之蓬莱阁。一日席上有所悦,自尔眷眷不能忘情,因赋长短句,所谓'多少蓬莱旧事,空回首、烟霭纷纷'是也。"④

至于"所悦"为谁,《淮海居士长短句》中《满庭芳·山抹微云》笺注(一)亦有交代:《别程公辟给事诗》……"月下清歌盛小丛","回首蓬莱梦寐中"。盛小丛系唐时越地歌妓。⑤当是以"盛小丛"之名代指所悦之歌妓。

清徐釚《词苑丛谈》卷三《苏秦词》载:"后秦少游自会稽入京,见东坡,坡云:'久别当作文甚胜,都下盛唱公山抹

---

① 沈祖棻. 宋词赏析[M]. 上海:上海古籍出版社,1981:78-79.

②⑤ (宋)秦观. 淮海居士长短句[M]. 徐培均,校注. 上海:上海古籍出版社,1985:37.

③ (明)秦镛. 淮海先生年谱[M]. (清)秦瀛,重编. 刻本. 1797(清嘉庆二年):6-7.

④ 上彊村民. 宋词三百首笺注[M]. 唐圭璋,笺注. 上海:上海古籍出版社,1979:67.

微云之词。'秦逊谢。坡遽云:'不意别后,公却学柳七。'秦答曰:'某虽无识,亦不至是,先生之言,无乃过乎。'坡云:销魂当此际,非柳词句法乎。'秦惭服。"[①]

此一记载亦可作旁证,证词作于会稽,且证词学柳七句法,"销魂"当谓与"所悦"别离而言。

词的上片写别时情境。首句"山抹微云"写别时景色。动词"抹"用得尤为巧妙。有人说"抹"就是涂抹。但从词意来看还不能这么讲。"涂抹"显得很重,与"微云"是不相称的。这里有轻轻地抹上的意思。即是说,眼前的山峦上有淡云缕缕,看上去好似用什么轻轻抹上一般。这一句很有名,秦观因此得了"山抹微云君"的雅号。(见《苕溪渔隐丛话后集》)甚至他的女婿自称"某乃'山抹微云'女婿也",也会受到青睐。[②]"山抹微云"本是远景,因为山峦间的云近看可不能说是"微云";而"天连衰草"却是极目天边所见景象。一本作"黏"字,亦无不可,但从意境讲不及"连"字好。"黏"在这里显得滞重,比较局促,而"连"字却能将衰草铺向遥远天边的情景表现出来,使两句构成的境界阔大而深远,给人以远的感觉更加突出。"画角声断谯门"是以声音造境。"谯门"则是下片"高城"的伏笔。"衰草"只有深秋才有,"画角"从谯门那儿传来又"断"了,表明这是晚上的时间。三句词,写了离别时的境地,离别时的季节,离别的具体时间。这些都包含在

[①] (清)徐釚. 词苑丛谈[M]. 唐圭璋,校注. 上海:上海古籍出版社,1983:50-51.

[②] (明)秦镛. 淮海先生年谱[M]. (清)秦瀛,重编. 刻本. 1797(清嘉庆二年):7.

如画一样美的景物中。"暂停"两句,点明离别。由此可知,前三句中的景物是从离人眼中写出。"暂停""聊"都说明了离人的无可奈何的心情。"共引离尊"是说两人都有共同的离情别绪,借助于离尊相互表达。"多少蓬莱旧事"明说回想,而以"多少"贯之,寓深沉的感慨之情。这里是以"蓬莱"代指会稽之地;"蓬莱旧事"当指与"所悦"者的交往,自然是无法从记忆中消失的。"空回首"两句,是将自己回首往事的惆怅心情融入许多烟霭之中;以烟霭的纷纷显示自己回想旧事时所引起的不能平静的胸怀。"烟霭纷纷",不过是借眼前迷茫的云气表达情绪的迷惘、烦乱。"斜阳外"三句写眼中景色,上承"画角声断谯门",写的是傍晚时分的景色。斜阳、寒鸦、流水、孤村,给人以荒凉冷寂的感受。这三句与"山抹微云"结合起来,构成了一幅旷远、荒冷的画面,寄托着词人的离别情怀。许多研究者都指出,三句中套用了隋炀帝的诗句"寒鸦千万点,流水绕孤村";但同时也都承认用得很好,已与全词融为一体,不显游离痕迹,最能表现环境的凄寂,衬托离人的心情。[1]

下片写离别时的心情。换头四句写离人互赠纪念物品。香囊为古时男子随身所佩,罗带为女子贴身用物,两者皆不轻易予人,而此时因别情的浓重,致使两人互赠。"暗解"与"轻分"的动作细节充分显示了两人的情意,而此时此刻的离情是最难忍受的,就是换头两句所强调的"销魂。当此际"。"销

---

[1] 上彊村民. 宋词三百首笺注 [M]. 唐圭璋, 笺注. 上海: 上海古籍出版社, 1979: 68.

魂"两句概括了互赠物品时的极度凄苦之情。"青楼"两句取牧之"十年一觉扬州梦,占得青楼薄幸名"[1]诗意,是说自己离去以后,难得再会,于是只剩得了薄情的名声。这是他心中最不愿意又无法避免的事。两句前的"谩"字尤有深意。"谩"者,空也,徒然也,显示了无可奈何的怨恨心情。"此去何时见也"以反诘语气承上写出,是说后会无期。这样,离人就处在极度的悲伤之中,襟袖之上免不了沾上许多泪痕。不过,如此悲伤也还是徒然,也还是没有相会的可能,因之只能带来无法平息的悲哀。这就是"空染啼痕"的含义。

结末三句写分手后的心情。时间景物皆与上片不同。以时间来看,已由斜阳进到黄昏;景物呢,已不是远方的山峦远天,而是高城灯火。唐欧阳詹《初发太原途中寄太原所思》有句云:"高城已不见,况复城中人",此处用其诗意。写"征棹"启行之后,他回望"画角声断谯门"的高城,已是万家灯火了。"望断"意为望尽。船行渐远,高城尚且尽于眼底,那城中"所悦"之人,更无再见之可能,这是最为伤情之处。望断的高城,黄昏的灯火,都在映衬他的哀伤的离情,词意凄寂,婉转不尽。

词的上片着重写景,景中充满离情,是谓情在景中;词的下片着重抒情,而由情入景,景为情设。通篇的景色都有浓重的感情色彩;而离愁别绪正因了景色的迷茫空远,而显得缠绵深厚,含蓄沉重,动人心扉。

这首词虽是写离情,但在上片的"空回首"、下片的"谩

---

[1] 缪钺. 杜牧诗选[M]. 北京:人民文学出版社,1957:99.

赢得"等句中，语义双关，于不能忘情蓬莱旧事、青楼所悦之中，有着自己的身世感慨，也就是周济在《宋四家词选》中所言："将身世之感，打并入艳情，又是一法。"①

千 秋 岁

水边沙外，城郭春寒退。花影乱，莺声碎。飘零疏酒盏，离别宽衣带。人不见，碧云暮合空相对。

忆昔西池会，鹓鹭同飞盖。携手处，今谁在。日边清梦断，镜里朱颜改。春去也，飞红万点愁如海。

关于这首词的写作时间，清人秦瀛在重编《淮海先生年谱》中写道：

绍圣二年乙亥，先生年四十七，先生在处州颇以游咏自适。……尝游府治南园，作千秋岁词……②

宋曾敏行《独醒杂志》的记载与《年谱》不同：

---

① 上彊村民. 宋词三百首笺注［M］. 唐圭璋，笺注. 上海：上海古籍出版社，1979：69.
② （明）秦镛. 淮海先生年谱［M］. （清）秦瀛，重编. 刻本. 1797（清嘉庆二年）：31.

> "秦少游谪古藤，意忽忽不乐。过衡阳，孔毅甫为守，与之厚，延留待遇有加。一日，饮于郡斋，少游作《千秋岁》词，毅甫览至"镜里朱颜改"之句，遽惊曰："少游盛年，何为言语悲怆如此！"遂赓其韵以解之。居数日别去，毅甫送之于郊，复相语终日。归谓所亲曰："秦少游气貌大不类平时，殆不久于世矣。"未几果卒。①

明毛晋刻本《淮海词》、宋黄昇《花庵词选》等皆言作于处州。而宋吴曾《能改斋漫录》卷十七乐府却言作于衡阳：

> 秦少游所作《千秋岁》词，予尝见诸公唱和亲笔，乃知在衡阳时作也。少游云："至衡阳，呈孔毅甫使君。"其词云云，今更不载。毅甫本云："次韵少游见赠。"其词云……今越州、处州皆指西池在彼，盖未知其本源而云也。②

徐培均校注之《淮海居士长短句》兼收二说，然亦有其倾向性："《能改斋漫录》列举孔毅甫、苏东坡、黄山谷次秦少游韵词以证，言之凿凿，似属可信。然词中所写，乃系春景，据《年谱》，少游乃于绍圣三年丙子（1096）岁暮抵郴州，其经过

---

① （宋）曾敏行. 独醒杂志：卷五［M］. 朱杰人，标校. 上海：上海古籍出版社，1986：41.
② （宋）秦观. 淮海居士长短句［M］. 徐培均，校注. 上海：上海古籍出版社，1985：65.

衡阳，至少在秋天，于词境殊不合。此词似应作于处州，至衡阳遇孔毅甫饮于郡斋，始出示耳。"①

徐培均先生最大之怀疑是词写春景，而少游过衡阳在秋天，时节不合，故倾向作于处州。这个问题，喻志丹先生在《秦观〈千秋岁〉词考辨》一文中作了准确的考释。他说：

> 考秦观南迁，曾两次途经衡阳。第一次是绍圣三年，其自处州改徙郴州（今湖南郴州），途中曾经湖南衡阳。但时间是在冬十一月前后，有其《祭洞庭文》及《题郴阳道中古寺壁二绝》为证。而《千秋岁》词所写系春景，时令不合，可见此词不作于此次途经衡阳之时。绍圣四年二月二十八日，哲宗朝廷颁发诏令："其郴州编管秦观，移送横州（今广西横县）。"（《续资治通鉴》卷八十五，《宋史纪事本末》卷四十六）这一次秦观是自郴州北行至衡阳，复循湘水，次永州（今湖南零陵）后，西行至横州。衡阳距郴州约三百里，因此，少游此次途经衡阳，当在绍圣四年春三月前后（是年闰二月）。我以为吴曾所谓"乃知在衡阳时作也"，具体地说，就是此次途经衡阳之时。②

这一考辨解决了徐培均先生所称时节不合的问题。喻志丹

---

① （宋）秦观. 淮海居士长短句 [M]. 徐培均，校注. 上海：上海古籍出版社，1985：64.

② 喻志丹. 秦观《千秋岁》词考辨 [J]. 学术论坛，1984（1）.

先生关于此词作于衡阳，除了考定时间这一条理由之外，还有一条理由，便是此词"与作者谪居处州时的思想实际不符"。他的证据是：第一，词为惜别赠酬之作，而非游府治南园记游之作。第二，绍圣元年是秦观谪宦羁旅生涯的开始。尽管他此时苦闷、傍徨、思想消沉，但对前途并未完全绝望。《千秋岁》词中所抒发的伤老嗟卑之慨，日暮途穷之感，显然不是他初谪处州时的思想写照。

词中所写的春景与秦观第二次途经衡阳的节令相吻合，又有吴曾的记录为证；且吴曾所记又与孔毅甫知衡州、秦少游过衡州的史事相符，是不是就可以完全确定此词写于衡阳？我们认为还不能这么说，尽管吴曾有"乃知在衡阳时作也"之语。因为就按吴曾的记载，秦观说："至衡阳，呈孔毅甫使君。"他说的是"呈"，不是作；他作在处州，到了衡阳，再拿出来呈孔毅甫，可不可以？完全可以。孔毅甫说："次韵少游见赠。"这个"赠"，可以在衡阳写成后相赠，也可以是处州写成了，过衡阳时拿出来相赠。至于毅甫"次韵"那是不足为据的，后来苏轼、黄庭坚都有"次韵"之作。秦观为什么要呈毅甫、毅甫为什么要次韵？因为词中写了"忆昔西池会"等句。据喻先生考证，元祐七年三月上巳日，少游曾与馆阁官二十六人同游金明池，互相唱酬，"以志其盛"。而孔毅甫正当其列，又与少游同为元祐党人。吴曾说"忆昔"句"亦为在京师与毅甫同在于朝，叙其为金明池之游耳"。吴曾这么讲不错，喻先生也是对的。至于苏轼与黄庭坚次其韵，那就更不必讲了，他们三人关系之密切程度，非一般可比。显然，即使按吴曾所记、喻先生考证所得，也并不能完全断定此词作于衡阳。

我们再来看第二条理由。第二条理由有两条证据。我们先说第二条证据。即《千秋岁》词所抒发的"愁如海"的感情是不是初谪处州时的思想写照？这里我们看一首贬处州之前出为杭州通判时的词作，看它里面反映了作者的什么思想。《江城子》一首云：

　　西城杨柳弄春柔，动离忧，泪难收。犹记多情曾为系归舟。碧野朱桥当日事，人不见，水空流。
　　韶华不为少年留，恨悠悠，几时休？飞絮落花时候一登楼。便做春江都是泪，流不尽，许多愁。

词中的"西城""犹记"与《千秋岁》词中的"忆昔"颇相似。下片中的"许多愁"又与"愁如海"一致。甚至"人不见"一句完全相同，词意亦相类。全词也都满是日暮途穷的伤情。而这却是秦观坐党籍、出为杭州通判时的作品，不但比衡阳为早，也比贬谪处州要早。由此看来，仅仅根据词中流露的感情判断其是否写于处州，也不尽可靠。

现在我们再说第一条证据。《千秋岁》词是否为"惜别赠酬"之作？答曰：不是。《蓼园词选》云："按此乃少游谪虔（处）州思京中友人而作也。起从虔（处）州写起，自写情怀落寞也。'人不见'，即指京中诸友，故下阕直接'忆昔'四句。'日边'，比京师也。'梦断'、'颜改'、'愁如海'，俱自叹也。"① (黄)蓼园对此词的理解是正确的。

  词的开头正从贬谪之地处州写起。"水边沙外"指处州之地，"城郭"当指处州。"春寒退"即寓有"春去"之意。两句写贬地及节令。"花影"两句，分别从花与鸟两方面补足说明人在处州贬所，迎来了暮春时节。"飘零"两句说到自己。写自己在贬谪生活中无心近酒，因离别京师及友人而使自己愁苦，以致损及身心，连衣带也宽松了。"人不见"中之"人"当指京中友好。因政治风云这些人或在京师或已他去，于今都无法见到了，他只能面对暮色浓重的碧云，徒然地思念而已。上片写的是贬地处州的时节、自己的生活、心情以及对友人的思念，不能说是"写离别时的情景"。

  下片起头二句，正如吴曾所言、喻先生考证的那样，是忆京城中的聚会。《淮海诗钞》有诗为证。诗前小序云：

> 西城宴集，元祐七年三月上巳，诏赐馆阁官花酒，以中浣日游金明池、琼林苑，又会于国夫人园。会者二十有六人二首。（录其一一首）

> 春溜泱泱初满池，晨光欲转万年枝。
> 楼台四望烟云合，帘幕千家锦绣垂。
> 风过忽闻花外笑，日长时奏水中嬉。
> 太平谁谓全无象，寓在群仙把酒时。

---

① （宋）秦观. 淮海居士长短句 [M]. 徐培均，校注. 上海：上海古籍出版社，1985：68.

(次王敏中少监韵)①

诗中流露的情绪该是多么愉快！过着谪宦生活的秦观，怎么能不忆西池盛会？"携手处，今谁在？"这一发问颇有深意。那二十余人，凡属元祐党人，不都或贬或放了吗？因此那携手同游的地方，现在又有哪一个在那里呢！"日边"两句当是绝望之语，是以"清梦断"表达自己想回到朝廷干一番事业的政治理想破灭，自然寓着无限的怨恨，所以说看到自己在镜中的容颜都改变了。"春去也"两句照应上片开头，以飞红万点的暮春景象形容自己忧愁如海——极言愁思之多。下片所写，倒是如喻志丹先生所言："前忆昔日欢晏盛事，后抒今日谪贬的情怀。"不过，忆昔之西池会，也是为了反映今日之落寞，说明今日清梦已断、朱颜已改。

如喻先生言，《千秋岁》所抒发的确是伤别（老）嗟卑之慨、日暮途穷之感，但不是惜别赠酬之作，因此不可能是在衡阳写后赠孔毅甫，当是作于处州，至衡阳时因毅甫系关乎西池盛会之人，故出示赠之，故有"呈孔毅甫使君"之说。至于词中所流露的愁极之情绪，不但处州有，即通判杭州亦有之。这是事实。尽管他在通判杭州、初谪处州时写过一些比较开朗的诗词，但也不能回避他思想上愁苦的一面。对待贬谪生活的态度，秦观与苏轼及黄庭坚都有一定的差距。《冷斋夜活》卷三有所评论：

---

① （清）吕留良等. 宋诗钞：淮海集钞［M］. 北京：中华书局，1986：1155.

少游谪雷,凄怆,有诗曰:"南土四时都热,愁人日夜俱长。安得此身如石,一时忘了家乡。"鲁直谪宜,殊坦夷,作诗云:"老色日上面,欢情日去心。今既不如昔,后当不如今。轻纱一幅巾,短簟六尺床。无客白日静,有风终夕凉。"少游钟情,故其诗酸楚。鲁直学道休歇,故其诗闲暇。至于东坡《南中》诗曰,"平生万事足,所欠惟一死",则英特迈往之气,不受梦幻折困,可畏而仰哉。①

上述记载,说明了秦观即在通判杭州时便有"许多愁"的原由,也说明初谪处州时有"愁如海"的感叹并不奇怪。同时也说明为什么苏、黄、秦三人同在贬谪中度过许多时日,而秦观寿命比苏、黄都短的原因。

好事近·梦中作

春路雨添花,花动一山春色。行到小溪深处,有黄鹂千百。

飞云当面化龙蛇,夭矫转空碧。醉卧古藤阴下,了不知南北。

《好事近·梦中作》一般皆认为是秦观临终前写的一首词。

---

① (宋)释惠洪. 冷斋夜话 [M] //钦定四库全书·子部杂家类:卷三. 1792(清乾隆五十七年).

吴熊和先生在其力作《唐宋词通论》中写道:"秦观在苏门虽属年轻,却因不胜困顿愁苦,死在苏轼、黄庭坚之先。《好事近》(梦中作)一首是他的绝笔。"① 按吴先生意见,这首词约作于元符三年(1100),即在秦观从流放地放回的那一年。徐培均先生校注之《淮海居士长短句》堪称精本,他在"笺注"中写道:"案少游于绍圣元年贬监处州(今浙江丽水)酒税,至绍圣三年岁暮徙郴州,词盖作于绍圣二年乙亥(1095)春天。"他的依据是《苕溪渔隐丛话前集》卷十五引《冷斋夜话》中的记载:"秦少游在处州,梦中作长短句曰:山路雨添花……。后南迁,久之,北归,逗留于藤州,遂终于漳江之上光华亭。时方醉起,以玉盂汲泉欲饮,笑视之而化。"②

喻志丹先生在其《秦观〈好事近〉词考辨》中也认为词作于处州。他除了引用上述《冷斋夜话》中的记载外,还引用了另外两条材料作证。一条是《能改斋漫录》卷十七"秦少游唱和千秋岁词"条:

> 豫章题云:少游得谪,尝梦中作词云:"醉卧古藤阴下,了不知南北。"竟以元符庚辰死于藤州光华亭上。崇宁甲申,庭坚窜宜州,道过衡阳,览其遗墨,始追和其《千秋岁》词。

---

① 吴熊和. 唐宋词通论[M]. 杭州:浙江古籍出版社,1985:217.
② (宋)秦观. 淮海居士长短句[M]. 徐培均,校注. 上海:上海古籍出版社,1985:148.

喻先生认为，黄庭坚所提供的词作时间，也与《冷斋夜话》的记载大体一致。还有一条材料出自《津逮秘书·东坡题跋》：

> 少游昔在虔州，尝梦中作词云："山路雨添花……"供奉官侬君沔居湖南，喜从迁客游，尤为吕元钧所称。又能诵少游事甚详，为余道此词，至流涕，乃录本使藏之。建中靖国元年三月二十一日。

喻先生在肯定以上三条材料的同时，也批驳了清人张思岩《词林纪事》中所引《冷斋夜话》中的一段记载：

> 少游既谪归，尝于梦中作《好事近》，有云："醉卧古藤阴下，了不知南北。"果至藤州，方醉起，以玉盂汲泉，笑视之而化。

喻先生认为今本宋释惠洪《冷斋夜话》中已无此条，与《苕溪渔隐丛话》所引《冷斋夜话》不同，是"张氏作了妄改"。①

案《好事近》为绝命词，其记载并不始于张氏，《宋史》秦观本传云：

> 徙郴州，继编管横州，又徙雷州。徽宗立，复宣

---

① 喻志丹. 秦观《好事近》词考辨［J］. 学术论坛，1983（2）.

德郎，放还至藤州。出游华光亭，为客道梦中长短句，索水欲饮，水至笑视之而卒。……及死，（苏）轼闻之叹曰："少游不幸死道路，哀哉！世岂复有斯人乎！"①

《宋史》本传据何种材料写成，今已不知。清人秦瀛在其重编《淮海先生年谱》中，也有一段记载：

……先生被命复宣德郎，放还。于是作《归去来兮辞》和陶元亮。遂以七月启行而逾月至藤州。因醉卧光化亭，忽索水饮；家人以一盂注水进。先生笑视之而卒。实八月十二日也。先是，先生尝于梦中作好事近词一阕云……人皆以为词谶。②

按理，苏轼、黄庭坚、惠洪等皆为宋人，苏黄与秦观友善，惠洪与苏门四学士多有交往，他们的记载当是可靠的；而元代编成之《宋史》在后，张思岩、秦瀛为清人，更不待言，其材料的可靠程度较之前者就更要差些。不过，情况比较复杂，单以记载的年代为准，也不一定靠得住。如《苕溪渔隐丛话》所引《冷斋夜话》一条，今本亦无；既然张思岩所引今本不见，难以作证，那么《丛话》所引也因同样的原因，不能作

---

① （元）脱脱等. 宋史：卷四百四十四·文苑传[M]. 北京：中华书局，1987.

② （明）秦镛. 淮海先生年谱[M].（清）秦瀛，重编. 刻本. 1797（清嘉庆二年）：317-319.

为可靠的材料。只有弄清了张本、胡（仔）本所引《冷斋夜话》文字的变化情况以后，才能确定其真伪。这一点在目前还难以办到。《能改斋漫录》所记也不能都认为是可靠的，这一点前已论及，此处不论；单就"尝梦中作词"五字，并不能肯定其作于处州。剩下的东坡题跋则是至关重要的。特别重要的是"建中靖国元年三月二十一日"这个时间。因为这一时间距秦观逝世只有八个月。案苏轼与秦观同谪南土，元符元年秦观贬至雷州（今属广东），苏轼则贬往儋州（今属海南），两人有音问相通。元符三年五月哲宗病逝，徽宗即位，元祐旧臣渐次得到赦免。苏轼量移廉州，与秦观在雷州相会，时间大约是五六月间。① 此事秦瀛重编《淮海先生年谱》有载，《东坡全集》年谱不载。苏轼因有新的任命，行走的路线是：由廉州经容县、藤县至梧州；再由梧州至广州；由广州至韶州入江西，越大庾岭至赣州；然后转经长江至金陵；再由金陵去常州，途中染病，七月二十八日逝世于常州。苏轼去世离秦观死日其间不到一年时间，而这一年的大部分时间又是在路途中度过的；其经过之地，有时只作短暂停留，有时停留的时间要长一些。秦观的遇赦北归，当在苏轼之后。苏轼是在归途中听到秦观逝世的消息的。他痛惜地说："某全躯得还，非天幸而何？但益痛少游无穷已也。"② 毫无疑问，"靖国元年三月二十一日"他听到那个供奉官侬沔（《淮海集》作莫沔）"诵少游事甚详"也当

---

① （明）秦镛. 淮海先生年谱 [M]. (清) 秦瀛，重编. 刻本. 1797 (清嘉庆二年): 315-317.

② （宋）苏轼. 答苏伯固书 [M] //苏东坡尺牍. 上海：商务印书馆，1936（民国二十五年）: 30-31.

在归途之中。问题是三月二十一日苏轼在什么地方。如果三月二十一日他是在广西容州、藤州（苏轼曾经过两地）听到侬沩这么讲，事情也好办，如果这一天他在湖南某地听到此事，而侬沩又"居湖南"，那就更加可靠。现在我们就根据《苏轼诗集》看他这一个月究竟在什么地方。

《苏轼诗集》卷四十五王文诰有记载：［诰案］起徽宗建中靖国元年辛巳，正月渡岭至虔州，四月抵当涂，五月自金陵过仪真，六月归毗陵，请老，以本官致仕，止七月作。① 他在虔州（今江西赣州）停留的时间较长，作诗甚多。与前知州霍汉英及代霍汉英知虔州的江晦叔均有诗唱和。他之所以在虔州停留较长时间，是因为"以水涸舟不得行"。待到水涨之后，他才沿赣江入鄱阳湖经湖口出长江。待至湖口作诗和《壶中九华》诗时，其日期是"建中靖国元年四月十六日"。这个《壶中九华》，苏轼有说明："予昔作《壶中九华》诗，其后八年，复过湖口，则石已为好事者取去，乃和前韵以自解云。"② 因之侬（莫）沩给他说秦观事只在虔州至湖口这一段旅程中，多半在虔州，与湖南没有关系。"虔州"并非"处州"之误。而秦观被贬的路线又确与虔州无关。因之"居湖南"或曰"官湖南"的侬沩为何跑到江西向苏轼说"少游昔在虔州"之事，题跋中未作交代，不可理解。这是疑点之一。其二，只说侬沩"喜从迁客游"，没有说侬沩曾从秦观游，因之侬沩有听人转述

---

① （清）王文诰. 苏轼诗集［M］. 孔凡礼，点校. 北京：中华书局，1982：2423.

② （清）王文诰. 苏轼诗集［M］. 孔凡礼，点校. 北京：中华书局，1982：2454.

之嫌，不一定是其亲身所历。如果这段记载是从秦观家人口中道出，当是完全可靠，从侬沔口中讲出，又有上述疑点，在很大程度上是一条传闻，而苏轼当时出于对秦观的感情，又是在旅途之中，就这么匆忙"录本使藏之"，因而就有虔州之误。不过，这一条终究是苏轼所记，完全否定也不妥，完全肯定又有疑点难以解决，只能作"重要参考"对待。而《宋史》本传至今还没有可靠材料驳其记载之不实。

至于秦瀛重编《淮海先生年谱》，虽没有确定《好事近》作于何时何地，但说"先是先生尝于梦中作好事近一阕云"。"先是"一词实际上已划定了写作时间。所谓"先是"即"在此之前"的意思；"此"当指逝世之前，与《宋史》本传所载近似。①

以上两种意见，各有难于推翻或难于肯定之材料，因之只是依靠上述材料确定此词作于何时何地，难免各不相让，形成僵持。在这种情况下，我们认为还得从《好事近》词本身寻找答案。从全词所叙写的内容看，词人所展现的情绪是兴奋的，平日诗词中那种愁情满纸的语言几乎没有。首二句写梦中行走在山路上所见的景色。此时正下着濛濛春雨，百花正需要春雨滋润，它们在雨中接连开放，所以说"雨添花"。百花在雨中闪动，更显得满山春色，格外绚丽。两句中，第一句写雨中春花盛放，第二句写百花装点成满山春色。两句写足了春雨春花春山的动人景象。三、四句写梦中行到小溪深处的所闻。主要

---

① （明）秦铺. 淮海先生年谱［M］.（清）秦瀛，重编. 刻本. 1797（清嘉庆二年）: 319.

写黄鹂的鸣啭。黄鹂鸣声悦耳动听,一向为人们所喜爱。如今"千百"黄鹂在小溪深处鸣唱,此起彼伏,相互应合,热闹非凡,该是一个多么动人的场面。这两句主要写所闻,当然也兼写所见,如小溪、丛林;而黄鹂,除了能听到它们动听的歌喉之外,时而也能看见它们美丽的身影。四句词所描绘的是一幅山中春景图。

"飞云"两句从地面写到空中。"飞云",飘飞的云。"当面化龙蛇",是说就在他的眼前变化成为龙蛇,"夭矫转空碧"——很有气势地在碧空中游转。这是一幅奇异的景象,自然是作者平生所没有经历过的,无疑是梦中所见,照应了题目"梦中作"。

最后两句写梦中的人——作者自身。他忽然觉得自己是喝醉了睡在古藤阴下,完全不知道自己是在什么地方,这就是"了不知南北"的含义。

因此,毛水清同志认为这首词是秦观"放归途中在藤州所作。醉中有欢喜,是真醉",这一论断大体上还是可以的。[①] 而喻志丹先生认为这首词作于处州,词中所写梦中所见所闻,"恰是秦观在政治上受到打击后思想苦闷的折光反映,正因为在现实生活中他看不到一线光明,所以才在梦中幻想出一派明媚动人的春色",这个结论却是值得商榷的。秦观在遇赦北归时写过一篇和陶元亮《归去来兮辞》,辞中较全面地反映了他的心情。兹摘录如下:

---

① 毛水清. 瘴雨海棠写归魂 [J]. 学术论坛,1982(3).

公无何，被命复宣德郎放还。于是作《归去来兮辞》一篇和陶元亮，其词曰：归去来兮，眷眷怀归，今得归。念我生之多艰，心知免而犹悲。天风飘兮，余迎海月炯兮。余追省已空之忧患，疑是梦而复非。及我家于中途，儿女欣而牵衣。望松楸而长恸，悲心极而更微。升沉几何，岁月如奔。嗟我宿昔，通籍璧门……岁七官而五谴，越鬼门之幽关，化猿鹤之有日，诅国光之复观。忽大明之生东，释累囚而北还。酾天汉而一洗，觉宇宙之随宽。归去来兮，请逍遥于至游，内取足于一身，复从物兮何求。荣莫荣于不辱，乐莫乐于无忧……①

辞中"疑是梦而复非""觉宇宙之随宽"等句，自然是喜悦心情的表露；但想到过去所受的种种磨难，就有"心知免而犹悲"的感想。悲喜交集，喜多于悲，喜是主要的。当时南谪诸臣，很少有人想到会生还北归。就连遇事豁达的苏轼也"已绝北归之望"。秦观甚至自作挽词，断言自己将"茹哀与世辞"，以致"孤魂不敢归，惴惴犹在兹"。② 因之突然宣布赦免放还，真是喜从天降，事出望外，也就有了"疑是梦而复非"的感受。于是就真的做了梦，梦见了一派春光融融的景象。也即是"天汉一洗""宇宙随宽"这种感情的反映。因为事情来

---

① （明）秦镛. 淮海先生年谱［M］.（清）秦瀛，重编. 刻本. 1797（清嘉庆二年）：317-319.
② （明）秦镛. 淮海先生年谱［M］.（清）秦瀛，重编. 刻本. 1797（清嘉庆二年）：315-317.

得突然,怀疑是梦境而又不是梦境,于是在梦中就有"了不知南北"的懵然感觉,这也是合乎情理的。梦境是现实的反映,所谓"日有所思,夜有所梦"便是这样。喻志丹先生说"最后两句显然是受了佛教'色即是空、空即是色'思想的影响,表现了作者在痛苦的政治生活中找不到出路,而不得不向梦境、向宗教寻求超现实的解脱的心境",这一分析不符合结尾两句的实际。

有一点喻志丹先生倒是讲得很好,即最后两句不是"正面交代","醉",不仅写卧态,而且也应包括词人在梦境中的情态。这样解释才能与词题"梦中作"相一致。

说白石词《暗香》《疏影》

辛亥之冬,予载雪诣石湖,止既月,授简索句,且征新声。作此两曲,石湖把玩不已,使工妓隶习之,音节谐婉,乃名之曰暗香,疏影。

暗　香

旧时月色,算几番照我,梅边吹笛。唤起玉人,不管清寒与攀摘。何逊而今渐老,都忘却、春风词笔。但怪得、竹外疏花,香冷入瑶席。

江国,正寂寂。叹寄与路遥,夜雪初积。翠尊易泣,红萼无言耿相忆。长记曾携手处,千树压、西湖寒碧。又片片、吹尽也,几时见得!

疏　影

苔枝缀玉,有翠禽小小,枝上同宿。客里

相逢，篱角黄昏，无言自倚修竹。昭君不惯胡沙远，但暗忆、江南江北。想佩环、月夜归来，化作此花幽独。

犹记深宫旧事，那人正睡里，飞近蛾绿。莫似春风，不管盈盈，早与安排金屋。还教一片随波去，又却怨、玉龙哀曲。等恁时、重觅幽香，已入小窗横幅。

姜夔的这两首词，历来被词论家定为姜氏的代表作。然而对这两词的评价往往大相径庭，相距甚远。例如，南宋张炎在《词源·卷下》中说："词之赋梅，惟姜白石《暗香》《疏影》二曲，前无古人，后无来者，自立新意，真为绝唱。"[①] 近人王国维在其《人间词话》中却说："《暗香》《疏影》，格调虽高，然无一语道着。"[②] 两相比较，一作极肯定之语，一作基本否定之论。

关于两词的理解，分歧就更大。这种分歧，在南宋尚属笼统。如"新意"之"意"所指为何，并未言明。及至清代，始将两词之"新意"具体化。如张惠言在其《词选》中说："此为石湖作也。时石湖盖有隐遁之志，故作此二词以沮之。"此后，张惠言又在评《疏影》时说："此章更以二帝之愤发之，

---

① 上彊村民. 宋词三百首笺注 [M]. 唐圭璋，笺注. 上海：上海古籍出版社，1979：179.

② 王国维. 人间词话 [M]. 北京：北京理工大学出版社，2010：52.

故有昭君之句。"① 张氏强调比兴寄托，他的意见影响颇大。其后，人们对他的此二词为范石湖而作固不坚持，但于"以二帝之愤发之"一说，则多方解释，流行甚广。如郑文焯于此说有一大段解说：

> 此盖伤心二帝蒙尘，诸后妃相从北辕，沦落胡地，故以昭君托喻，发言哀断。考唐王建《塞上咏梅》诗曰："天山路边一株梅，年年花发黄云下。昭君已没汉使回，前后征人谁系马？"白石词意当本此。近世读者多以意疏解，或有嫌莫举典，拟不于伦者；殆不自知其浅暗矣。词中数语，纯从少陵咏明妃诗义隐括，出以清健之笔，如闻空中笙鹤，飘飘欲仙；觉草窗、碧山所作《吊雪香亭梅》诸词，皆人间语，视此如隔一尘，宜当时转播吟口，为千古绝唱也。至下阕藉《宋书》寿阳公主故事，引申前意，寄情遥远，所谓怨深文绮，得风人温厚之旨已。②

当然，在郑文焯之前，也有人认为两词难以理解。如顺治进士刘体仁在其《七颂堂词绎》中说："咏物至词，更难于诗。

---

① 上彊村民. 宋词三百首笺注 [M]. 唐圭璋，笺注. 上海：上海古籍出版社，1979：178，180.
② 上彊村民. 宋词三百首笺注 [M]. 唐圭璋，笺注. 上海：上海古籍出版社，1979：180-181.

即'昭君不惯胡沙远，但暗忆江南江北'。亦费解。"① 陈廷焯针对难解说，发了一段议论："南渡以后，国势日非，白石目击心伤，多于词中寄其感慨。不独《暗香》《疏影》二章，发二帝之幽愤，伤在位之无人也。特其感慨全在虚处，无迹象可寻，人自不察耳。感慨时事，发为诗歌，便已力据上游。特不宜说破，只可用比兴体，即比兴中亦须含蓄不露，斯为沉郁，斯为忠厚。"② 蒋敦复亦云："词原于诗，虽小小咏物，亦贵得风人比兴之旨；唐、五代、北宋词人，不甚咏物；南渡诸公有之，皆有寄托，白石《石湖咏梅》，暗指南北议和事。"③

近人于张、郑、陈、蒋等人之议更有发挥。

俞陛云曰：

今寻绎《暗香》词意，乃发怀旧之思，而托诸美人香草。起笔"旧时月色"句已标明本旨……况"寄与路遥"句与《疏影》曲"胡沙忆远"同义，则咏花而兼有人在也。《疏影》曲叔夏言其"用事不为事所使"，诚然。但其意不仅用明妃、寿阳事，殆以两宫北狩，有故主蒙尘之感，故云花片随波，胡沙忆远，寓霜塞玉鞭之慨。转头处即言深宫旧事，与《暗香》

---

① 上彊村民. 宋词三百首笺注 [M]. 唐圭璋，笺注. 上海：上海古籍出版社，1979：180.

② （清）陈廷焯. 白雨斋词话：卷二 [M]. 上海：上海古籍出版社，1984.

③ 上彊村民. 宋词三百首笺注 [M]. 唐圭璋，笺注. 上海：上海古籍出版社，1979：180.

曲"旧时月色"相应。否则落花随水及"玉龙哀曲"句与寿阳何涉耶？①

刘永济曰：

> 此首前半阕就作者本身言；后半阕则其感于世事之词。"月色"而曰"旧时"，一起即有今昔之感。"梅边吹笛""玉人""攀摘"，皆旧时赏梅情事也。"何逊而今渐老"以下，则今日观梅之情。何逊以自比也。今何逊虽"忘却春风词笔"，然逢花遇酒，亦不能不兴感。后半阕即就所感着笔。"江国，正寂寂"句，言外有南宋朝政昏暗之意。"寄与路遥"，虽暗用陆凯寄梅故事，实追指被金人掳去之二帝、后妃及宗室而言。"路遥""夜雪"皆北地也。思念及此，故有"翠尊"之"泣"，与"红萼"之"忆"。翠尊非能泣，红萼非能忆，泣与忆皆此饮翠尊与观红萼之人也。而"千树压西湖"与"片片吹尽"句，则又以昔盛今衰作结，仍归到梅花。②

较之前人，吴熊和先生说得更切实一些：

---

① 俞陛云. 唐五代两宋词选释[M]. 上海：上海古籍出版社, 1985：404.
② 刘永济. 唐五代两宋词简析[M]. 上海：上海古籍出版社, 1981：72.

开端即言今昔兴亡之感。"算几番照我"四句，始回顾少时赏梅韵事，月色、笛声、花香、人影，境界非常清高优美。"何逊而今"自比，尽管竹外疏花，暗香如故，而自己垂垂老矣，风情顿尽。言下之意，就是《扬州慢》下片所写的"杜郎重到，难赋深情"的意思。下片赋南北隔绝之意，就更清楚。"江国"四句，用吴陆凯寄范晔诗……江国，南国也。"寄与路遥"，北地沦陷，隔绝不通也。寄情无由，因而只得"易泣"而"耿相忆"了。"翠尊"两句写梅花心事，乃眷眷不忘北地故国。最后四句说西湖的梅花，既承题意和首句，切合林逋孤山之梅，又接上片所言少年情事，但昔盛今衰，盛时"压千树寒碧"，衰时"又片片飞尽"，则又有慨于今，怅然不已了。①

唐圭璋先生与俞平伯先生也持同样见解，只是语言比较概括。唐先生说："此首咏梅，无句非梅，无意不深，而托意君国，感怀今昔，尤极宛转回环之妙。"② 俞先生说："词多比兴，虽字面上说梅花，却处处关到自己，关到家国。"③

也有人不同意上述意见。夏承焘先生即是其中一个。

---

① 吴熊和. 唐宋词通论［M］. 杭州：浙江古籍出版社，1985：255-256.

② 唐圭璋. 唐宋词简释［M］. 上海：上海古籍出版社，1981：193.

③ 俞平伯. 唐宋词选释［M］. 北京：人民文学出版社，1986：230.

他说：

> 然靖康之乱距白石为此词时已六七十年，谓专为此作，殆不可信。此犹今人咏物忽无故阑入六十年前光绪庚子八国联军之事，岂非可诧。若谓石湖尝使金国，故词涉徽钦，亦不甚切事理。若谓白石感慨，泛指南宋时局，则未尝不可。予又疑白石此词亦与合肥别情有关：如"叹寄与路遥"，"红萼无言耿相忆"，"早与安排金屋"等句，皆可作怀人体会。又二词作于辛亥之冬，正其最后别合肥之年……范成大赠以小红，似亦为慰其合肥别情。①

不只夏先生有此认识，唐圭璋、潘君昭、曹济平三先生所编之《唐宋词选注》，亦云："词中不见寄托的痕迹，只从梅花的典故中暗示赏梅者的心事。"当然，三先生在同一篇"说明"之中，前面又说了这样的话："这两首词是由眼前之梅想到爱梅赏梅之人的诗笔清操，是写梅，也是写范成大的品格气节，另外也表达了作者自己的家国身世之感。"这似乎与"不见寄托"相矛盾，而且似乎回到了张惠言所说寄托的第一种情况上面。②

我们认为，一首词有无寄托，寄托的是什么，要从三个方

---

① 夏承焘. 姜白石词编年笺校 [M]. 上海：上海古籍出版社，1981：49.

② 唐圭璋，潘君昭，曹济平. 唐宋词选注 [M]. 北京：北京出版社，1982：505-506.

面来加以考虑。第一就是作者当时所处的时代。绝大多数词人都不能不受他所处时代的影响，只是这种影响在有的人身上多一些，在有的人身上少一些。第二，作者个人的经历身世以及与他人的关系。经历身世不同，思想感情也必然不同。有时候，他的思想还要受同他有密切来往者的影响。第三，词作本身的实际情况。这三个方面必须统一起来加以考虑，不能强调某一方面而忽视或弃置另一方面。就姜夔而言，他生活于南宋偏安的时代，北宋的败亡，金人屡次南侵，不能说对他没有影响。他在二十多岁时写下了著名的《扬州慢》，反映了"黍离之悲"，就是一个证明。他一生不曾仕宦，屡考进士不第，大多依赖别人的接济过生活。死时贫不能葬，得友人帮助始葬于钱塘门外。不过，姜夔又经历了南宋中叶宋金议和的那一段时间，生活相对安定，他所依靠的又多是一些名士贵人，以至家虽无"立锥"，但"一饭未尝无食客；图书翰墨之藏，汗牛充栋"。① 并且他多情善感，与合肥琵琶歌妓有长时间的来往。以上这些都是我们在分析姜夔词，特别是《暗香》《疏影》所要考虑的主要内容。但这一切又要与作品的实际相结合。每一篇作品大多只能反映某一方面的内容，很难在一篇词作之中，同时概括以上几个方面的内容。以《暗香》而言，现代的一些研究者，有学者认为"多写身世之感"②，或"写对一个女子

---

① 夏承焘. 姜白石词编年笺校［M］. 上海：上海古籍出版社，1981：2.

② 沈祖棻. 宋词赏析［M］. 上海：上海古籍出版社，1981：168.

的思念"①,我们认为这些意见都是应该认真对待的。《暗香》这首词是有寄托的,但这种寄托只是反映了上面诸多内容的一项,即是对情侣的怀想。如若说词中既"关到自己",又"关到家国",势必造成穿凿附会,将一首表达完整感情的词弄得支离破碎,使人产生"费解"的感觉。

题目《暗香》即用林逋《山园小梅》诗句:"疏影横斜水清浅,暗香浮动月黄昏。"这说明整首词都是写梅花,并要扣住"暗香"。

起始一句"旧时月色"即明说是回忆之词。由此而领起回忆之事,便是那梅树旁边吹笛,并与美人同摘梅花。正如唐圭璋先生所言:"月下吹笛,皆为烘托梅花而设。试想月下赏梅,梅边吹笛,何等境界,何等情致。'唤起'两句承上,因笛声而唤起玉人来摘梅,其境更美。"②词人在领起旧事时,不加粉饰,由月色而人,由人而梅树,由梅树引出笛声,形成具体的画面:月色笼罩下,亭亭的梅树边有一个人在吹笛,笛声悠扬,境界因而显得相当美妙。"唤起"一句,若是理解为玉人被梅边吹笛之人唤起,那就错了。这句紧承"吹笛",玉人是被笛声招引而来。自然,笛声当是在表达对玉人的情意,因而才被唤起,又与吹笛之人同摘梅花。其间以"不管清寒"作一交代,可见情致之高。而"清寒"不但点明了梅花开放之时的节令,而且让它渗透于月色之中,贯穿于吹笛摘梅的整个过

---

① 中国社会科学院文学研究所. 唐诗选: 上 [M]. 北京: 人民文学出版社, 1982: 383.

② 唐圭璋. 唐宋词简释 [M]. 上海: 上海古籍出版社, 1981: 193.

程,使境界更加清美淡雅,自会令人回味不已。以上五句皆是从"我"写出,更是表现了词人对旧时情境的深沉追思。

"何逊"两句陡转,直说今日之事。这里以何逊自比,是说自己年已渐老,吟弄风月的才情已经消退了。以何逊而不以别人作比是饶有深意的。其一,何逊这位南朝梁代诗人在扬州时写有《咏早梅》诗一首,诗中有句云:"衔霜当路发,映雪拟寒开。"① 诗很有名,杜甫在《和裴迪登蜀州东亭送客逢早梅相忆见寄》诗中还说:"东阁官梅动诗兴,还如何逊在扬州。"② 以何逊作比,扣紧了本词专写梅花这一主题。其二,以何逊自比,是说旧时自己像何逊那样,很有兴致、颇具才情地咏梅赏梅,但是今日已没有那种兴致、没有那种才情了。今日词人的心情也就可想而知。本已无心赏梅,也无才情写梅,忽用"但"字再转,又开一种境界。这时节,竹林外边的那几枝稀疏的梅花,它的芳香随着清冷的空气进入宴席,于是使词人一下子想起了旧时月色,想起了与玉人赏梅的种种情景,陷入了深深的追忆之中。这也是何逊——词人再次提笔写梅的根本原因。不过这次写梅已不如同玉人摘梅那样美好,而成了一种痛苦的追念。所以,"何逊而今"四句,虽是写的衰时,却写了它的两个方面。一是写春风词笔都忘却,一是因香冷入席,又引起了他的诗思,当然这已经不是春风词笔了。

换头以后,词人又从追忆中回到现实中来。"江国,正寂寂",写眼前的环境。词人在小序中说得很清楚,"载雪诣石

---

① 何逊.咏早梅[M]//逯钦立.先秦汉魏晋南北朝诗.北京:中华书局,1985:1699.

② (清)仇兆鳌.杜诗详注[M].北京:中华书局,1985:781.

湖","江国"指的就是石湖水乡。时值大雪,自然是清冷寂静了。环境本如此,但以"寂寂"形容之,同时也表现了"渐老何逊"的心境。"叹寄与"四句,就将上片的追忆、怀想、心情全部说了出来。他本想像南朝宋陆凯自江南给范晔寄梅那样,"折梅逢驿使,寄与陇头人"①,用以表达自己的情思;可是路途遥远,夜雪聚集,又如何能办得到呢!"叹"字便是这种无可奈何的心情的郁结。想要表达情思又不可得,而这种情思又不能自已,于是心中就感到无限的悲伤。"翠尊"两句写的就是这种悲伤的心情。翠尊非能泣,无言红萼也不能长相忆,这不过是以物见人,表达词人因思念玉人而产生的悲痛。应该说,悲伤中又有难忘的忆念,遂使感情表现得特别沉痛。"长记"两句照应上片,原是"旧时月色"几句的补足。周济所说"盛时如此"当指《暗香》上阕前五句,他说"衰时如此"当指《暗香》上阕后六句。下阕"长记曾携手处"二句,即周济所批"想其盛时","吹尽也"几句即周济所批"或其衰时"。②"长记"直贯注到"西湖寒碧"。是说,那时西湖寒冷碧色的水波之旁,千树梅花竞相开放,艳丽压枝,景色诱人,而这正是两人携手同游之处。此情此景,他是永远记着呢!这就把开头五句所创造的环境,引入更加优美的境界。那时两人不管清寒一同摘梅的场所,原是在千梅竞发的西湖之滨;而情致又向前跨进一步,表现得更为缠绵深厚。最后两句又陡然下

---

① 陆凯. 赠范晔诗 [M] //逯钦立. 先秦汉魏晋南北朝诗. 北京:中华书局,1983:1204.

② 周济. 宋四家词选 [M] //王云五. 丛书集成初编. 上海:商务印书馆,1940(民国二十九年):50.

跌,就是周济所讲的"为感其衰时"。吹尽"片片"的,当然是春风,而被"片片"吹尽的,就是"红萼"。于是两人便无可攀摘,也无那样的携手之处,长记何物?物已如此,人何以堪!这当然也是远想之词,正为形容今日之衰,与"翠尊"二句相互照应,但词义并不重复。前者说的是悲伤相忆心情,这里说的是伤心的缘由,落脚点在"几时见得"上面。试想,一片又一片地被吹尽,终至于无,可供攀摘的没有了,赖以携手的处所不存在了,总之,象征两人情义的梅花"吹尽"了,哪能有"几时见得"的时日呢?"几时见得"不过是一句无可奈何的内心呼号,是一种无由实现的沉痛的企望,但却能表现词人对玉人的极为深挚的感情。

如此看来,这首词还是有寄托的;但这寄托不是别的,就是白石的身世之感。说具体一点,全词均从赏梅人写出,写他的过去,写他的现在,写他的回忆,写他的感想,几乎句句不离梅字。正因为如此,就能通过对梅的描写,巧妙隐蔽地寄托自己的心事。至于说词中"玉人"所指为谁,是合肥情侣还是别的哪一位女子,则不必坐实。宋时词人,如晏几道,如柳耆卿等,皆有男女情事,只要他们不是出于狎亵,感情确属诚挚,倒也无可厚非。我们不能苛求于古人。

至于《疏影》这首词,同《暗香》一样,也是有寄托的。两首词作于同时,又都使用了林逋《山园小梅》中的诗句作题目,主题也应该是互有联系的。前首为怀念玉人而作,此首亦与玉人有关。前首从赏梅者的心事写出,此首从玉人一边写出。写法亦很别致:从一幅画开笔。

起始三句，明明是指的一幅画。词人在范成大家里看到一幅画，说具体一点，是一幅竹梅图。他写的是梅，笔墨自然集中在梅身上。那画面上画着一枝苔梅，枝上缀着玉一样美的梅花。不仅如此，枝上还有两只小小的翠鸟同宿。要是写真实的梅景，寒天之时，枝上怎么会有翠鸟同宿？这一点范宁先生指出过的。① 不过，虽是写画上之梅，却自有其寓意。他用了《龙城录》所载隋代赵师雄罗浮遇美人的故事。罗浮以梅著名于世。赵师雄于天寒日暮之时，在松林中遇一美人，同至酒店饮酒，还有一绿衣童子歌舞助乐。师雄醉卧直至天亮，才发现自己睡在一棵大梅树下，树上还有翠鸟鸣啭相望。他这才醒悟到美人是梅花所化，绿衣童子则是翠鸟所化。② 词人在极其自然而又明白的描写中，巧妙地运用了这个故事；又用这个故事暗喻了他和玉人的遇合。他和《暗香》中所指玉人遇合的时候，很可能也同赵师雄松林遇美人那样，有着诗一般的情景；即或不是如此，词人回想与玉人相处时的情形，觉得十分美好，于是便用了赵师雄的故事，借观画表达出来，用以抒发自己的纯洁感情。"客里相逢"是说自己在范成大家作客，看见了这幅竹梅图。不过语义双关，自己与玉人的相逢，不也是在"客里"吗？当然，今日的玉人与从前的玉人相比是有所变化的。"篱角黄昏，无言自倚修竹"，还是在写画上的梅；只是明显的拟人化了。这里用了杜甫的《佳人》诗意："绝代有佳人，幽居在空谷。……天寒翠袖薄，日暮倚修竹。"杜甫诗中的佳

---

① 范宁. 读姜白石的《暗香》《疏影》[N]. 光明日报，1983-5-3.
② 唐圭璋等. 唐宋词鉴赏辞典：南宋·辽·金［M］. 上海：上海辞书出版社，1988：1752-1757.

人，是一位饱经乱离、幽居山谷却能以贞操自守的弃妇。这里取其凄清、孤独、寂寞之意，也是在暗喻——词人因梅花联想到玉人，又想到杜甫的佳人诗，于是就写下了这么两句，想象他与玉人别离后，玉人因离愁别绪而展现的情状。

"昭君"四句更申此意。他是以梅花比昭君，再用之以暗喻玉人。不少宋词研究者认为此处用"昭君"甚觉突然，因而有"昭君"隐指徽钦二帝及后宫之说；甚至认为"北"字出韵，有意强调，似是暗指"北宋"。以昭君比梅花，并不始于白石。较早的见于唐王建《塞上咏梅》诗（前已引用），宋人亦时有用之。昭君是一位出名的美人，她的遭遇在前代人看来也有其特殊之处，故许多诗人常以她为题作诗，最著名者即有杜甫《咏怀古迹五首》其三。诗云："群山万壑赴荆门，生长明妃尚有村。一去紫台连朔漠，独留青冢向黄昏。画图省识春风面，环佩空归月夜魂。千载琵琶作胡语，分明怨恨曲中论。"[①] 杜甫诗中的昭君本与梅花无关，但白石此词中的"想佩环"等语，明显用了杜甫诗意。这又该作何解释？上文我们已经讲过，"客里"三句隐括杜甫《佳人》诗意，取其凄寂，这里再进一步，据杜甫明妃诗，取其悲怨。"悲怨"是杜甫这首诗的主题。特别是"化作此花幽独"一句，照应"无言自倚修竹"，直以昭君"化作"梅花为比，于凄清、悲怨之中，再次强调了孤寂。如此，词人对画上梅花的描写才算到了比较完整的地步，以美人比梅花的程序也告一段落（下片还有以美人比梅花者），而美人的形象却在与梅花的比附中显得特别鲜明。

---

① （清）仇兆鳌. 杜诗详注［M］. 北京：中华书局，1985：1502.

这位美人不是别人，就是《暗香》中所指玉人。词人因梅竹图而联想，联想到那位他为之"耿相忆"的玉人，别离之后的愁绪，别离之后的种种情态，因而塑造出了一位凄寂、幽独而又分外清丽的玉人形象。由此可以看出，以昭君比梅花并不突然，是梅花形象或玉人形象的需要，后文是前文的发展，其间的逻辑联系很清楚，词意自然顺畅，无突然别扭之感。若将"昭君"句释作指二帝，上片的句意很难说清楚，前后也难相统属。至于"北"字"出韵"也说不上什么深意，此类事晚唐诗人多为之，南宋词人亦时有沿用。

下片以"犹记"起笔，系追忆之词。三句中暗用了南朝宋武帝女儿寿阳公主故事。相传公主人日卧于含章殿檐下，有梅花落于额上，拂之不去，三日后洗之方落。于是"宫女奇其异，竞效之"，成为风行一时的"梅花妆"。这里又因"深宫旧事"而引起隐喻二帝之说；但寿阳公主事毕竟不带悲剧色彩，很难与随二帝北狩之后宫相比，因之有的词学研究家认为是"以喻昔时太平沉酣之状"，有的认为是"追念北宋未亡前，徽宗荒淫逸乐之事。'睡里'者，正斥其醉生梦死也"。若如是，则是将抒发高洁情怀的词作，打上了一层淫逸的阴影，与全词的情调颇不协调，与《疏影》词题亦不相合。试问，寿阳公主额上承梅的"旧事"有何沉酣逸乐乃至荒淫可言？不过是一个梅花妆与美人的故事。词人用典，虽不全用其意，却往往取其一点，这一点当与所写之词的词意相合，如上片赵师雄事、佳人事、昭君事等都是如此。寿阳公主事牵连二帝是不好解释的，有的学者注意到了这一点，便以"又是有关宫廷的梅花故实"带过。我们如果不被二帝事所局限，就可以清楚地看出，这仍然是以美人比梅，用寿阳公主事，取其纯洁美好。换言之，词人又在用暗喻，暗喻他回忆与玉人相处的日子，所见玉人的动人姿态，故以下三句中便说到了"盈盈"。用寿阳公主事写玉人仪态，没有一点儿亵渎的痕迹，且与《疏影》题目相扣，哪能有什么荒淫之处！玉人如此美洁，那就不应该像春风那样，不管梅花有多么美好，都要吹下，而应该早作打算，保护梅花，保护玉人，就如同汉武帝所言"金屋藏娇"那样。当然，这个心愿并没有实现，最终"还教一片随波去"，还是让春风一片又一片地吹去了梅花，随着水波远逝。不能抵御春风保护梅花，这该怪谁呢？难得怪谁。可是当那笛中吹出《梅花落》的哀音时，心中又不能不产生哀怨之情。这几句是将玉人比附梅花，又由玉人说到自己了。是说玉人像梅花那样被春风吹去，是由于自己没有早作打算的缘故。也就是说，自己没有这个条件，没有"金屋"。因此，当笛中吹出《梅花落》曲子时，自己就感到十分哀怨，有着无尽的隐恨。这与上片描写离别后的玉人情状是相一致的。玉人那般凄寂幽独又是谁的过错？他当然不是说怪自己，自己不可能有"金屋"，自己是个布衣，一个靠他人周济过活的文人，没有权势也缺少金钱，"早与安排"是办不到的，春风吹梅落是不可逆转的，玉人远逝也不可避免。这样看来，他在词中又有身世之感了，而且怨情很深，一时难以平息。

　　末后三句与"早与安排"是照应的。"恁时"不是"那时"，而是"此时"，即写作此词的时候。梅花片片随水流走，玉人又如同梅花一样落去，此时要想重觅幽香，重见玉人，那是不可能的，也就包含了《暗香》一词最后两句的意思："又片片、吹尽也，几时见得！"说是幽香已入小窗横幅，小窗横幅中哪会有幽香？这自是无可奈何之语。从技法上讲，这首词以题画开笔，又以画作结，首尾是圆合的。但从"幽香已入"来看，词人确乎不是在单写题画词，而是由画幅联想到玉人，抒发自己的身世感慨。

范宁先生在他的文章中，不同意"昭君"句指徽钦二帝北狩，也不同意指那个从金国逃回的女人柔福，这样的见解是有道理的。范宁先生在分析词的寄托时说："白石此词实借梅花咏昭君，用以颂扬范成大，正是清客擅长的一手。范成大曾使金，用昭君出塞比拟范成大，'化作此花幽独'，昭君就是梅花，梅花暗指范成大，用意尤深。范成大被捧得飘飘然，一时高兴就把他的一个歌妓小红，赠送给白石。白石回家时带着小红，过垂虹亭，诗兴大发，赋了一首诗说：'自琢新词韵最高，小红低唱我吹箫。曲终过尽松陵路，回首烟波十四桥。'他得意的是他的词'韵最高'，既没有想到宋徽宗，也没有怀恋旧时合肥情侣，面对色艺双全的歌妓小红，他已经心满意足了。"如像范先生所说的这样，白石与范成大之间的来往，一个只是捧别人，一个只是被捧得飘飘然，其间的关系显得很无聊，小红也不过是一种庸俗的赠品。对照两词所流露的情绪，我们认为还不能这样看。应该说，正因为白石在两词中表现了对玉人的深切怀想，寄托了身世之慨，所以范成大才赠以小红，以慰白石之情。

为范成大而作，此说还是起于张惠言，无论怎样解释，还是在他的彀中。而且，以此为出发点，不容易将两词讲清楚，这也就是范先生所说"画图省识"两句作为一个感想，"作者在这个感想的背面还有什么感触就不清楚了"。

这两首词作于同一时期,作者写作两词时的感情也是相同的,连题目的含义也相仿佛;只不过《暗香》更多是从赏梅人着眼,而《疏影》则更多是从梅写起,两词都同样表达了对玉人的思念,寄托了身世之感。若说一首写怀念玉人,一首写范成大或暗指二帝北去事,也不怎么妥当,因为这么一来,就将词人写作两词时的思想情绪完全割裂开来,不符合创作的规律。

两词之所以如此费解,造成长久的众说纷纭,主要是词人用典所致,特别是《疏影》中的典故,更是令人难以体会。如"昭君"四句,写昭君本事,又用杜甫诗意,既以此展现梅之清美,又取其凄怨幽独,以比离后之玉人。这比一般诗词中纯用一层比喻要复杂得多。其他如"苔枝缀玉"三句、"犹记深宫旧事"等,莫不如此。唯其如此,才使两词的风格空灵流转,既不因赋梅而滞于梅花,也不因抒情而为情所制,做到了"融化不涩","用事不为事所使"。① 如果只是认定词人是以昭君这个"一去紫台连朔漠"的美人比梅花,又是用杜甫诗来说明,便会感到词人是在拼凑;但只要深入领会到了"昭君"句所蕴含的种种意象,便会领悟到词人用笔很妙,却没有拼凑之拙。

以上不过是个人读《暗香》《疏影》的点滴体会。要想对这样两首纷争无已而又极负盛名的词作写出定论,那是极为困

---

① 上彊村民. 宋词三百首笺注 [M]. 唐圭璋, 笺注. 上海:上海古籍出版社, 1979:179.

难的，本文仍属一孔之见。为使词学界能够通过争鸣弄清两词的含义，特录下当代词学界持"二帝说"者四家，供吸取和研究之用。

唐圭璋先生说：

"昭君"两句，用王建咏梅诗意，抒寄怀二帝之情。"想佩环"两句，用杜诗意，拍到梅花，更见想望二帝之切，此玉田所谓"用事不为事所使"也。换头，用寿阳公主事，以喻昔时太平沉酣之状。"莫似"三句，申护花之情，即以申爱君之情。"还教"两句，言空劳爱护，终于随波飘流，但闻笛里梅花，吹出千里关山之怨来，又令人抱恨无限。"等恁时"两句，用崔橹诗，言幽香难觅，惟余幻影在横幅之上，语更沉痛。①

刘永济先生说：

此词更明显为徽、钦二帝作。起数句，暗用赵师雄梦见花神事以形容梅花之丽。"客里"三句，以梅花比倚竹美人，"无言"者，见其情岑寂也。"昭君"二句，明用徽宗《眼儿媚》词语。徽宗此词有故国之思，故曰"暗忆江南江北"。"佩环"二句，言魂归故

---

① 唐圭璋. 唐宋词简释[M]. 上海：上海古籍出版社，1981：194-195.

国,此时徽、钦二帝均死于北地也。后半阕一起点明"深宫旧事",乃追念北宋未亡前,徽宗荒淫逸乐之事。"睡里"者,正斥其醉生梦死也。"莫似"三句,又责其不重国事,而以不能惜花相比。"一片"二句,则言其国亡被掳,空托词语以念家国。"玉龙哀曲",即指徽宗《眼儿媚》词中"忍听羌管"语也。"等恁时"二句,则表面言梅花落后,只有向画中寻觅,言外却悲国事已坏,欲重如旧时之盛,惟有空想而已。①

俞平伯先生说:

下首(指《疏影》)写家国之恨居多,故引昭君、胡沙、深宫等等为喻。更有一点可注意的,"江南江北"之"北"字出韵,系用南方土音押韵。岂因主要意思所在,故不回避出韵失律之病?因之也更觉突出。窃谓旧说大致不误,惟亦不必穿凿比附以求之。②

吴熊和先生说:

---

① 刘永济.唐五代两宋词简析[M].上海:上海古籍出版社,1981:73-74.
② 俞平伯.唐宋词选释[M].北京:人民文学出版社,1986:229.

前首写梅香，此首写梅影，通篇章法亦用今昔对比。"苔枝"三句，用《龙城录》所记翠鸟双栖于罗浮山大梅花树上的梅禽相并之影，以喻"旧时"。"客里"三句，用杜甫《佳人》"天寒翠袖薄，日暮倚修竹"历经离乱的凄清孤单之影，以喻"而今"。"昭君"两句，旧典新用。杜甫咏昭君诗："画图省识春风面，环佩空归月夜魂。"宋时称梅为返魂香，姜夔由此推想，认为这清怨的梅花，乃是身陷异域的昭君"魂兮归来"所化，赋与了这个典故以新的时代内容，令人想起北宋沦亡后被俘北去的旧宫宫人，感到梅花上正凝结着她们流离沦落的无限怨恨。"暗忆江南江北"，就是写故国之思，因此连"北"字出韵，也没有避忌。下片先用寿阳公主梅花妆事，又是有关宫廷的梅花故实。"莫似春风"五句，深怪春风不仅没有护惜梅花，反而片片吹落，让她随着流水飘零，而梅花也只能在一曲《落梅》的笛声中永远倾诉着她的哀怨了。写梅花的不幸身世，实亦融进了汴京宫人去国离乡葬身异域的悲惨遭遇。结尾两句，说梅花落尽，只有在画上还留着它的疏枝倩影，亦"画图省识春风面"之意。①

以上四家，虽具体解释词句时或有不同，然均宗张惠言之

---

① 吴熊和. 唐宋词通论[M]. 杭州：浙江古籍出版社，1985：256.

说，这是没有疑问的。有的人对上说表示了异议。夏承焘先生的意见前《暗香》已录。胡云翼先生亦有所怀疑。他说："全篇的主题仍难统一，因为后面一段里又讲到'深宫旧事'和'安排金屋'，把重点一移再移，所谓故君之思的寄托，也就难以贯穿起来解释了。"①

从目前词学界的情况看，宗张惠言的寄托说者占多数，持夏承焘先生等的意见者占少数。争鸣的范围有待扩大。

---

① 胡云翼. 宋词选[M]. 上海：上海古籍出版社，1982：354.

后　记

　　我在从事古代诗词教学的过程中，面对一些历来有争议的诗词名篇，总感到难于讲解——其说纷纭，从何讲起呢？因之就萌发了深入研究的念头。钻研下来，于是就开了一门选修课，名曰"唐宋诗词名篇辨析"；于是就写了这么二十多篇系列文章，都是围绕着唐宋诗词名篇着笔。

　　"辨析"，就是辩说分析。辨析总是有对象的，不能无的放矢。这样就对一些有争议的唐宋诗词名篇作了较为系统的梳理；根据梳理的种种情况，进行一些必要的分析解说。这其中，大多提出了一些自己的意见——或赞成某一说，或不赞成某一说，为何赞成，为何不赞成；或者诸说皆不赞成，自身另辟一说；或两存其说，以作比较。这就是梳理之后的交代。

　　或曰："诗无达诂。"诗词没有通达的解释，有什么必要争辩分析呢？其实不然。诗词是最能抒发感情的文学样式，古代诗词尤其是这样。而诗词中所表现的诗人的感情是十分复杂的，不能随意规定一个框框予以解释。这就是为什么同一首诗词会有几种不同解释的缘故，也是"诗无达诂"之所以能成立的根本原因之一。但是，当几说并存的时候，为什么其中一说又能为多数读者所接受呢？为什么长期以来人们根据某一种见解说诗，而当一种新说突然出来，竟会得到普遍承认呢？我想，这里面也许有个持之有故、言之成理的问题。只要所据比较充分，解说合乎情理，大体上符合该诗词的实际，读者是可以接受的。反之，则不然。因此，"诗无达诂"也并不妨碍人们就某些问题展开反复争辩。人们对一些诗词名篇有了较为正确的理解，也许是这种争辩的结果。

　　就一些有代表性的诗词名篇开展讨论，意义更为重大。例如姜白石词《暗香》《疏影》，或说为范成大而作，或说因徽钦二帝北狩而发，或说系怀念合肥情侣之作，因解说的不同，词之思想性的强弱、艺术性的高低亦各有异。其他诗词名篇也多同此例。如此，则可能影响诗人或词人在文学史上的地位。

　　1987年4月，由武汉大学出版社张虹女士批准了一个书号；审查全部稿件后签字"同意发排"。令人没有想到的是，印刷出来的《唐宋诗词名篇辨析》质量不合格。我作为作者不予认可；但7000印量的书还是被新华书店销售一空。这使我的内心极为愧疚，因为辜负了三位古典文学大师的信任与希望。一位是张国光教授，他写了"编后记"（现作为"代前言"放入首页）。另两位，一位是余冠英大师，一位是霍松林大师，他们分别题写了书名和内封。这两件墨宝，我多次去某印刷厂要求取回，但得到的答复是"弄丢了"！

　　时间过去了30多年，而我内心的愧疚一直难以消失，总希望有一个补过的机会。2020年11月，在华中科技大学出版社四十周年建社活动之际，我踌躇再三，最终鼓起勇气，向我们"初高中文言文"系列书的资深编辑李东明女士提出此事。经她认真推荐，又经社领导批准，列入计划。再经过了一年多时间，反复斟酌打磨，至今才将修改稿呈送。在此寄送稿件之际，特向阮洪海社长、姜新祺总编、李东明责编，敬礼并致谢忱！

　　诸文成稿于多年前，此次修订时完善了资料注引。文中所引唐诗、宋词，未详注出处者，主要引自中华书局 1985 年版《全唐诗》和 1986 年版《全宋词》。特此说明。

　　诗词之学向称艰深，笔者学识浅陋，未敢自视正确。书中之言，实属管见，错误之处难以避免，敬希专家读者赐教。

胡忆肖
2022 年 4 月 27 日

图书在版编目(CIP)数据

唐宋诗词名篇辨析/胡忆肖编著. —武汉:华中科技大学出版社,2023.3
ISBN 978-7-5680-9229-6

Ⅰ.①唐… Ⅱ.①胡… Ⅲ.①古典诗歌-诗歌研究-中国-唐宋时期
Ⅳ.①I207.2

中国国家版本馆 CIP 数据核字(2023)第 041040 号

唐宋诗词名篇辨析
Tang-Song Shici Mingpian Bianxi

胡忆肖　编著

责任编辑：李东明
责任校对：张会军
封面设计：原色设计
责任监印：朱　玢

出版发行	：华中科技大学出版社(中国·武汉)	电话：(027)81321913
	武汉市东湖新技术开发区华工科技园	邮编：430223
录　　排	：华中科技大学惠友文印中心	
印　　刷	：湖北新华印务有限公司	
开　　本	：880mm×1230mm　1/32	
印　　张	：11	
字　　数	：238 千字	
版　　次	：2023 年 3 月第 1 版第 1 次印刷	
定　　价	：39.80 元	

本书若有印装质量问题,请向出版社营销中心调换
全国免费服务热线：400-6679-118　竭诚为您服务
版权所有　侵权必究